计算机应用基础

——Windows 7 + Office 2010 中文版

丛书编委会 主编

张晓景 李晓斌 等编著

清华大学出版社

北京

内 容 简 介

本书按照新的"工作过程导向"教学模式编写。为便于教学,本书将教学内容分解落实到每一课时,通过"课堂讲解"、"课堂练习"、"课外阅读"和"课后思考"四个环节实施教学。

本书共 10 章 34 课。前 4 章介绍了 Windows 7 和 Office 2010 的相关基础知识;第 5～9 章介绍了 Office 2010 的常用组件,以每个组件为一章,从各个方面介绍了每个组件的强大功能;最后一章为 Office 2010 综合应用,讲解了如何使用 Word 2010 制作"使用说明书"文档、使用 Excel 2010 制作"消费者满意度调查表"数据透视表、使用 PowerPoint 2010 制作"新产品上市推广方案"演示文稿和使用 Access 2010 制作"客户资料"数据库。每课为两个标准学时,共 90 分钟内容。建议总学时为一学期,每周 4 学时,也可以分为两学期授课。

本书可作为中高等职业院校计算机文化基础课程和计算机及应用相关专业的教材,也可作为各类技能型紧缺人才培训班的教材,还可作为计算机初学者的自学教材。

图书在版编目(CIP)数据

计算机应用基础——Windows 7＋Office 2010 中文版/丛书编委会主编. —北京:清华大学出版社,2011.4

ISBN 978-7-302-24669-5

Ⅰ. ①计… Ⅱ. ①丛… Ⅲ. ①窗口软件,Windows 7－专业学校－教材 ②办公室－自动化－应用软件,Office 2010－专业学校－教材 Ⅳ. ①TP316.7 ②TP317.1

中国版本图书馆 CIP 数据核字(2011)第 014763 号

责任编辑:田在儒
责任校对:袁 芳
责任印制:王秀菊

出版发行:	清华大学出版社	地　　址:	北京清华大学学研大厦 A 座
	http://www.tup.com.cn	邮　　编:	100084
社　总　机:	010-62770175	邮　　购:	010-62786544
投稿与读者服务:	010-62776969,c-service@tup.tsinghua.edu.cn		
质　量　反　馈:	010-62772015,zhiliang@tup.tsinghua.edu.cn		

印 刷 者:北京四季青印刷厂
装 订 者:三河市兴旺装订有限公司
经　 销:全国新华书店
开　 本:185×260　印　张:22.25　字　数:623 千字
版　 次:2011 年 4 月第 1 版　　印　次:2011 年 4 月第 1 次印刷
印　 数:1～3000
定　 价:35.00 元

产品编号:040439-01

学科体系的解构与行动体系的重构

——代序

职业教育作为一种教育类型，其课程也必须有自己的类型特征。从教育学的观点来看，当且仅当课程内容的选择以及所选内容的序化都符合职业教育的特色和要求之时，职业教育的课程改革才能成功。这里，改革的成功与否有两个决定性的因素：一个是课程内容的选择，一个是课程内容的序化。这也是职业教育教材编写的基础。

首先，课程内容的选择涉及的是课程内容选择的标准问题。

个体所具有的智力类型大致分为两大类：一是抽象思维，一是形象思维。职业教育的教育对象，依据多元智能理论分析，其逻辑数理方面的能力相对较差，而空间视觉、身体动觉以及音乐节奏等方面的能力则较强。故职业教育的教育对象是具有形象思维特点的个体。

一般来说，课程内容涉及两大类知识：一类是涉及事实、概念以及规律、原理方面的"陈述性知识"，一类是涉及经验以及策略方面的"过程性知识"。"事实与概念"解答的是"是什么"的问题，"规律与原理"回答的是"为什么"的问题；而"经验"指的是"怎么做"的问题，"策略"强调的则是"怎样做更好"的问题。

由专业学科构成的以结构逻辑为中心的学科体系，侧重于传授实际存在的显性知识即理论性知识，主要解决"是什么"（事实、概念等）和"为什么"（规律、原理等）的问题，这是培养科学型人才的一条主要途径。

由实践情境构成的以过程逻辑为中心的行动体系，强调的是获取自我建构的隐性知识即过程性知识，主要解决"怎么做"（经验）和"怎样做更好"（策略）的问题，这是培养职业型人才的一条主要途径。

因此，职业教育课程内容选择的标准应该以职业实际应用的经验和策略的习得为主，以适度够用的概念和原理的理解为辅，即以过程性知识为主、陈述性知识为辅。

其次，课程内容的序化涉及的是课程内容序化的标准问题。

知识只有在序化的情况下才能被传递，而序化意味着确立知识内容的框架和顺序。职业教育课程所选取的内容，由于既涉及过程性知识，又涉及陈述性知识，因此，寻求这两类知识的有机融合，就需要一个恰当的参照系，以便能以此为基础对知识实施"序化"。

按照学科体系对知识内容序化，课程内容的编排呈现出一种"平行结构"的形式。学科体系的课程结构常会导致陈述性知识与过程性知识的分割、理论知识与实践知识的分割，以及知识排序方式与知识习得方式的分割。这不仅与职业教育的培养目标相悖，而且与职业教育追求的整体性学习的教学目标相悖。

按照行动体系对知识内容序化，课程内容的编排则呈现一种"串行结构"的形式。在学习过程中，学生认知的心理顺序与专业所对应的典型职业工作顺序，或是对多个职业工作过程加以归纳整合后的职业工作顺序，即行动顺序，都是串行的。这样，针对行动顺序的每一个工作过程环节来传授相关的课程内容，实现实践技能与理论知识的整合，将收到事半功倍的效果。鉴于每一行动顺序都是一种自然形成的过程序列，而学生认知的心理顺序也是循序渐进自然形成的过程序列，这表明，认知的心理顺序与工作过程顺序在一定程度上是吻合的。

需要特别强调的是，按照工作过程来序化知识，即以工作过程为参照系，将陈述性知识与过程性知识整合、理论知识与实践知识整合，其所呈现的知识从学科体系来看是离散的、跳跃的和不连续的,但从工作过程来看,却是不离散的、非跳跃的和连续的了。因此,参照系在发挥着关键的作用。课程不再关注建筑在静态学科体系之上的显性理论知识的复制与再现,而更多的是着眼于蕴含在动态行动体系之中的隐性实践知识的生成与构建。这意味着,**知识的总量未变,知识排序的方式发生变化**,正是对这一全新的职业教育课程开发方案中所蕴含的革命性变化的本质概括。

由此,我们可以得出这样的结论:如果"工作过程导向的序化"获得成功,那么传统的学科课程序列就将"出局",通过对其保持适当的"有距离观察",就有可能解放与扩展传统的课程视野,寻求现代的知识关联与分离的路线,确立全新的内容定位与支点,从而凸现课程的职业教育特色。因此,"工作过程导向的序化"是一个与已知的序列范畴进行的对话,也是与课程开发者的立场和观点进行对话的创造性行动。这一行动并不是简单地排斥学科体系,而是通过"有距离观察",在一个全新的架构中获得对职业教育课程论的元层次认知。所以,**"工作过程导向的课程"的开发过程**,实际上是一个伴随学科体系的解构而凸显行动体系的重构的过程。然而,学科体系的解构并不意味着学科体系的"肢解",而是依据职业情境对知识实施行动性重构,进而实现新的体系——行动体系的构建过程。不破不立,学科体系解构之后,在工作过程基础上的系统化和结构化的产物——行动体系也就"立在其中"了。

非常高兴,作为中国"学科体系"最高殿堂的清华大学,开始关注占人类大多数的具有形象思维这一智力特点的人群成才的教育——职业教育。坚信清华大学出版社的睿智之举,将会在中国教育界掀起一股新风。我为母校感到自豪!

丛书编委会名单

(按姓氏拼音排序)

安晓琳	白晓勇	曹 利	成 彦	董 君	冯 雁	符水波
傅晓锋	国 刚	江椿接	姜全生	李晓斌	刘 芳	刘 艳
罗名兰	罗 韬	聂建胤	秦剑锋	润 涛	史玉香	宋 静
宋俊辉	孙更新	田高阳	王成林	王春轶	王 丹	王 刚
沃旭波	毋建军	吴建家	吴科科	吴佩颖	许茹林	薛 荃
薛卫红	杨 平	尹 涛	张 可	张晓景	赵晓怡	钟华勇

前　言

在计算机技术高速发展的今天,计算机已经渗透到各行各业,并进入人们日常生活中的各个角落,最新版本的 Windows 7 系统已成为当今的流行趋势,掌握计算机的基础知识和应用技术也成为现代社会对人才培养的基本要求。办公自动化是计算机应用的一个重要的领域,而 Microsoft Office 2010 就是一个实现办公自动化的重要软件。

本书最大的特色是"任务驱动学习"。在讲解每节课基础知识的过程中,尽量让同学们动手操作,使大家对该知识点有个具体认识。然后再进行详尽的解释,争取让同学们尽快掌握该知识点。

本书以"课"的形式展开,全书共 34 课。课前有情景式的"课堂讲解",包含了任务背景、任务目标和任务分析;课后有"课堂练习",可分为任务背景、任务目标、任务要求和任务提示。为了拓展每课的知识,我们还准备了"课外阅读",每课的最后还安排了"课后思考"。

本书的最后一章以使用 Word 2010 制作"使用说明书"文档、使用 Excel 2010 制作"消费者满意度调查表"数据透视表、使用 PowerPoint 2010 制作"新产品上市推广方案"演示文稿和使用 Access 2010 制作"客户资料"数据库 4 个 Office 2010 综合应用实例的形式将前面讲解的知识都融汇在案例中,让同学们可以做到学以致用。

全书共分 10 章 34 课:

第 1 章(第 1~3 课)对初次使用计算机时需要学习的知识进行讲解;

第 2 章(第 4~7 课)讲解了如何对 Windows 7 进行个性化操作;

第 3 章(第 8~11 课)介绍了如何管理和使用 Windows 7;

第 4 章(第 12、13 课)讲解了如何安装和启动 Office 2010 并熟悉 Office 2010;

第 5 章(第 14~17 课)学习如何制作并设置 Word 文档,使 Word 图文并茂;

第 6 章(第 18~21 课)学习如何制作并美化 Excel 表格;

第 7 章(第 22~24 课)学习如何使用 PowerPoint 制作并播放幻灯片;

第 8 章(第 25~28 课)学习如何使用 Access 2010 创建数据库和表;

第 9 章(第 29、30 课)学习使用 Outlook 2010 收发邮件和管理日常事务;

第 10 章(第 31~34 课)通过 4 个 Office 2010 综合案例进行知识点讲解。

本书源于作者的工作实践和经验积累。全书精选了很多实例为同学们讲解,涵盖了 Windows 7 和 Office 2010 各方面的知识。通过对这些实例应用到的知识点进行分析,详细讲解制作过程,使同学们应用计算机的水平可以迅速提高。

由于编者水平有限,时间紧迫,错误和表述不妥之处在所难免,希望广大读者批评指正。

编　者

2011 年 3 月

目　　录

第1章

进入Windows 7的世界

第1课 计算机初体验

远到高端科技中的精密运算,近到超级市场里的价格计算;大到课堂中的计算机辅助教学,小到家庭中的影碟播放,计算机无不向人们展示着它的神奇。要想学会使用计算机,首先要认识操作系统,计算机中大部分操作都必须在操作系统下才能完成。

课堂讲解

任务背景:小寒以前看着姐姐用计算机,她总觉得很神奇,对于计算机的使用虽不说陌生但却并不是很规范,在计算机前坐一段时间总觉得不舒服,向姐姐询问原来是坐姿不对,那该如何正确地使用键盘呢?她开始向姐姐学习计算机知识。

任务目标:学习计算机的基础知识。

任务分析:了解最基本的计算机组成以及键盘、鼠标的使用是非常必要的,这对于以后正确使用计算机有着举足轻重的作用。

1.1 了解计算机的组成

计算机主要由主机、显示器、鼠标和键盘组成,必要时还配有音箱、扫描仪、打印机等外部设备。如图1-1所示就是一台配有音箱的计算机。

1. 核心部分——主机

主机是计算机最重要的组成部分,它由机箱及机箱内的各种硬件组成,主要负责计算机系统的运算、控制和存储。主机箱有卧式和立式之分,通常在主机箱的正面,设有电源开关Power按钮和Reset复位按钮。图1-1中的计算机主机箱就属于立式机箱。

图 1-1

2. 输出显示部分——显示器

显示器是计算机不可或缺的输出设置,用于显示计算机输出的文字、数据、图形、图像等信息,显示器大致可以分为CRT显示器和LCD液晶显示器两种。

CRT显示器技术成熟、价格低廉,但由于其体积较大,且液晶显示器的大面积普及,CRT显示器已逐渐退出了主流市场,图1-2所示就是一台CRT显示器。

液晶显示器具有体积小、重量轻、能耗小、无辐射、无闪烁、造型美观等优点,并且随着技术的发展,液晶显示器的价格已经很低,现已成为家用、普通商用的主流选择,图1-3所示就是一台液晶显示器。

图　1-2　　　　　　　　　　　　　　图　1-3

3. 输入设备——键盘、鼠标

键盘和鼠标是计算机系统的重要输入设备,相当于人的眼睛和耳朵,将外部所有用信息传送到CPU进行处理。一般文字、数据和其他字符的输入都需要通过键盘来完成,而鼠标则用于进行计算机的操作与控制。在 Windows 操作系统中,使用鼠标可以使计算机操作变得非常简单。

1.2　使用键盘和鼠标

在日常生活中,无论是学习还是办公,只要使用计算机,就一定离不开键盘和鼠标,利用键盘可以在计算机中输入文字、字母、数字以及通过快捷键实现某些功能,而鼠标则可以完成计算机的大部分操作,鼠标就如同 Windows 7 的指挥棒,学习键盘和鼠标的使用方法是学习其他操作的前提。

1.2.1　认识键盘

根据用途或键位数量,键盘可分为许多种,但各种键盘的键位分布大体相同,按功能可分为5个区:主键盘区、功能键区、编辑键区、小键盘区和键盘提示区,图 1-4 所示为最常见的 107 键标准键盘。

图　1-4

> **操作提示**
>
> 键盘按应用分类有台式机键盘、笔记本键盘和工控机键盘等;按键位数量分类为 101 键、104 键和最常见的 107 键等,此外,还出现了功能更多的多媒体键盘等新品种。

1. 主键盘区

主键盘区主要用于输入文字与各种命令,主要包括字符键和控制键两大类。字符键主要包括英文字符键、数字键、标点符号键三类;控制键主要用于辅助执行某些特定操作。

下面介绍一下主键盘区中的主要控制键名称及功能。

- Tab(制表定位键)键：主要用于绘制无边框的表格，在编辑文字状态下，在某字母或文字后按下 Tab 键，可以实现字与字之间的间隔，一般等于 8 个空格的长度。
- Caps Lock(大写字母锁定键)键：主要用于锁定大写字母状态，控制大写字母的输入。未按下该按键时，按字母键输入的是小写英文字母或是在输入法状态下的汉字。按下该按键后再按字母键，将输入大写英文字母。
- Shift(上挡键)键：又称换挡键。在不同的操作系统下作用也是不同的，例如在 Windows 操作系统下应用输入法时，此键用于切换输入法状态。在编辑状态下，与字符键组合，可输入大写字母，与双字符符号键(即一个键上有两个字符)组合，可以输入此符号键面上的字符，如输入感叹号，应按快捷键 Shift＋1 完成。
- Ctrl、Alt(控制键)键：Ctrl 键和 Alt 键单独使用时是不起作用的，需要配合其他键一起使用才有意义。如按组合键 Ctrl＋Alt＋Delete 可进行计算机的热启动，再如在编辑状态下按快捷键 Ctrl＋A 可以全选文档。
- 空格键：主键盘区中没有任何标记的长条键，按一下该键即输入一个空格。
- Win 键：标有 Windows 图标的键，任何情况下按下该键都将弹出"开始"菜单，等同于单击"开始"菜单。
- Enter(回车键)键：用于换行或命令的执行。
- Back Space(退格键)键：按下该键，光标向左回退一格，并删除原来位置上的字符。

 **操作提示**

　光标是用户进行文档的编辑时，一个闪动的"Ⅰ"形标记，光标所在的位置即是当前用户正在编辑的位置。

---

2. 功能键区

功能键区位于键盘的最上方，主要用于完成一些特殊的任务和工作，如图 1-5 所示。常用功能键的具体功能如下。

图　1-5

- Esc(取消键)键：用于放弃当前的操作或退出当前程序。
- F1～F12 键：这 12 个功能键，在不同的应用软件和程序中有各自不同的定义。不过在大多数软件中，按下 F1 键都可以打开帮助窗口。

3. 编辑键区

编辑键区位于主键盘区右侧，主要用于在文档编辑过程中控制鼠标指针的位置以及输入状态等，根据各按键的名称即可判断其大致功能，如图 1-6 所示。

- Print Screen SysRq(拷屏键)键：用于将当前屏幕中的所有内容以图片形式复制到剪贴板中。
- Scroll Lock(滚屏锁定键)键：主要用于在 DOS 操作系统中停止

图　1-6

屏幕滚动。

- Pause Break(暂停键)键：用于在 DOS 状态中暂停屏幕的显示，按 Enter 键后可恢复正常。
- Insert(插入键)键：用于对文本编辑操作时，"插入"状态与"改写"状态间的转换。
- Home 键：使光标直接定位在行首。
- End 键：使光标直接定位在行尾。
- Page Up(上翻页键)键：用于向前翻页，显示屏幕上一页的信息。
- Page Down(下翻页键)键：用于向后翻页，显示屏幕下一页的信息。
- Delete(删除键)键：用于删除光标所在位置的字符，并使光标后的字符向前移。简写为 Del，可与其他键组合使用。
- ←键：将光标左移一个字符。
- ↓键：将光标下移一行。
- →键：将光标右移一个字符。
- ↑键：将光标上移一行。

4. 小键盘区

小键盘区也叫数字键区或副键盘区，如图 1-7 所示，它同时兼具了数据输入和编辑键的功能。在需要大量输入数据时，小键盘区优越于主键盘区的数字键区，从而为财会等需要操作大量数据的人员提供了便利。进行数字输入时，只需打开数字锁定键，右手单手操作即可，小键盘区的各键具体功能如下。

图　1-7

- Num Lock(数字锁定键)键：按下此键时，数字锁定指示灯亮，可通过小键盘区进行数据输入；再次按下此键时，数字锁定指示灯灭，可以通过小键盘区进行编辑键的操作。
- ＋键：加号键，表示加法运算。
- －键：减号键，表示减法运算。
- ＊键：乘号键，表示乘法运算。
- ／键：除号键，表示除法运算。

5. 键盘提示区

键盘提示区位于小键盘区上方，主要用于提示小键盘的工作状态、字母大小写状态及 Scroll Lock 键的状态，该区并不是键盘中的按键，仅起提示作用。其中 Caps Lock 灯亮表示按字母键时输入的是大写字母；Num Lock 灯亮时表示 Num Lock 键已按下，此时可以使用小键盘输入数字；Scroll Lock 提示灯亮，表示在 DOS 状态下屏幕停止滚动。

1.2.2　使用键盘

在认识了键盘后，还需要注意正确使用键盘的方法，包括认识基准键位、掌握正确的指法和击键方法以及正确的打字姿势。

1. 基准键位

认识基准键位是使用键盘的基础，它相当于双手在键盘上定位的坐标。基准键位是主键盘区中的 A、S、D、F、J、K、L 和";"这 8 个键，每个基准键对应一根手指。在使用键盘输入字符前应先将手指放在相应的基准键位上。在 F 键和 J 键上各有一根突出的小横线便于定位左右手食指，其他手指也可依次找到对应的基准键位，如图 1-8 所示。

图　1-8

2. 正确的指法

正确的指法是指用每根手指负责各自独立的击键区域,一般情况下,用两个大拇指共同负责操作空格键;左手小拇指控制 Q、A、Z 键,右手小拇指控制 P、";"、"/"键;左手无名指控制 W、S、X 键,右手无名指控制 O、L、"."键;左手中指控制 E、D、C 键,右手中指控制 I、K、","键;左手食指控制 R、F、V、T、G、B 键,右手食指控制 Y、H、N、U、J、M 键。图 1-9 所示为在键盘中各主要键位与手指的对应关系。

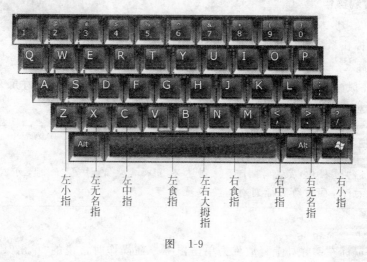

图　1-9

3. 正确的击键方法

击键方法是否正确,在一定程度上影响着键盘的使用,通过掌握以下几点击键规则,可以准确、快速地输入文本。

- 击键时以手指指尖垂直向键位按下,并立即反弹。用力不可太大,敲击一下即可。
- 击键时要严格按照手指的键位分工进行,对于功能键和各控制键,可用距离它最近的手指进行击键。
- 左手击键时,右手手指应放在基准键位上保持不动;右手击键时,左手手指应放在基准键位上保持不动。击键后,10 根手指都要迅速返回到相应的基准键位上。

4. 正确的打字姿势

除了掌握键盘本身的正确操作之外,还应该养成正确的打字姿势。如果打字姿势不正确,不仅会影响文字的输入速度,还会增加工作的疲劳感,造成视力下降和腰酸背痛的情况。在打字时应注意以下几点。

- 将坐椅的高度调整到与显示器放置高度适合的位置。
- 平坐在椅子上,坐姿端正,腰背挺正,两脚平放在地上,身体放松并稍微向前倾,与键盘的距离大约为 20cm。
- 眼睛向下斜视显示器,应在水平视线以下 20°左右,距离显示器 30～40cm 为宜。
- 两臂自然下垂,小臂和手腕略向上倾斜,手指稍微弯曲放在键盘的基准键位上。

1.2.3　鼠标的操作方法

鼠标因形如老鼠而得名，是计算机的另一个输入设备，在计算机的实际操作中，鼠标的作用是其他设备无法取代的，几乎所有的操作全在鼠标的"掌控之中"。在 Windows 操作系统中，缺少鼠标更是寸步难行。

1. 鼠标的使用方法

掌握手握鼠标的正确姿势是使用鼠标的前提。手握鼠标的正确姿势是：食指和中指自然放置在鼠标的左键和右键上，拇指靠在鼠标左侧，无名指和小指放在鼠标的右侧，拇指、无名指及小指轻轻握住鼠标；手掌心轻轻贴住鼠标后部，手腕自然垂放在桌面上，操作时带动鼠标作平面运动，用食指控制鼠标左键，中指控制鼠标右键，食指或中指控制鼠标滚轮，如图 1-10 所示。

图　1-10

2. 鼠标的常规操作

在 Windows 7 中，大部分操作都可以直接通过鼠标来完成。下面介绍鼠标在系统默认状态下的几个常用操作。

（1）移动鼠标

握住鼠标，在鼠标垫上随意移动，称为"移动"，此时鼠标指针也会随之在屏幕上同步移动，从而移到要选取的对象上。

　操作技巧

　　在移动鼠标的过程中，鼠标指针可能到达不了所需要的位置，此时，可以用手将鼠标提起，至合适位置放下，再移动鼠标到所需要位置即可。

（2）单击鼠标

快速地按下鼠标左键并马上释放称为单击鼠标。在操作时常说的"单击某对象"，就是指移动鼠标，让鼠标箭头指向某个对象，用食指快速按下鼠标左键后再快速释放。

（3）双击鼠标

双击鼠标即快速连续地按两下鼠标左键并释放。常用于启动某个程序或任务，桌面图标就是使用鼠标双击的方法开启的，图 1-11 所示为双击"计算机"图标，打开"计算机"窗口。

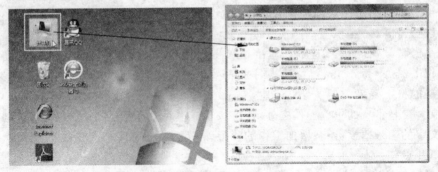

图　1-11

（4）右击鼠标

右击鼠标，其动作是用中指按下鼠标右键并快速释放，快捷菜单的弹出即是通过右击鼠标完成的。

（5）拖动鼠标

拖动鼠标分为左键拖动和右键拖动。左键拖动是将鼠标指针移动到某个对象上按住鼠标左键不放，然后移动鼠标，把对象从屏幕的一个位置拖动到另一个位置，如图 1-12 所示，最后释放鼠标左键的过程，常用于移动某对象的位置。右键拖动操作与左键拖动类似，不同之处在于按住的是右键进行拖动且释放右键时会弹出菜单，可以选择"在当前位置创建快捷方式"和"取消"两个选项，如图 1-13 所示。

图 1-12 　　　　　　　　　　　　　　　　　　　　 图 1-13

3. 使用滚轮

鼠标滚轮用于对文档或窗口中未显示完的内容进行滚动显示，从而查看其中的内容。其方法是将食指放在滚轮上向上或向下进行拨动，可滚动显示文档或窗口中的内容。按下鼠标滚轮使鼠标指针呈 ⬍ 形状，此时向上或向下移动鼠标，鼠标指针会变为 ⬆ 或 ⬇ 形状，文档中的内容将自动向上或向下滚动，再次按下鼠标滚轮，鼠标指针可返回普通状态。

课堂练习

任务背景：小寒认真地学习完本课的内容后，恍然大悟，原来鼠标和键盘起着如此大的作用，
　　　　　她开始对计算机越来越感兴趣了，于是搜索一些相关的资料进行学习。
任务目标：查找相关的计算机知识。
任务要求：对计算机的一些基本操作有所了解。
任务提示：只有掌握了计算机的一些最基本的知识，才能方便以后正确地使用计算机。

课外阅读

不同鼠标指针的含义

鼠标指针除了位置随着鼠标的变化而变化之外，在不同的位置、不同的状态下，它的形状也各不相同，下面将对几种常见的鼠标形状及其代表的含义进行介绍，见表 1-1。

表 1-1

指针形状	名 称	含 义
⬧	正常选择	它是鼠标指针的基本形状，表示准备接受用户指令
⬧?	帮助选择	这是按下了联机帮助键或帮助菜单时出现的光标
⬧	后台运行	系统正在执行某操作，要求用户等待
○	忙	系统正在处理较大的任务，正处于忙碌状态，此时不能执行其他操作
✛	精确选择	在某些应用程序中系统准备绘制一个新的对象
I	文本选择	此光标出现在可以输入文字的地方，此处可输入文本内容
✎	手写	此处可手写输入
⊘	不可用	鼠标所在的按键或某些功能不能使用
↕ ↔	垂直和水平调整	光标处于窗口或对象的四周，拖动鼠标即可改变窗口或对象大小

续表

指针形状	名　称	含　义
↖↘	对角线调整	出现在窗口或对象的四个角上,拖动可改变窗口或对象的高度和宽度
✥	移动	该光标在移动窗口或对象时出现,使用它可移动整个窗口或对象
↰	链接选择	鼠标指针所在的位置是一个超链接,如在网页中的超链接上会出现此光标

课后思考

(1) 键盘有哪些使用方法?

(2) 鼠标有哪些使用方法?

(3) 单击鼠标与双击鼠标所达到的效果有什么不同?

(4) 如何查看文档或窗口中未显示完的内容?

第2课　初次接触Windows 7

　　要想学会使用计算机,首先要认识操作系统,计算机中的大部分操作都必须在操作系统下才能完成。目前使用最为广泛的是 Microsoft 公司的 Windows 系列操作系统,它采用图形化操作界面,支持网络和多媒体、多用户和多任务以及多种硬件设置,同时兼容多种应用程序,可满足用户各方面的需要,本书就以最新版本的 Windows 7 系统为例进行讲解。

课堂讲解

任务背景:完成了第1课的学习,小寒对计算机总算是有了一些了解,鼠标和键盘都会用了,但是她不明白,一台看似笨拙的机器,怎么就能发挥那么多神奇的功效呢? 向姐姐询问,原来是因为安装了操作系统,于是她开始学习一些关于 Windows 7 的知识。

任务目标:学习 Windows 7 的基础知识。

任务分析:只有对 Windows 7 的一些基础操作有了最基本的了解以后,才算真正地学会使用计算机,才能为以后更深入的学习打下基础。

2.1　正确开机与关机

　　开机与关机是学习使用计算机过程中最基础的操作技能,对于一个初学者来说,掌握正确的开机和关机方法是非常重要的。

1. 启动计算机

启动计算机分为冷启动、热启动和复位启动三种。

(1) 冷启动是指在计算机尚未开启电源的情况下启动。

打开显示器上的电源开关,然后按下主机的电源开关。系统经过自检后,出现 Windows 7 的启动界面,进入 Windows 7 默认的用户操作界面,如图 2-1 所示。

(2) 热启动简单地说就是重新启动,使用计算机时,经常会遇到要求重新启动的提示,这时就可以通过热启动来完成。

单击"开始"按钮,在弹出的"开始"菜单中单击"关机"按钮旁的下三角按钮,在弹出的快捷菜

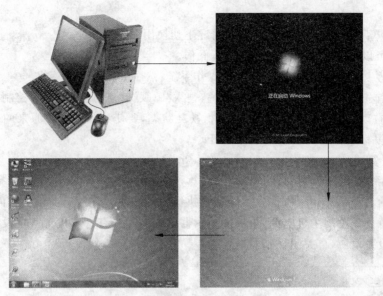

图　2-1

单中选择"重新启动"选项,如图 2-2 所示,即可将计
算机热启动。

（3）当使用计算机时遇到系统突然没有响应,
如鼠标不能移动、键盘不能输入等情况,可以通过
复位来重新启动。其方法是按下主机箱上的 Reset
按钮。

图　2-2

 操作提示

　　由于程序没有响应或系统运行时出现异常,导致所有操作不能进行,这种情况称为死机。
死机时应首先进行热启动,若不行再进行复位启动,如果复位启动还是不行,就只能关机后进
行冷启动。

2. 注销与关闭计算机

如果想要退出 Windows 7,只需单击桌面左下角
的 Windows 图标,在弹出的快捷菜单中进行相关操作
即可。

（1）注销

Windows 7 可设置多用户环境,使用同一台计算
机的人各自设置属于自己的工作环境。当用户处理完
工作后,可执行"注销"命令离开你设置的工作环境,这
样当其他人使用这台计算机时,就不会改变你设置的
工作环境了。

通过单击桌面左下角的 Windows 图标,在弹出的
"开始"菜单中单击"关机"按钮旁的下三角按钮,在弹出
的快捷菜单中提供了 5 个选项,如图 2-3 所示,选择"注

图　2-3

销"选项即可。

- 切换用户：可以在打开应用程序的情况下切换用户。
- 锁定：可以帮你锁定计算机不被他人操作。
- 重新启动：首先会退出 Windows 7 操作系统，然后重新启动计算机。
- 睡眠：首先退出 Windows 7 操作系统，进入"睡眠"状态，此时除部分控制电路工作外，其他电源自动关闭，从而使计算机进入低功耗状态，要使计算机恢复原来的工作状态，移动或单击鼠标或在键盘上按任意键即可。

（2）关闭计算机

计算机使用完后应该及时关闭。在关闭计算机之前应检查一下系统是否还有未执行完的任务或尚未保存的文档，如果有，应首先关闭正在执行的任务，并保存好文档，然后再关闭计算机。

关机时注意要先关闭主机电源，再关闭显示器电源。如果有打印机等其他设备，则应先关闭打印机或其他设备电源，再关闭显示器电源。

 操作提示

如果计算机没有自动关机的话，则应按下主机电源开关（即 Power 按钮）片刻（一般 5～8s），等主机关闭后，再关闭显示器电源。

如果用户长时间不使用计算机，应完全切断计算机电源，如拔掉主机电源线或关掉插座开关。

2.2　初识 Windows 7 桌面

启动 Windows 7 后，呈现在用户面前的屏幕区域称为桌面，如图 2-4 所示。Windows 7 的桌面主题由桌面图标与位于下方的"开始"按钮、桌面背景和任务栏组成。

图　2-4

1. 桌面背景

桌面背景是指应用于桌面的图像或颜色，它处于桌面的最底层，没有实质性的作用，主要用于装饰桌面。桌面背景并不是固定不变的，可根据自己的喜好随意更换。

2. 桌面图标

桌面图标包括系统图标与快捷方式图标。系统图标指"计算机"、"网络"、"回收站"和"控制面板"等系统自带的图标，如图 2-5 所示，用于进行与系统相关的操作；快捷方式图标指应用程序的快捷启动方法，它们一般都是安装应用程序时自动产生的，用户也可根据需要自己创建，其主要特征是在图标左下角有一个小箭头标识 🔗，如图 2-6 所示，双击快捷方式图标可以快速启动相应的应用程序。

图　2-5　　　　　　　　　　　　　　　　图　2-6

3. "开始"按钮

系统中大部分的操作都是从"开始"菜单开始的，可以通过单击"开始"按钮或按键盘上的 Windows 键 ⊞，在弹出的"开始"菜单中执行任务，图 2-7 所示为单击"开始"按钮时弹出的"开始"菜单。

图　2-7

Windows 7 的"开始"菜单是由"固定程序"列表、"常用程序"列表、"所有程序"列表、搜索框、"启动"菜单和"关闭选项"按钮区组成的。

（1）"固定程序"列表

"固定程序"列表中的项目会固定显示在"开始"菜单中，便于用户快速打开其中的程序。用户可以通过自己的需要在列表中添加相应的项目。

（2）"常用程序"列表

"常用程序"列表通常会根据用户平常的操作习惯逐渐列出最常用的几个应用程序，以方便用户的使用。

（3）"所有程序"列表

"所有程序"列表可以让用户查找到系统中安装的所有程序。在"开始"菜单中将鼠标指针指向"所有程序"列表停留片刻，或者单击"所有程序"列表，即可切换到"所有程序"子菜单中，如图 2-8 所示，可用于启动各种应用程序。

"所有程序"列表中以文件夹形式出现的程序表示该项中还包含了若干子菜单项。单击文件夹,系统将自动打开其子菜单项,如图2-9所示。

图　2-8

图　2-9

 操作提示

在桌面的任意空白处单击鼠标,即可关闭"开始"菜单。按Esc键,可以一次收起一层菜单。

（4）搜索框

搜索框为所有应用程序、数据和计算机设置提供了快捷和轻松的访问点。只需在搜索框中输入少许字母,就会显示匹配的文档、图片、音乐、电子邮件和其他文件的列表,所有内容都排列在相应的类别下。

（5）"启动"菜单

使用"启动"菜单中的项目可以快速打开相应的文件夹和窗口,也可以添加或删除出现在"开始"菜单右侧的项目,如计算机、控制面板和图片。还可以更改一些项目,以使它们显示如链接或菜单等,只需要在"开始"菜单中任意空白位置右击鼠标,选择"属性"选项,打开"任务栏和「开始」菜单属性"对话框,在"「开始」菜单"选项卡中单击"自定义"按钮,在弹出的"自定义「开始」菜单"对话框中选择所需选项即可。

（6）"关闭选项"按钮区

"关闭选项"按钮区包含"关机"按钮 和"关闭选项"按钮 。单击"关闭选项"按钮 ,弹出"关闭选项"下拉列表,其中包含"切换用户"、"注销"、"锁定"、"重新启动"和"睡眠"等选项。

4. 任务栏

位于屏幕底部的水平长条称为任务栏,它由快速启动区、程序按钮区、语言栏和通知区域4个部分组成,如图2-10所示,主要用于显示当前运行的所有任务以及程序的快速启动。

（1）快速启动区。快速启动区位于"开始"按钮右侧,用于放置常用程序的快捷方式图标,以方便快速启动常用程序。

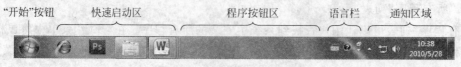

图　2-10

（2）程序按钮区。程序按钮区位于快速按钮区右侧，用于切换各个打开的窗口。用户每打开一个窗口，在程序按钮区中就显示一个对应的程序按钮，在 Windows 7 中可以根据个人的习惯更改任务栏上的程序和按钮，更改任务栏上的程序和按钮的方法将在后面的课程中进行讲解。

（3）语言栏。语言栏其实是一个浮动的工具栏，在默认情况下位于任务栏的上方，最小化后位于任务栏的通知区域左侧，它总位于当前所有窗口的最前面，以便用户快速选择所需的输入法。

（4）通知区域。通知区域位于任务栏的最右侧，包括一组图标和"显示桌面"按钮，双击通知区域中的图标可以打开与其相关的程序或设置，如图 2-11 所示。为了减少混乱，如果在一段时间内没有使用图标，Windows 会将其隐藏在通知区域中。如果想要查看被隐藏的图标，可以单击"显示隐藏的图标"按钮临时显示隐藏的图标，如图 2-12 所示。

图 2-11

图 2-12

2.3 熟悉 Windows 7 窗口

窗口是操作系统中的基本对象，Windows 7 中的所有应用程序都是以窗口形式出现的，启动一个应用程序后，用户看见的是该应用程序的窗口，虽然每个窗口的内容各不相同，但所有窗口都始终在桌面显示，且大多数窗口都具有相同的基本部分。

2.3.1 认识 Windows 7 窗口

窗口可以分为两种类型：一种是文件夹窗口，如"计算机"窗口，这类窗口显示的是文件夹和文件，Windows 7 中的文件窗口与 Windows XP 中的文件窗口相比，发生了很大的变化，图 2-13 所示为 Windows XP 中的"我的电脑"窗口，图 2-14 所示为 Windows 7 中的"计算机"窗口。

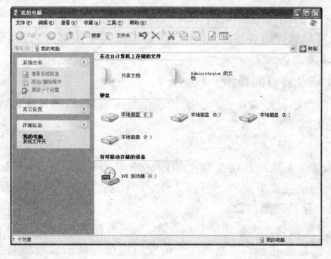

图 2-13

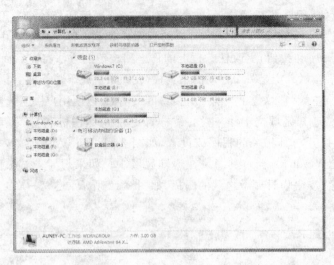

图　2-14

另一种窗口为应用程序窗口,如执行"开始"→"所有程序"→"附件"→"记事本"命令,可以打开"记事本"窗口,如图 2-15 所示,这类窗口属于应用程序窗口。

应用程序窗口的组成部分及其作用如下。

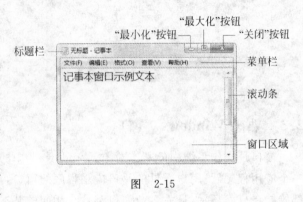

图　2-15

- 标题栏:用于显示窗口的名称,如果用户在桌面上打开多个窗口,其中一个窗口的标题栏会处于亮显状态,为当前活动窗口。在标题栏单击可以拖动窗口。
- "最小化"按钮、"最大化"按钮、"关闭"按钮:可以根据需要隐藏窗口、放大窗口,使其填充整个屏幕以及关闭窗口。
- 菜单栏:用于显示应用程序的菜单项,单击每一个菜单项可以打开相应的菜单,从中可以选择需要的命令。
- 窗口区域:用于显示窗口中的内容。
- 滚动条:当窗口区域内容较多时,用户只能看见其中的部分内容,要想查看其他部分内容,可以拖动滚动条。

2.3.2　Windows 7 窗口的操作

窗口的操作主要包括打开窗口,最大化、最小化及还原窗口,缩放窗口,移动窗口,切换窗口,排列窗口和关闭窗口等。

1. 打开窗口

打开窗口的方法有 4 种:①双击"程序"图标或单击超链接;②单击图标后按 Enter 键;③右击图标,在弹出的快捷菜单中执行"打开"命令;④通过"开始"菜单打开。

2. 最大化、最小化及还原窗口

最大化窗口是指将窗口设为整个屏幕的大小,从而方便进行操作,其方法是单击窗口右上角的"最大化"按钮　；最小化窗口是指将打开的窗口以按钮的形式缩放到任务栏的任务按钮区中,即不让它们显示在屏幕中,其方法是单击窗口标题栏右上角的"最小化"按钮　；还原窗口

是指将窗口恢复到操作前的状态,主要包括下面两种情况。

- 当窗口最大化后,"最大化"按钮 将变成"还原"按钮 ,此时单击"还原"按钮,可将最大化窗口还原为原始大小。
- 当窗口最小化到任务栏后,在任务按钮区中单击相应任务按钮,即可将其还原。

3. 缩放窗口

窗口处于非最大化或最小化的状态时,可通过将鼠标指针移动到窗口的四边或四角进行拖动,来缩放窗口的大小。

4. 移动窗口

移动窗口的方法很简单,当窗口处于非最大化的状态时,将鼠标指针移动到该窗口的标题栏上,按住鼠标左键不放拖动至适当位置释放鼠标,即可完成移动操作。

5. 切换窗口

Windows 7 中使用 Aero 三维窗口切换,在不需要单击任务栏的情况下,可以快速预览所有打开的窗口(例如,打开的文件、文件夹),如图 2-16 所示。按快捷键 Windows 徽标键 ＋Tab 会显示出三维窗口切换效果,按住 Windows 徽标键,按 Tab 键可以在打开的窗口间进行循环切换,当显示出所需窗口时,释放Windows 徽标键即可对窗口进行切换。

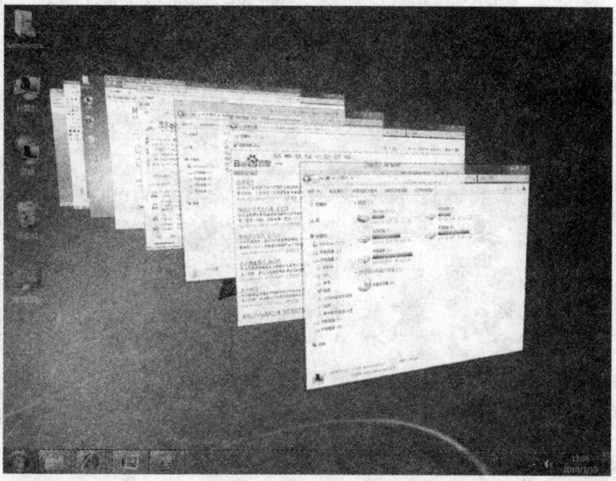

如果计算机正在使用的是非Windows 7 操作系统,或是不支持 Aero 用户界面,可以通过按快捷键 Alt＋Tab 来查看计算机上的打开程序和窗口,如图 2-17所示,这项功能与在Windows XP中操作是一样的。

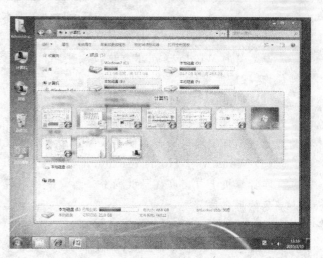

图 2-16

图 2-17

6. 排列窗口

当打开多个窗口后,为了便于操作和管理,可将这些窗口进行层叠、堆叠和并排等排列。其方法是在任务按钮区的空白位置右击鼠标,在弹出的快捷菜单中选择相应的排列窗口命令即可将窗口排列为所需的样式,如图 2-18 所示。

- 层叠窗口:当在桌面中打开多个窗口并需在窗口间来回切换时,可在快捷菜单中执行"层叠窗口"命令,以层叠方式排列。
- 堆叠显示窗口:是指以横向的方式同时在屏幕上显示所有窗口,所有窗口互不重叠。
- 并排显示窗口:是指以垂直的方式同时在屏幕上显示所有窗口,窗口之间互不重叠。

7. 关闭窗口

使用完某个窗口后,可以将其关闭。关闭窗口的方法有以下几种。

图 2-18

- 单击窗口右上角的"关闭"按钮 █ X 。
- 在"文件"选项卡左侧单击"关闭"按钮。
- 在窗口的标题栏上右击鼠标,在弹出的快捷菜单中选择"关闭"命令。
- 单击窗口标题栏左上方的程序图标,在弹出的快捷菜单中选择"关闭"命令。
- 按快捷键 Alt+F4 可关闭当前操作窗口。
- 将鼠标指针移动到任务栏中需要关闭的窗口上,右击鼠标,在弹出的快捷菜单中选择"关闭"命令。

课堂练习

任务背景:通过本课中对开机、关机、Windows 7 桌面以及窗口的学习,小寒已经对Windows 7 的使用方法有了一定的了解和掌握,那漂亮的三维窗口切换效果也引起了她极大的兴趣,她更加希望学习更多的知识。

任务目标:查找一些阅读资料。

任务要求:多多学习 Windows 7 操作系统相关知识。

任务提示: Windows 7 操作系统是当下最实用也是最流行的操作系统之一,只有学会了该操作系统的使用方法,才能在以后的日子里借助该操作系统完成更多知识的学习。

课外阅读

Windows 7 版本介绍

(1) Windows 7 Starter(简易版)

与之前的 Windows 版本相比,软、硬件和设置的兼容性有很大的改善,提高了计算机的性能,运行速度很快。

(2) Windows 7 Home Basic(家庭基础版)

能够为只需要执行基本事务的家庭计算机用户提供可靠性、安全性和实用性,可以方便用户更快更方便地访问平日使用最频繁的程序和文档。

(3) Windows 7 Home Premium(家庭高级版)

在计算机上与家庭成员共同分享所喜爱的电视节目、照片、视频和音乐,提供更完整更令人满意的用户体验。

(4) Windows 7 Professional(专业版)

替代了 Vista 下的商业版,加强了网络功能,它不但拥有家庭高级版卓越的媒体和娱乐功能,还具备了各种商务功能。

(5) Windows 7 Enterprise(企业版)

提供一系列企业增强功能,能够满足具有高度复杂的 IT 基础结构的大型全球组织的需求,可以帮助用户降低 IT 成本,同时为用户的敏感数据提供附加保护层。

(6) Windows 7 Ultimate(旗舰版)

增加了上网的安全性及多语言环境下工作的灵活性,同时拥有 Windows 7 家庭高级版的所有娱乐功能和专业版的所有商务功能,消耗的硬件资源是最大的。

课后思考

(1) 根据不同的情况可以将启动 Windows 7 的方法分为哪三种?

(2) Windows 7 系统自带的图标有几个? 分别是什么?

(3) 在 Windows 7 中如何达到三维窗口切换效果?

第3课　管理文件很容易

文件与文件夹的管理是 Windows 7 中非常重要的操作，文件管理主要包括新建、重命名、移动、复制和删除等，学会这些知识有助于同学们熟练地组织和管理计算机中的文件。

课堂讲解

> **任务背景**：小寒发现自己的计算机运行速度太慢了，难道是出现了什么故障？于是她去向姐姐咨询，姐姐告诉她这是由计算机中文件太多、太复杂，而且存放毫无规律所造成的。于是她开始思考，文件存放也需要规律吗？怎样才能管理计算机中的文件和文件夹呢？她开始了新的学习。
>
> **任务目标**：学习管理计算机中的文件和文件夹。
>
> **任务分析**：管理好计算机中的文件和文件夹不仅可以提高计算机的运行速度，还可以帮助小寒快速查找到需要的文件。

3.1　资源管理器简介

Windows 资源管理器显示了用户计算机上所有的文件、文件夹和驱动器分层次结构，是 Windows 7 中管理和浏览文件的一个重要场所，在"计算机"中可以完成的操作，在"资源管理器"中同样可以完成，而且使用"资源管理器"进行操作将会更加方便。用户可以复制、移动、重命名以及搜索文件和文件夹。

打开"资源管理器"窗口的方法有多种，其中最常用的有以下几种。

- 在"开始"按钮 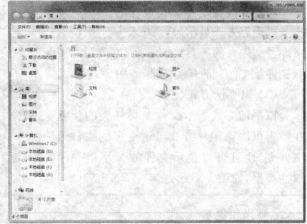 上右击鼠标，在弹出的快捷菜单中选择"打开 Windows 资源管理器"选项，打开"资源管理器"窗口。
- 执行"开始"→"所有程序"→"附件"→"打开 Windows 资源管理器"命令，即可打开"资源管理器"窗口。
- 在"任务按钮区"的"文件夹"按钮上右击鼠标，在弹出的快捷菜单中选择"打开 Windows 资源管理器"选项。

可以看到"资源管理器"窗口主要由两个部分组成：左边的任务窗格和右边的内容窗格，左侧任务窗格中展开了4个以树形结构目录显示当前计算机中所有资源的"文件夹"栏，即收藏夹、库、计算机和网络；在窗口右边的内容窗格中显示的是左侧文件夹中相对应的内容，如图 3-1 所示。

图　3-1

3.2　计算机资源管理

1. 打开资源管理器中的文件

要想对计算机中的资源进行管理，首先就要学会如何打开资源管理器中的文件。通常我们打开文件夹的方法有很多种。

- 在资源管理器窗口中双击文件夹即可打开并查看其中的内容。
- 在地址栏中的"计算机"按钮右侧单击▶按钮，在弹出的下拉列表中选择需要查看的文件夹进行查看。
- 在资源管理器中将鼠标指针移至左侧任务窗格需要打开的"文件夹"栏中，单击某个文件夹目录前出现的 ▷ 按钮，或双击该目录，可展开下一级目录，此时，该按钮变为 ◢ 形状，单击某个文件夹目录，在右侧的窗口工作区中将显示该文件夹中的相应内容，如图 3-2 所示。

图　3-2

2. 设置文件显示方式

为了便于根据不同的需要对文件进行查询，在操作资源管理器时可以为文件或文件夹设置不同的显示方式，方法很简单，只需要在"资源管理器"窗口中单击"视图"按钮，在弹出的下拉列表中选择想要显示的方式即可。

Windows 7 资源管理器中提供了 8 种显示方式，即内容、平铺、详细信息、列表、小图标、中等图标、大图标和超大图标。

（1）以内容方式显示

以内容方式显示时，系统将显示出所有文件及文件夹的所有修改日期，方便用户查看文件及文件夹的修改记录，如图 3-3 所示。

图　3-3

（2）以平铺方式显示

以平铺方式显示文件及文件夹的优点在于它可以比图标方式显示更多的文件及文件夹，而且可以显示文件的大小信息及属性类型，如图 3-4 所示。

 操作提示

当计算机中的文件不显示扩展名时，可以执行"工具"→"文件夹选项"命令，弹出"文件夹选项"对话框，选择"查看"选项卡，在"高级设置"列表中取消"隐藏已知文件的扩展名"选项。

图　3-4

（3）以详细信息方式显示

以详细信息方式显示时，系统将列出打开的文件夹的内容并提供有关文件的详细信息，包括名称、类型、大小和修改日期，如图 3-5 所示。

图 3-5

（4）以列表方式显示

以列表方式显示文件及文件夹，在该视图的当前窗口中可以显示大量的文件及文件夹，而且还可以通过拖动滚动条显示其余的文件及文件夹，从而节省查看时间，如图 3-6 所示。

（5）以图标方式显示

以图标方式显示文件及文件夹，包括小图标、中等图标、大图标和超大图标，小图标视图以行列方式显示文件及文件夹，该视图中的图标要比平铺视图中的图标略小些。优点在于名称显示在图标下方，而且比平铺视图在当前窗口内显示的文件及文件夹多。

中等图标、大图标和超大图标主要的优点是非常适合查看图片文件。如果文件夹中包含图片文件，则可以显示前 4 个图片效果；若图片位于要查看的盘符或文件夹下，则可以预览其所有效果，如图 3-7 所示。

图 3-6

小图标显示

中等图标显示

大图标显示

超大图标显示

图 3-7

操作技巧

　　还可以通过移动"视图"下拉列表中的滑块到某个特定的视图,或者将滑块移动到小图标和超大图标之间的任何点来微调图标大小以更改文件或文件夹的视图方式。

3. 显示隐藏文件

　　Windows 7 默认情况下不显示隐藏文件,但是如果需要对隐藏文件进行操作时,就必须将其显示出来。

　　打开资源管理器,单击工具栏中的"组织"按钮,在弹出的下拉菜单中选择"文件夹和搜索选项"选项,弹出"文件夹选项"对话框,选择"查看"选项卡,在"高级设置"列表中选择"显示隐藏的文件、文件夹或驱动器"选项,如图 3-8 所示。单击"确定"按钮,返回窗口后即可看到原来隐藏的文件,如图 3-9 所示。

图　3-8

图　3-9

3.3　操作文件与文件夹

　　计算机中的数据是以文件的形式来表现的,文件夹可以将这些文件分别保存起来。掌握文件和文件夹的操作是进一步学习计算机应用的必要条件。文件与文件夹的操作主要包括新建、重命名、选定、复制、移动、删除等,下面将分别进行讲解。

3.3.1　认识文件与文件夹

　　文件是指保存在计算机中的各种信息和数据,计算机中的文件有各种各样的类型,如电子文档、图片、音乐或程序。文件一般由文件图标、文件名称、分隔点、文件扩展名和文件信息 5 部分组成,如图 3-10 所示。其中,文件的扩展名一般表示文件的类型,表 3-1 所示为计算机中几种常见的文件类型。

第1章.docx
Microsoft Word 文档
4.93 MB

图　3-10

表 3-1　计算机中常见的文件类型

文件图标	扩 展 名	文 件 类 型	文件图标	扩 展 名	文 件 类 型
	.docx	Word 文件		.text	文本文件
	.hlp	帮助文件		.exe	安装程序
	.exe 或 .com	应用程序		.wma 或 .mp3 等	多媒体文件
	.rar	WinRAR 压缩文件		.jpg	图像文件

在计算机中,数据和各种信息都是以文件的形式保存的,而文件一般都放在文件夹中,文件夹是为了更好地管理文件而产生的,它就像现实生活中的文件夹,虽然没有文件内容,却可将多个文件分类管理,从而方便用户快速找到自己所需要的文件。在 Windows 7 中,可根据个人的需要创建多个文件夹,且可以及时预览文件夹中的内容,如图 3-11 所示。

风景　　　　花　　　　人像

图　3-11

3.3.2　新建文件夹

要想将文件放入文件夹中,必须新建一个文件夹,如在 D 盘下新建一个用于存放音乐的文件夹,其方法如下。

进入 D 盘窗口,在窗口的空白区域右击鼠标,在弹出的快捷菜单中执行"新建"命令,然后在弹出的子菜单中选择"文件夹"选项,如图 3-12 所示,即可新建一个文件夹,并使其名称呈可编辑状态,输入文件夹名称"音乐"后按 Enter 键即可,如图 3-13 所示。

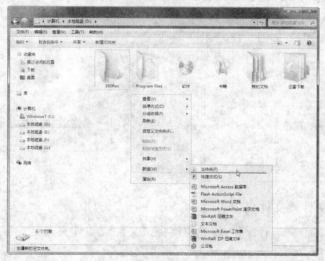

图　3-12

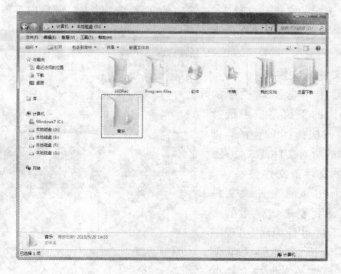

图　3-13

3.3.3　重命名文件或文件夹

在 Windows 7 操作系统中,同一个文件夹中是不允许有相同的文件或文件夹名称的,遇到两个名称相同的文件或文件夹时,就需要对其中一个文件或文件夹重命名。为文件或文件夹重命名以后,可以更好地体现文件或文件夹的内容,方便用户对其进行管理和查找。

选择需要重命名的文件或文件夹,在"资源管理器"窗口中单击工具箱中的"组织"按钮,在弹出的下拉菜单中选择"重命名"选项,如图 3-14 所示,或者直接在文件或文件夹名称位置双击,此时需要重命名的文件或文件夹图标下面的文字将反白显示,输入新的名称,完成后按 Enter 键或在窗口的空白处单击即可,如图 3-15 所示。

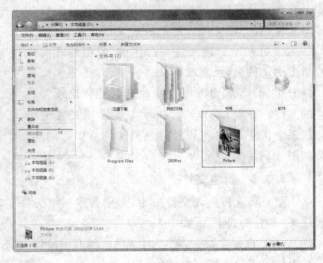

图　3-14

 操作提示

> 文件或文件夹命名可以用包括字母、数字和汉字等在内的 256 个字符,但不能包含"\"、"/"、":"、"*"、"?"、"<"、">"、"|"等特殊字符。

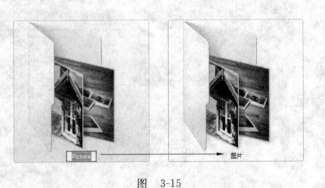

图　3-15

3.3.4　选定文件或文件夹

想要对文件或文件夹进行操作,首先应该将该文件或文件夹选定。常见的选定文件或文件夹的方法有以下几种。

1. 选定单个文件或文件夹

用鼠标单击要选定的文件或文件夹,被选定的文件或文件夹以蓝底白字形式显示,如果想要取消选择,用鼠标单击被选定文件或文件夹外的任意位置即可。

2. 选定全部文件或文件夹

在资源管理器中单击工具栏中的"组织"按钮,在弹出的下拉菜单中选择"全选"选项或直接按快捷键 Ctrl+A,即可选定当前窗口中的所有文件或文件夹。

3. 选定相邻的文件或文件夹

要想选择多个相邻的文件或文件夹,将鼠标指针移动到要选定范围的一角,按住鼠标左键不放进行拖动,出现一个浅蓝色的半透明矩形框,如图 3-16 所示。用矩形框框选所需要文件或文件夹

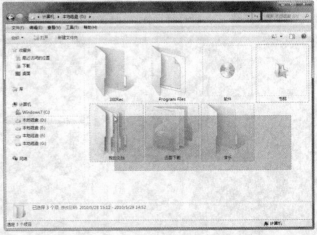

图　3-16

后释放鼠标左键,即可选中所有矩形框内的文件或文件夹,如图 3-17 所示。

4. 选定多个连续的文件或文件夹

要选定多个连续的文件或文件夹,首先用鼠标左键单击第一个文件或文件夹;其次按住 Shift 键不放,再单击要选中的最后一个文件或文件夹即可。

5. 选定多个不相邻的文件或文件夹

首先选中一个文件或文件夹;其次按住 Ctrl 键不放,再依次单击所要选择的文件或文件夹,可以选择多个不相邻的文件或文件夹。

3.3.5 移动和复制文件或文件夹

复制文件或文件夹是指为文件或文件夹在某个位置创建一个备份,而原位置的源文件或文件夹仍然保留;移动文件或文件夹是指将文件或文件夹从一个目录移到另一个目录中,在原来的位置将不存在该文件或文件夹。移动和复制文件或文件夹都可以通过剪贴板和鼠标拖动两种方法进行。

1. 通过鼠标拖动来移动或复制文件或文件夹

通过鼠标拖动可对文件或文件夹进行移动和复制操作。在此我们以通过鼠标拖动来移动文件夹为例进行讲解,其操作如下。

打开"本地磁盘 D"窗口,在该窗口中选择"图片"文件夹按住鼠标左键不放,将其拖动到目标文件夹图标上,如图 3-18 所示。释放鼠标左键即可将选定的"图片"文件夹移动到目标文件夹中,如图 3-19 所示。

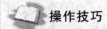

操作技巧

在复制文件或文件夹时,若源文件或文件夹与目标文件夹位于同一磁盘分区中,在拖动时按住 Ctrl 键即可复制;若源文件或文件夹与文件夹不在同一磁盘分区中,只需直接将源文件或文件夹拖动至目标文件夹即可。

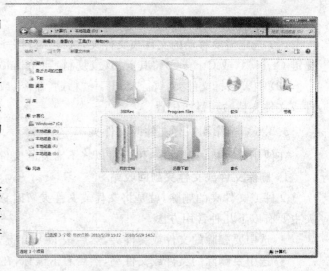

图 3-17

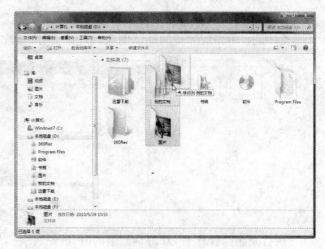

图 3-18

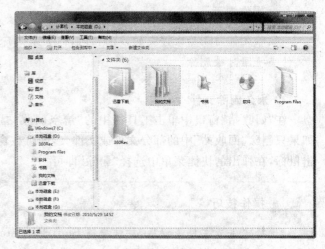

图 3-19

2．通过剪贴板移动或复制

（1）选定需要移动的文件或文件夹，执行"编辑"→"剪切"（或"复制"）命令，也可以直接按快捷键 Ctrl＋X（或 Ctrl＋C）将其剪切（或复制）到 Windows 的剪贴板中。

（2）打开目标文件夹，执行"编辑"→"粘贴"命令（或按快捷键 Ctrl＋V）即可将剪贴板中的文件或文件夹粘贴到目标位置。

3.3.6　删除和恢复文件或文件夹

在使用计算机的过程中，用户可以将不需要的文件或文件夹删除，以释放更多的空间。

1．删除文件或文件夹到回收站

文件或文件夹的删除，就是将文件或文件夹暂时移动到桌面的"回收站"中，删除文件或文件夹主要有以下几种常用方法。

- 选中要删除的文件或文件夹，然后按 Delete 键。
- 选中要删除的文件或文件夹，然后右击鼠标，在弹出的快捷菜单中执行"删除"命令。
- 选中要删除的文件或文件夹，然后按住鼠标左键不放将其拖动到桌面的"回收站"图标上，释放鼠标即可。

用上述的前两种方法删除文件或文件夹时，系统会提示是否确定删除该文件或文件夹，如图 3-20所示，单击"是"按钮确认删除，单击"否"按钮放弃删除。

图　3-20

执行完删除操作后，双击桌面上的"回收站"图标，在打开的"回收站"窗口中即可看到被删除的文件或文件夹。

 操作提示

删除文件与删除文件夹的方法相同，但如果删除文件夹，则该文件夹中的所有文件和子文件夹将同时被删除。

2．永久删除文件

在"回收站"窗口中单击工具栏中的"清空回收站"按钮，即可彻底删除"回收站"中的文件。如果只删除"回收站"中的部分文件或文件夹，则可在窗口中选定要删除的文件或文件夹，然后右击鼠标，在弹出的快捷菜单中选择"删除"即可。

 操作技巧

选择文件或文件夹以后，按快捷键 Shift＋Delete 可以直接将文件或文件夹彻底删除，但是为了避免误删除的情况发生，不建议同学们直接将文件或文件夹彻底删除。

3. 恢复被删除的文件

要恢复放入"回收站"的所有文件和文件夹,在"回收站"窗口中单击工具栏中的"还原所有项目"按钮,如图 3-21 所示,即可将"回收站"中所有的文件或文件夹恢复到原来的位置。

如果要恢复部分文件或文件夹,首先选定要恢复的文件或文件夹;其次右击鼠标,在弹出的快捷菜单中执行"还原"命令,如图 3-22 所示,即可将该文件或文件夹还原到被删除前的位置。

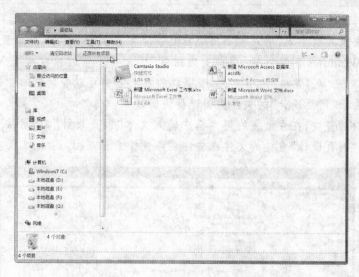

图 3-21

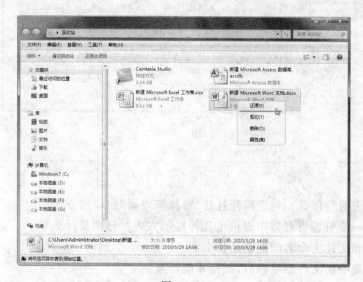

图 3-22

课堂练习

任务背景:通过本课的学习,小寒已经可以自己管理计算机中的文件和文件夹了,计算机的运行速度也快了很多,接下来她把每个磁盘中的文件都进行了分类管理,查找文件再也不像以前那么费劲了。

任务目标:分类管理磁盘中的文件。

任务要求：将各磁盘中的文件有规律地整理好。

任务提示：管理文件的关键在于如何理清文件的放置顺序，定期对这些文件进行管理 是操作 Windows 7 必不可少的环节之一。

课外阅读

查找文件或文件夹

在硬盘越来越大的今天，用户不必担心忘记了文件或文件夹的保存位置，因为搜索功能极大地强化了 Windows 7，可以轻松地"大海捞针"。无处不在的搜索框是 Windows 7 的显著特点之一，在"开始"菜单的下方、每个窗口的右上方都可以看到它的身影。下面就以在计算机中搜索关于"网页设计"的文件为例进行讲解。

打开"计算机"窗口，在右上角的搜索框中输入文本"网页设计"，然后按 Enter 键。稍等片刻后，所有与"网页设计"有关的文件或文件夹都被搜索出来，如图 3-23 所示。

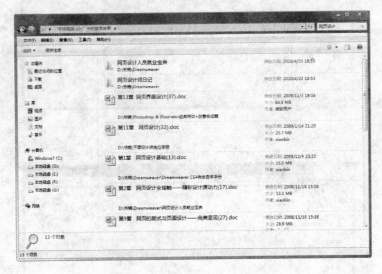

图 3-23

课后思考

(1) 什么是资源管理器？列举两种打开"资源管理器"窗口的方法。

(2) Windows 7 资源管理器中提供了几种显示方式？分别是什么？

(3) 给文件和文件夹命名的规则是什么？

(4) 将文件夹中的文件删除以后，如何才能恢复？

第2章

个性化的Windows 7

第4课 个性化外观

　　Windows 7 是目前最新一代的操作系统,不仅延续了 Windows 家族的传统,而且还带来了更多的全新体验,Windows 新颖的个性化设置,在视觉上带来了不一样的感觉。本课就从桌面讲起,引导同学们学习如何对 Windows 7 桌面进行个性化的设置。

课堂讲解

任务背景:毛毛最近刚刚给计算机换了最新的 Windows 7 操作系统,虽然是刚刚接触,但是她第一次见到 Windows 7 的界面就喜欢上了这个操作系统,尤其是它漂亮的桌面、漂亮的图标深深地吸引住了毛毛,她希望能够学习更多关于 Windows 7 个性化外观设置的方法。

任务目标:学习桌面的设置方法。

任务分析:桌面的设置是应用 Windows 7 操作系统的最基础操作,学会了桌面背景、桌面图标的设置可以使桌面更加美观、更加个性化。

4.1 桌面图标个性化设置

　　在 Windows 7 操作系统中,所有的文件、文件夹以及应用程序都可以用形象化的图标表示,将这些图标放置在桌面上就叫做"桌面图标",双击任意一个图标都可以快速地打开相应的文件、文件夹或者应用程序。

4.1.1 添加桌面图标

　　第一次启动 Windows 7 时,用户只能看到一个图标,即回收站。如果用户要显示其他系统图标,可以通过手动方式进行添加。

1. 添加系统图标

　　(1) 在桌面空白处右击鼠标,在弹出的快捷菜单中选择"个性化"选项,如图 4-1 所示。在打开的"个性化"窗口中单击"更改桌面

图 4-1

图标"链接,如图 4-2 所示。

（2）打开"桌面图标设置"对话框,在"桌面图标"选项中选中"计算机"、"用户的文件"、"控制面板"、"回收站"和"网络"5 个复选框,如图 4-3 所示。单击"确定"按钮,即可将默认的系统图标显示到桌面上,如图 4-4 所示。

图　4-2 　　　　　　　　　　　　　　　　　　　图　4-3

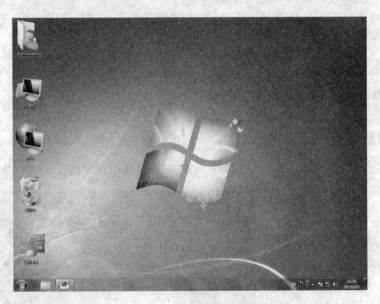

图　4-4

2. 添加应用程序快捷方式

同学们还可以将常用的应用程序的快捷方式放置在桌面上形成桌面图标。下面以添加"计算器"的快捷方式为例进行讲解。

执行"开始"→"所有程序"→"附件"命令,弹出相应的程序组列表,在该列表中选择"计算器"选项,右击鼠标,在弹出的快捷菜单中执行"发送到"→"桌面快捷方式"命令,如图 4-5 所示。返回到桌面,即可看到一个"计算器"快捷方式图标,如图 4-6 所示。

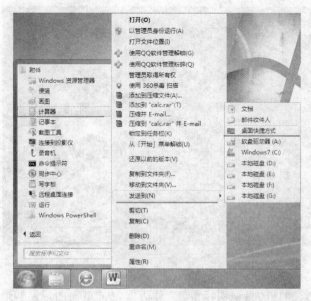

图　4-5

图　4-6

4.1.2　排列桌面图标

在日常应用中,不断地添加桌面图标就会使桌面变得很乱,这时通过排列桌面图标可以整理桌面,通常排列桌面图标的方式有 4 种,即按照名称、大小、项目类型和修改日期排列。

在桌面空白处右击鼠标,在弹出的快捷菜单中选择"排列方式"选项,在下一级菜单中可以看到 4 种排列方式,如图 4-7 所示。在此按照"修改日期"进行排列,如图 4-8 所示。

4.1.3　更改桌面图标

同学们还可以根据自己的实际需要修改桌面图标的标识,以便于在以后可以更加方便地查找并使用图标。

Windows 7 操作系统中自带了很多图标,同学们可以根据自己的需要从中进行选择。

图　4-7

图　4-8

　　(1) 根据前面的方法打开"桌面图标设置"对话框,从"桌面图标"选项卡的列表中选择要更改标识的桌面图标,如图 4-9 所示。然后单击"更改图标"按钮,弹出"更改图标"对话框,从中选择一个图标,如图 4-10 所示,单击"确定"按钮。

图　4-9

图　4-10

　操作提示

　　如果系统自带的图标不能满足需求,同学们可以将自己喜欢的图标设置为桌面图标的标识,只需在"更改图标"对话框中单击"浏览"按钮,从中找到图标即可。

　　(2) 返回到"桌面图标设置"对话框,可以看到刚刚选择的 Administrator 图标已被更改,如图 4-11 所示。单击"确定"按钮,返回到桌面,可以看到 Administrator 图标效果,如图 4-12 所示。

　操作提示

　　如果希望把更改过的图标还原为系统默认的图标,在"桌面图标设置"对话框中单击"还原默认值"按钮即可。

图　4-11　　　　　　　　　　　　　　　　图　4-12

4.2　桌面背景个性化设置

在 Windows 7 中提供了多种个性化的桌面背景,包括图片、纯色或带有颜色框架的图片等,同学们可以根据自己的需要收集一些图片作为桌面背景,还可以将多张图片作为幻灯片显示。

1. 设置桌面背景

Windows 7 系统自带了很多精美的漂亮背景图片,同学们可以从中挑选出自己喜欢的图片作为桌面背景。具体操作如下。

(1) 在桌面空白处右击鼠标,在弹出的快捷菜单中选择"个性化"选项,打开"个性化"窗口,单击"单击背景"链

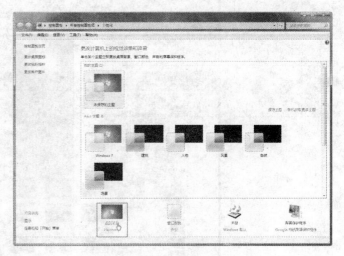

图　4-13

接,如图 4-13所示。切换到"选择桌面背景"窗口,单击"图片位置"下三角按钮,在弹出的下拉列表中列出了 4 个系统默认的图片存放文件,如图 4-14 所示。

图　4-14

（2）选择"Windows 桌面背景"选项，从下拉列表中选择一幅图片作为背景图片即可，如图 4-15 所示。单击"图片位置"旁的下三角按钮，在下拉列表中提供了 5 种显示方式，从中选择适合自己的选项，这里选择"填充"选项，如图 4-16 所示。

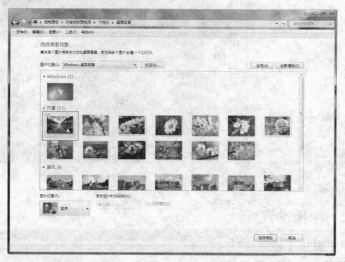

图　4-15

图　4-16

（3）完成背景的设置，单击"保存修改"按钮，系统会自动返回到"个性化"窗口，在"我的主题"组合框中会出现一个未保存的主题，单击"保存主题"链接，如图 4-17 所示。弹出"将主题另存为"对话框，在"主题名称"文本框中输入主题名称，单击"确定"按钮即可。关闭"个性化"窗口，此时可以看到桌面背景已经被更改为刚刚设置的图片，如图 4-18 所示。

2. 自定义桌面背景

长时间地使用 Windows 7 自带的图片可能会失去新鲜感，此时，可以通过自定义图片的方式将自己平时喜欢的图片设置为桌面背景。

根据前面的方法进入"选择桌面背景"窗口，单击"浏览"按钮，弹出"浏览文件夹"对话框，从中找出图片所在文件夹，在此选择"我的图片"文件夹，如图 4-19 所示。单击"确定"按钮，返回到"选择桌面背景"窗口，从中选择一张图片作为桌面背景，如图 4-20 所示。单击"保存修改"按钮，返回到"个性化"窗口，保存主题后即可看到设置的桌面背景，如图 4-21 所示。

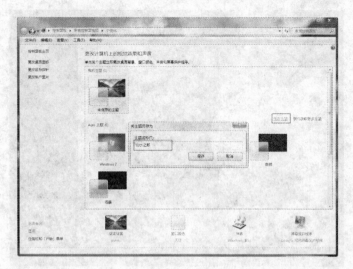

图　4-17

图　4-18

图　4-19

图　4-20

图　4-21

课堂练习

任务背景：通过本课的学习，毛毛学会了如何个性化桌面图标、桌面背景，接下来，她将为自己的桌面进行个性化设置。

任务目标：设置自己的桌面。

任务要求：熟练掌握桌面图标、桌面背景的设置方法。

任务提示：只有掌握了桌面的一些个性化操作，才能更加灵活地更改桌面。

课外阅读

使用桌面小工具

与 Windows Vista 操作系统一样，在 Windows 7 操作系统中也提供了桌面的小工具，但与 Vista 不同的是，它甩掉了边栏的限制，将不同类型的小工具统一放置在一个文件夹中，同学们只需将想要的小工具拖动到桌面即可使用，这样更加方便快捷。

下面将介绍如何使用桌面小工具。

（1）在桌面上右击鼠标，在弹出的快捷菜单中选择"小工具"选项，如图 4-22 所示。弹出"小工具库"窗口，其中列出了系统自带的多个小工具，同学们可以从中选择自己喜欢的个性小工具，如图 4-23 所示。

（2）选中需要的小工具，右击鼠标，在弹出的快捷菜单中选择"添加"选项或者直接双击某个小工具，即可将其添加到桌面上，此处将"日历"小工具添加到桌面上，如图 4-24 所示。此外，

图　4-22

图　4-23

同学们还可以通过在"小工具库"窗口右下角单击"联机获取更多小工具"链接,自动转到相应的网页中,如图4-25所示,从中可以获取更多小工具。

图　4-24

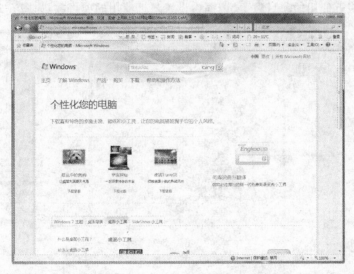

图　4-25

课后思考

(1) 如何将桌面的图标按名称排列?

(2) 自定义桌面背景的方法有哪些?

(3) 为桌面添加小工具的方法有哪些?

第5课　个性化设置"开始"菜单

与以前的 Windows 版本一样,在 Windows 7 中几乎所有的操作都可以通过"开始"菜单来实现,因此,"开始"菜单在 Windows 7 中有着非常重要的作用。为了使"开始"菜单更加符合自己的使用习惯,同学们可以对其进行相应的设置。

课堂讲解

> **任务背景**:毛毛现在对桌面的个性化设置可以说已经非常熟悉了,但是她的好奇心并没有减少,她开始研究"开始"菜单的个性化设置。
>
> **任务目标**:学习"开始"菜单的个性化设置。
>
> **任务分析**:"开始"菜单可以使毛毛快速地找到要执行的程序,对"开始"菜单进行细节上的设置,可以使毛毛以后在操作计算机时更加便捷。

5.1 "开始"菜单属性设置

(1) 在"开始"按钮上右击鼠标,从弹出的快捷菜单中选择"属性"选项,弹出"任务栏和「开始」菜单属性"对话框,切换到"「开始」菜单"选项卡,如图 5-1 所示。

(2) 单击"自定义"按钮,弹出"自定义「开始」菜单"对话框,在该对话框中可以对"开始"菜单中各个选项的属性进行设置,如选中"计算机"选项下方的"显示为菜单"选项,如图 5-2 所示。

(3) 在"要显示的最近打开过的程序的数目"微调框中设置最近打开程序的数目,在"要显示在跳转列表中的最近使用的项目数"微调框中设置最近使用的项目数,如图 5-3 所示。

图 5-1

图 5-2

图 5-3

(4) 单击"确定"按钮返回到"自定义「开始」菜单"对话框中,然后单击"确定"按钮,打开"开始"菜单,可以看到设置的地方已经发生了变化,如图 5-4 所示。

图 5-4

5.2 "固定程序"列表个性化

　　"固定程序"列表中的程序会固定地显示在"开始"菜单中,同学们可以快速地打开其中的应用程序,也可以根据自己的需要将常用的程序添加到"固定列表"中,具体步骤如下。

　　(1) 执行"开始"→"所有程序"→"附件"命令,从弹出的"附件"菜单中选择"记事本"选项,然后右击鼠标,从弹出的快捷菜单中选择"附到「开始」菜单"选项,如图 5-5 所示。单击"返回"按钮,返回到"开始"菜单可以看到"记事本"已被添加到"固定程序"列表中,如图 5-6所示。

图　5-5

图　5-6

　　(2) 如果不想再使用"固定程序"列表中的某个程序,如刚刚添加的"记事本"程序,可以将其删除,只需要在该程序中右击鼠标,从弹出的快捷菜单中选择"从「开始」菜单解锁"选项即可,如图 5-7 所示。此时可以看到"记事本"程序已从"固定程序"列表中删除了,如图 5-8 所示。

图　5-7

图　5-8

5.3 "常用程序"列表个性化

"常用程序"列表中列出了一些经常使用的程序,随着日后对一些程序的频繁使用,在该列表中会默认列出 10 个最常用的程序,用户可以根据实际需要设置"常用程序"列表中的程序显示数目,方法在前面的小节中曾讲解过。按照前面的方法打开"自定义「开始」菜单"对话框,在"要显示在跳转列表中的最近使用的项目数"微调框中设置最近使用的项目数即可,如图 5-9 所示。

如果想要删除不经常的某个应用程序,如"计算器",只需要在该程序上右击鼠标,然后在弹出的快捷菜单中选择"从列表中删除"选项即可,如图 5-10 所示。

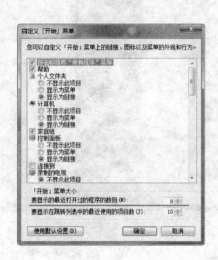

图　5-9

图　5-10

5.4 "启动"菜单个性化

在"开始"菜单右侧窗格中列出了部分 Windows 的项目链接,有 4 个默认库,即文档、音乐、图片和视频。在默认情况下,文档、图片和音乐显示在该菜单中,如图 5-11 所示。同学们可以通过单击这些链接快速地打开窗口进行各项操作,也可以根据自己的需要添加或删除这些项目链接并定义其外观。下面就以添加"游戏"项目为例讲解具体的操作步骤。

(1)根据前面所讲解的方法打开"自定义「开始」菜单"对话框,在该对话框中拖动滚动条找到"游戏"选项并选择下方的"显示为菜单"选项,选择"音乐"选项下方的"不显示此项目"选项,如图 5-12 所示。

(2)单击"确定"按钮返回到"自定义「开始」菜单"对话框中,然后单击"确定"按钮。

(3)打开"开始"菜单,可以看到"音乐"项目已被删除,而添加了"游戏"项目,单击可以看到游戏项目是以菜单形式显示的,如图 5-13 所示。

图　5-11

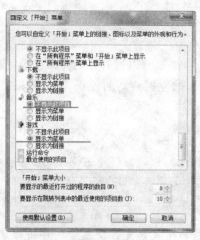

图　5-12　　　　　　　　　　　　　　　　　图　5-13

课 堂 练 习

任务背景：毛毛已经学会了如何设置"开始"菜单的各个部分,现在她将根据自己的实际情况
　　　　　　设置计算机中的"开始"菜单。

任务目标：设置"开始"菜单。

任务要求：根据自己的需要个性化"开始"菜单。

任务提示：将自己计算机中的"开始"菜单按照自己的意愿设置好以后,可以使以后在应用
　　　　　　"开始"菜单时更加方便。

课 外 阅 读

Windows 7 版本号的由来

　　自从公布 Windows 客户端操作系统这一版本的正式命名为 Windows 7 以来,对于这个命名的讨论就接连不断。下面对 Windows 7 版本号的由来进行介绍。

　　Windows 第一个版本为 1.0,第二个版本为 2.0,第三个版本为 3.0,从 3.0 开始就变得有些复杂了。Windows 3.0 之后是 Windows NT,它的版本号是 Windows 3.1。接着是 Windows 95,版本号是 Windows 4.0。而 Windows 98、Windows SE 以及 Windows ME,它们的版本号依次是 1.01998、4.10.2222、4.90.3000,因此就把所有的 Windows 9x 称为 Windows 4.0。

　　Windows 2000 的版本号是 5.0,当 Windows XP 推出时,用的是 5.1,尽管 XP 是一次重大的升级,但是为了保持应用程序的兼容性,仍然没有改变主要的版本号。之后,又出现了 Windows Vista,就是 Windows 6.0。所以作为另一次重大的升级,将 Windows 这一版本称为 Windows 7,为了保持和旧有程序的兼容性,就将 Windows 7 的版本号定义为 6.1。但这并不表示 Windows 7 是 Vista 的一次小小的升级,通过使用会发现它是一次重大的创新。Windows 7 可以让用户使用计算机变得更加简单。

课 后 思 考

(1) 如何将"游戏"应用程序添加到"固定程序"列表中?

(2) 如何将"视频"项目以菜单的方式显示在"启动"菜单中?

第6课　个性化任务栏设置

　　任务栏是位于屏幕底部的水平长条。与桌面不同的是,桌面可以被打开的窗口覆盖,而任务栏几乎始终可见。在 Windows 7 中,任务栏得到全新的设计,它拥有新的外观,除了依旧能在不同的窗口之间进行切换以外,功能也更加强大和灵活。

课堂讲解

> **任务背景:** 毛毛已经学习了桌面和"开始"菜单的个性化设置,但是她还是不满足,她想学习更多设置 Windows 7 的方法。现在,她已经打开了课本,学习起了任务栏的个性化设置。
> **任务目标:** 学习任务栏的个性化设置。
> **任务分析:** 在任务栏中可以快速启动应用程序,查看当前的输入法及当前系统运行的程序,学会了任务栏的设置,可以更加便于毛毛使用任务栏。

6.1　程序按钮区个性化设置

　　在 Windows 7 中,任务栏完全经过了重新设计,任务栏图标不但拥有了新外观,而且除了为用户显示正在运行的程序外,还新增了一些功能,同学们可以根据自己的需要对 Windows 7 的任务栏进行个性化设置。

　　1. 任务栏上的显示方式

　　在 Windows 7 中同学们可以根据个人的习惯更改任务栏上的程序和按钮,只需要在"任务栏和「开始」菜单属性"对话框中进行设置即可。"任务栏"选项卡的"任务栏按钮"列表中提供了三个选项,即"始终合并、隐藏标签"、"当任务栏被占满时合并"和"从不合并"三个选项。具体操作步骤如下。

　　(1)在任务栏任意空白位置右击鼠标,在弹出的菜单中选择"属性"选项,如图 6-1 所示。在弹出的"任务栏和「开始」菜单属性"对话框中选择"任务栏"选项卡,在"任务栏外观"组的"任务栏按钮"列表中选择一个选项即可,如图 6-2 所示。

　　(2)选择"始终合并、隐藏标签"选项,这是系统的默认设置,此时每个程序显示为一个无标签的图标,即使在打开某个程序的多个项目时也是一样的,如图 6-3 所示。

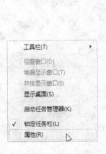

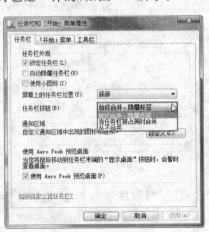

图　6-1　　　　　　　　　　　　　　　图　6-2

图 6-3

（3）选择"当任务栏被占满时合并"选项，该设置将每个程序显示为一个有标签的图标，当"任务栏"变得很拥挤时，具有多个打开项目的程序会重叠为一个程序图标，单击图标可显示打开的项目列表，如图6-4所示。

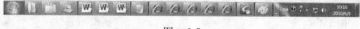

图 6-4

（4）选择"从不合并"选项，该设置的图标则不会重叠为一个图标，无论打开多少个窗口都是一样的，随着打开的程序和窗口越来越多，图标会减小大小，并且最终在"任务栏"中滚动，如图6-5所示。

图 6-5

操作提示

　　仔细观察可以看出，无论是否选择显示展开的图标标签，在"任务栏"上表示同一程序的多个图标总是组合在一起，在以前版本的Windows中，程序会按照打开它们的顺序出现在"任务栏"上，但在Windows 7中，相关的项目会始终彼此靠近。

2. 使用任务栏中的跳转列表

　　跳转列表就是最近使用的列表，此功能菜单是Windows 7的一大特色，能够帮助同学们迅速地访问历史记录。在任务栏的跳转列表中显示的是最近使用的程序。

　　使用任务栏中跳转列表的具体步骤如下。

　　（1）在任务栏的程序上右击鼠标，最近通过这个程序打开的文档就会全部显示出来，如图6-6所示。

　　（2）如果想将一些文档一直留在任务栏的跳转菜单中，可以单击文档右侧的"锁定到此列表"按钮 ，或者在文档上右击鼠标，从弹出的快捷菜单中选择"锁定到此列表"选项，如图6-7所示，都可以将该文档锁定到跳转菜单中，如图6-8所示。

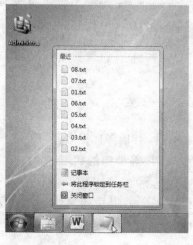

图 6-6 　　　　　　　　　　　　　　　图 6-7

（3）如果想要将锁定的文档解锁，可以单击文档右侧的"从此列表解锁"按钮 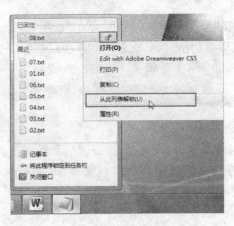 或者在该文档上右击鼠标，从弹出的快捷菜单中选择"从此列表解锁"选项，如图 6-9 所示。

图　6-8

图　6-9

（4）如果想关闭跳转列表的功能，只需打开"任务栏和「开始」菜单属性"对话框，切换到"「开始」菜单"选项卡，如图 6-10 所示。

（5）单击"自定义"按钮，弹出"自定义「开始」菜单"对话框，在该对话框最下方将"要显示在跳转列表中的最近使用的项目数"微调框的数值设为 0，如图 6-11 所示。设置完成后单击"确定"按钮，返回到"任务栏和「开始」菜单属性"对话框中，再次单击"确定"按钮即可。

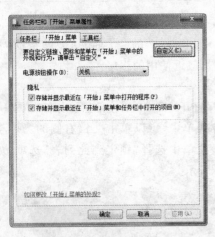

图　6-10

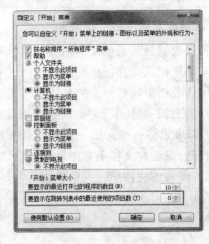

图　6-11

6.2　自定义通知区域设置

在默认情况下，通知区域位于"任务栏"的右侧，除了包含时钟、音量等标识之外，还包含一些程序图标，这些程序图标提供传入的有关电子邮件、更新、网络连接等事项的状态和通知。在安装新程序时，可以将程序的图标添加到通知区域中。

对于刚安装的系统来说，通知区域只有为数不多的图标，但是随着以后频繁地使用计算机，某些程序在安装过程中会自动将图标添加到通知区域。下面将介绍如何更改图标在任务栏通知区域中的显示方式。

1. 设置通知区域中的显示方式

（1）在任务栏任意空白位置右击鼠标，从弹出的菜单中选择"属性"选项，在弹出的"任务栏和「开始」菜单属性"对话框中选择"任务栏"选项卡，在"通知区域"组中单击"自定义"按钮，如图 6-12 所示。在弹出的"通知区域图标"对话框中可以根据需要对各图标进行相应的设置，如图 6-13 所示。

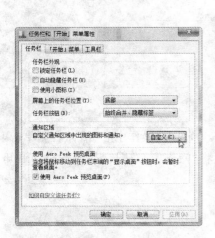

图 6-12   图 6-13

（2）如果想要在任务栏上显示所有图标和通知，可以选中"始终在任务栏上显示所有图标和通知"复选框，如图 6-14 所示，然后单击"确定"按钮即可，如图 6-15 所示。

图 6-14

图 6-15

2. 打开和关闭系统图标

Windows 7 操作系统提供了时钟、音量、网络、电源和操作中心 5 个图标，同学们可以根据自己的需要将其打开或者关闭，具体操作如下。

（1）执行"开始"→"控制面板"命令，打开"控制面板"窗口，单击"通知区域图标"链接，打开"通知区域图标"窗口，单击"打开或关闭系统图标"链接，如图 6-16 所示。

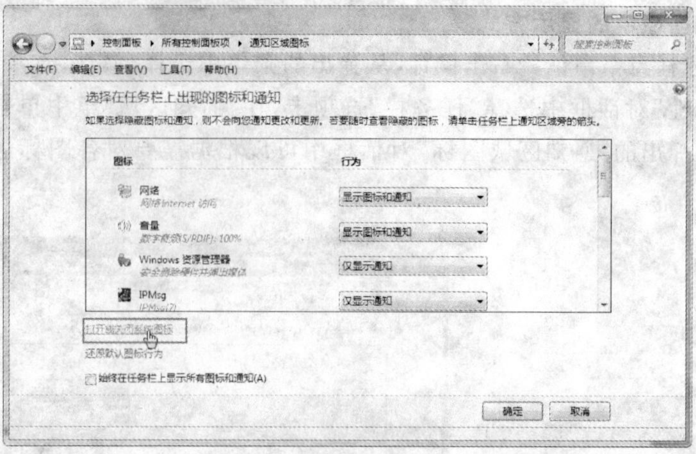

图 6-16

（2）在该窗口中间的列表框中设置有 5 个系统图标的行为，可在"操作中心"图标右侧单击，在弹出的下拉列表中选择"关闭"选项，如图 6-17 所示，即可将"操作中心"图标从任务栏的通知区域中删除或关闭通知。

图 6-17

（3）如果想还原图标行为，可以单击窗口左下角的"还原默认图标行为"链接将其还原。

6.3　调整任务栏位置和大小

通过调整任务栏的位置和大小，可以给程序按键和工具栏创造更多的空间。

1. 调整任务栏位置

在任务栏的空白处右击鼠标，从弹出的快捷菜单中选择"锁定任务栏"选项，取消"锁定任务栏"选项，如图 6-18 所示，将鼠标指针移动到任务栏中的空白区域，如图 6-19 所示，然后按住鼠标左键不放拖动任务栏，将其拖至合适的位置后释放即可，如图 6-20 所示。

图 6-18

图 6-19

图 6-20

 操作提示

调整任务栏的位置的前提是任务栏必须处于非锁定状态。当"锁定任务栏"选项前面有一个 ✓ 标识时,说明任务栏处于锁定状态。

 操作技巧

还可以打开"任务栏和「开始」菜单属性"对话框,切换到"任务栏"选项卡,从"屏幕上的任务栏位置"下拉列表中选择任务栏需要放置的位置。

2. 调整任务栏的大小

使任务栏处于非锁定状态,移动鼠标指针到任务栏的空白区域上方,此时鼠标指针变为⇕形状,如图 6-21 所示,然后按住鼠标左键不放向上拖动,拖至合适的位置后释放即可,如图 6-22 所示。

图　6-21

图　6-22

课堂练习

任务背景：毛毛认真地学习完本课的内容，恍然大悟，原来任务栏的显示方法有那么多，通知
区域竟然可以那么灵活地设置，现在她开始按照自己的需要设置任务栏。

任务目标：设置任务栏。

任务要求：根据自己的需要设置任务栏。

任务提示：任务栏的设置、跳转列表的使用以及设置通知区域的显示方式在日常操作计算机
的过程中都是必不可少的，它可以帮助毛毛更好地使用计算机学习和工作。

课外阅读

找回快速启动栏

　　虽然在 Windows 7 中默认情况下取消了快速启动栏，但其快速启动栏的功能仍然存在，
可以通过手动进行一些设置找回快速启动栏，具体操作如下。

（1）在任务栏任意空白位置右击鼠标，从弹出的快捷菜单中选择"工具栏"→"新建工具栏"选项，如图 6-23 所示，弹出"新工具栏-选择文件夹"对话框，在"文件夹"文本框中输入路径％userprofile％\AppData\Roaming\Microsoft\Internet Explorer\Quick Launch，然后按Enter 键或单击"选择文件夹"按钮，如图 6-24 所示。

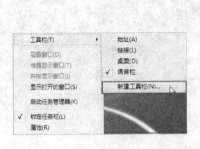
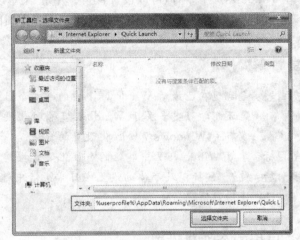

图 6-23

图 6-24

（2）返回到任务栏，在空白处再次右击鼠标，取消选中的"锁定任务栏"选项，然后在"Quick Launch"位置处右击鼠标，在弹出的快捷菜单中取消选中的"显示文本"和"显示标题"选项，如图 6-25 所示。

（3）此时任务栏已解锁，可以自由地拖动，将快速启动栏向左拖动，直至不能再拖动为止，然后将任务栏向右拖动即可，此时快速启动栏就变成了同学们所习惯的样式了，如图 6-26所示。

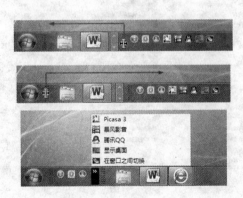

图 6-25

图 6-26

课后思考

（1）如何设置任务栏的显示方式？如何设置通知区域的显示方式？

（2）如何将常用的一些文档或应用程序固定在跳转列表中？

（3）如果要将通知区域的"音量"图标关闭，应该如何操作？

第7课　其他个性化设置

在 Windows 7 中，不但可以设置背景、"开始"菜单以及任务栏，还可以根据个人习惯完成许多个性化的设置，如鼠标、键盘、字体等。本课中将带领同学们学习如何设置鼠标、键盘以及添加字体。

课堂讲解

任务背景：毛毛现在已经对 Windows 7 中的一些个性化设置操作有了一个基本的掌握，但是她还想学习更多关于 Windows 7 个性化设置的操作，她开始借助于互联网搜索更多有关 Windows 7 个性化设置的资料。

任务目标：学习 Windows 7 中其他的个性化设置操作。

任务分析：键盘、鼠标以及字体的设置在日常生活中都是比较常用的，它可以更加符合自己的使用习惯。

7.1　鼠标的个性化设置

（1）执行"开始"→"控制面板"命令，打开"控制面板"窗口，在"查看方式"下拉列表中选择"小图标"选项，然后单击"鼠标"链接，如图 7-1 所示。弹出"鼠标属性"对话框，切换到"鼠标键"选项卡，如图 7-2 所示。

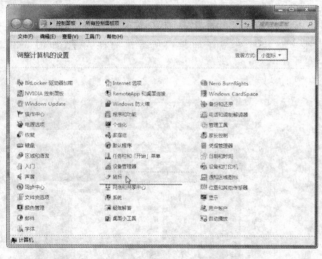

图　7-1

图　7-2

（2）在"鼠标键配置"组合框中设置目前起作用的是哪个键，此处以选中"切换主要和次要的按钮"复选框为例，此时起主要作用的就变成了右键。拖动"双击速度"组合框中的"速度"滑块，设置其双击的速度，如图 7-3 所示，切换到"指针"选项卡，如图 7-4 所示。

（3）在"方案"下拉列表中选择"鼠标指针方案"选项，如图 7-5 所示。在此处选择"放大（系统方案）"选项，此时在"自定义"列表框中就会显示出该方案的一系列鼠标指针形状，从中选择其中的一种即可，如图 7-6 所示。

（4）设置完成后切换到"指针选项"选项卡，如图 7-7 所示。在"移动"组合框中拖动"选择指针移动速度"滑块调整指针的移动速度。如果同学们想要提高指针的精确度,可以选中"提高指针精确度"复选框,如图7-8所示。

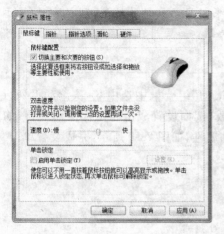

图 7-3

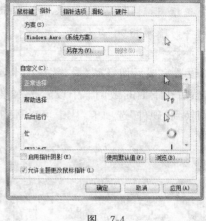

图 7-4

图 7-5

图 7-6

图 7-7

图 7-8

操作提示

　　在"可见性"组合框中可以进行相应的设置，如果想显示指针的轨迹，可以选中"显示指针轨迹"复选框，通过下方的滑块来调整显示轨迹的长短；如果想在打字时隐藏指针，则可以勾选"在打字时隐藏指针"复选框。

　　（5）设置完成后切换到"滑轮"选项卡，在"垂直滚动"组合框中选中"一次滚动下列行数"单选按钮，然后在下面的微调框中设置一次滚动的行数，例如设置成滑轮一次滚动 3 行，如图 7-9 所示。切换到"硬件"选项卡，从中可以看到该设备的属性，如图 7-10 所示，完成设置单击"确定"按钮即可。

图　7-9　　　　　　　　　　　　图　7-10

7.2　键盘的个性化设置

　　根据前面的方法打开"控制面板"窗口，单击"键盘"链接，如图 7-11 所示。弹出"键盘 属性"对话框，自动切换到"速度"选项卡，如图 7-12 所示。与鼠标的个性化设置一样，在该对话框中根据个人的需要进行设置即可。

图　7-11　　　　　　　　　　　　图　7-12

- "字符重复"组合框：通过拖动滑块可以设置字符的"重复延迟"和"重复速度"。在调整的过程中，同学们可以在"单击此处并按住一个键以便测试重复速度"文本框中进行测试。将鼠标指针定位在文本框中，然后连续按下同一个键即可测试按键的重复速度。

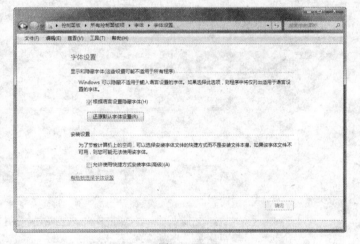

图　7-13

- "光标闪烁速度"组合框：拖动滑块来设置光标的闪烁速度，滑块越靠近左侧，光标的闪烁速度越慢；反之越靠近右侧则越快。

7.3　字体的个性化设置

在 Windows 7 中可以对字体进行设置，如进行添加、预览、显示和隐藏等操作。

1. 字体设置

根据前面的方法打开"控制面板"窗口，单击"字体"链接，打开"字体"窗口，在左侧窗格中单击"字体设置"链接，如图 7-13 所示。弹出"字体设置"窗口，如图 7-14 所示。

图　7-14

- 根据语言设置隐藏字体：选中该复选框，程序中就会仅列出适用于语言设置的字体，因为 Windows 可以隐藏不适用于输入语言设置的字体。
- 允许使用快捷方式安装字体(高级)：勾选该复选框，当用户需要安装字体时，只需要安装快捷方式即可，这样可以节省计算机空间。

2. 添加字体

首先找到需要安装的字体所在的位置，选中需要安装的字体；其次右击鼠标，从弹出的快捷菜单中选择"安装"选项，如图 7-15 所示。弹出"正在安装字体"对话框，如图 7-16 所示，安装完毕以后，安装的字体即可添加到"字体"窗口中。

图　7-15

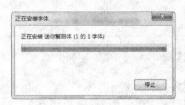

图　7-16

操作技巧

　　打开"计算机"\Windows 7（C：）\Windows\Fonts 文件夹窗口，可以将需要安装的字体直接拖到该窗口中。

3. 预览字体

　　打开"字体"窗口，单击该窗口中的某种字体，在工具栏上会显示出"预览"、"删除"和"组织"或"隐藏"选项，在此选择"预览"选项，或者在字体上右击鼠标，从弹出的快捷菜单中选择"预览"选项，如图 7-17 所示，即可弹出预览该字体的窗口，如图 7-18 所示。

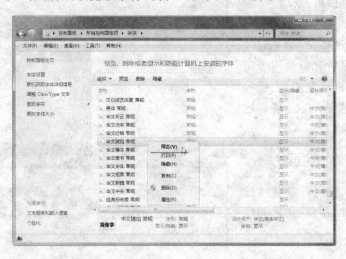

图　7-17

图　7-18

　操作提示

　　在"字体"窗口中选择某种字体，在工具栏中执行"隐藏"或"显示"命令可以显示或隐藏该字体。执行"删除"命令，可删除字体。

课堂练习

任务背景：毛毛对于 Windows 7 的个性化设置方法已经非常熟悉，但是仅仅通过课上学习是不够的，还应该在课下多多练习，最重要的就是能够将这些设置方法综合应用到日常的操作中。

任务目标：设置键盘、鼠标。

任务要求：根据个人习惯设置键盘和鼠标。

任务提示：只有将所学的知识应用到实际的操作中，根据自己的需要对计算机进行设置，才能在以后的学习和工作中更加方便地使用 Windows 7 操作系统。

课外阅读

调整 ClearType 文本

  ClearType 文本是 Windows 7 特有的一项新功能，是由 Microsoft 开发的软件技术，是一种显示计算机字体的技术，可以使字体清晰而又圆润地显示出来。

  由于 ClearType 可以使屏幕上的文本更细致，因此更易于长时间阅读，而不至于使眼睛紧张或者精神疲劳。尤其适合于 LCD 设备，包括平面监视器、便携式计算机以及更小的手持设备。调整 ClearType 文本的具体步骤如下。

  (1) 打开"字体"窗口，在左侧窗格中单击"调整 ClearType 文本"链接，如图 7-19 所示。弹出"ClearType 文本调谐器"对话框。选中"启用 ClearType"文本复选框，然后单击"下一步"按钮，如图 7-20 所示。

图 7-19

  (2) 弹出"Windows 正在确保将您的监视器设置为其本机分辨率"对话框，如图 7-21 所示。单击"下一步"按钮，弹出"单击您看起来最清晰的文本示例(1/4)"对话框，从中选择看起来比较清晰的文本，如图 7-22 所示，然后单击"下一步"按钮。

  (3) 弹出"单击您看起来最清晰的文本示例(2/4)"对话框，从中选择看起来比较清晰的文本，如图 7-23 所示。单击"下一步"按钮，弹出"单击您看起来最清晰的文本示例(3/4)"对话框，从中选择看起来比较清晰的文本，如图 7-24 所示，然后单击"下一步"按钮。

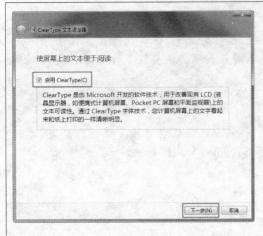

图　7-20

图　7-21

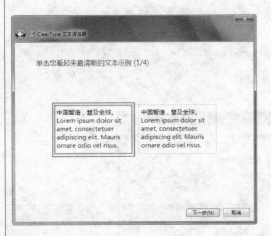

图　7-22

图　7-23

图　7-24

（4）弹出"单击您看起来最清晰的文本示例（4/4）"对话框，从中选择看起来比较清晰的文本，如图 7-25 所示。单击"下一步"按钮，弹出"您已完成对监视器中文本的调谐"对话框，如图 7-26 所示，单击"完成"按钮即可。

图　7-25

图　7-26

课后思考

（1）如果想设置鼠标起主要作用的键为右键，该如何操作？

（2）如何设置鼠标指针的形状？

（3）添加字体的方法有两种，分别是什么？

第 3 章

管理和使用Windows 7

第8课 在Windows 7中安装和卸载软件

在 Windows 7 中,如果要完成不同的工作,就需要各种软件的帮助,而不同的软件能够解决不同的问题,所以同学们要掌握在 Windows 7 中安装和卸载软件的方法。本课就 Windows 7 安装和卸载软件的方法进行具体讲解。

课堂讲解

任务背景:南南是个计算机初学者,通过前面课程的学习她了解到了 Windows 7 的一些知识,但是并没有完全掌握关于 Windows 7 的所有操作,所以南南就继续学习关于 Windows 7 的知识,即在 Windows 7 中安装和卸载软件。

任务目标:掌握在 Windows 7 中安装和卸载软件的方法。

任务分析:在编辑文本和设置字体之前,一定要对 Word 的基础知识有所了解,只有掌握了基础知识,才能在此基础上运用和制作出称心如意的文档。

8.1 在 Windows 7 中安装软件

在 Windows 7 中软件的安装一般分为两种,即添加 Windows 功能和安装应用软件,但最常用的是安装应用软件,应用软件一般是通过安装向导来完成的,下面以安装"Windows 优化大师"为例,对应用软件的安装方法进行具体讲解。

(1) 打开安装文件所在的文件夹窗口,如图 8-1 所示。双击"Windows 优化大师"安装程序,弹出"安装-Windows 优化大师"对话框,单击"继续"按钮,如图 8-2 所示。

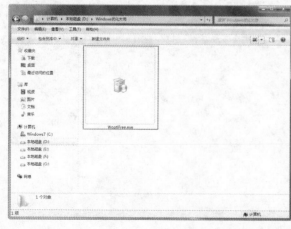

图 8-1

图 8-2

　　（2）在打开的"许可协议"窗口中仔细阅读软件许可协议，然后选择"我接受协议"选项，如图 8-3 所示。根据向导提示依次单击"继续"按钮，在打开的窗口中根据自己的需要进行选择，在最后打开的"完成 Windows 优化大师安装向导"窗口中提示安装完成信息，在此窗口中有默认的两个选项，同学们可自行选择，单击"完成"按钮即可完成安装，如图 8-4 所示。

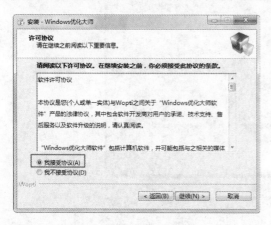

图　8-3

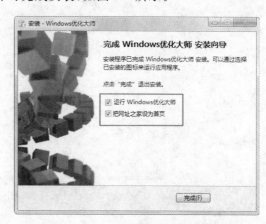

图　8-4

8.2　在 Windows 7 中卸载软件

　　如果想卸载计算机中不需要的应用软件，以释放磁盘的空间，可以通过控件面板中的"卸载或更改程序"功能来实现，使用它可以方便、快捷地卸载不再需要，或是无法修复安装的软件。下面以卸载"酷我音乐盒"软件为例，讲解在 Windows 7 中卸载软件的方法。

　　（1）执行"开始"→"控制面板"命令，弹出"控制面板"对话框，在该对话框中选择"程序和功能"选项，如图 8-5 所示。打开"程序和功能"窗口，选择"酷我音乐盒 2009"选项，如图 8-6 所示。

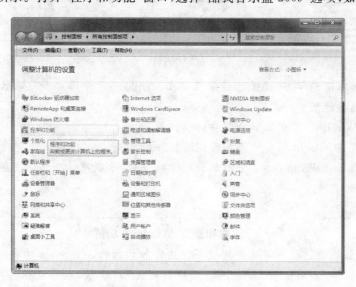

图　8-5

　　（2）双击"酷我音乐盒 2009"选项，弹出"酷我音乐盒 2009 卸载"对话框，如图 8-7 所示。单击"卸载"按钮，开始卸载软件，完成后在打开的窗口中提示此软件已从你的计算机中卸载，如图 8-8 所示，单击"完成"按钮，完成软件的卸载。

图　8-6

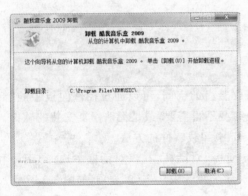

图　8-7

图　8-8

课堂练习

任务背景：通过本课的学习，南南已经掌握了在 Windows 7 中添加和删除软件的操作方法，并能熟练运用。

任务目标：在 Windows 7 中添加所需要的软件。

任务要求：掌握在 Windows 7 中添加和删除软件的方法。

任务提示：掌握了在 Windows 7 中添加和删除软件后，才能更进一步地了解 Windows 7。

课外阅读

添加和删除 Windows 功能

在使用计算机的过程中可以使用以下方法添加和删除 Windows 功能。

执行"开始"→"控制面板"命令，弹出"控制面板"对话框，在该对话框中选择"程序和功能"选项，弹出"卸载或更改程序"对话框，在其左侧选择"打开或关闭 Windows 功能"选项，如图 8-9 所示，弹出"Windows 功能"对话框，如图 8-10 所示。

- 添加 Windows 功能：在对话框中，选中要添加的选项，单击"确定"按钮即可。
- 删除 Windows 功能：在对话框中，选中要删除的选项，单击"确定"按钮即可。

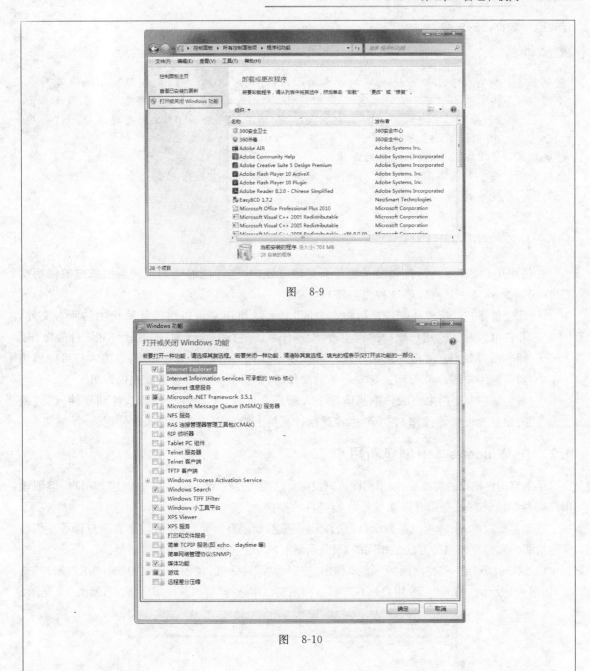

图　8-9

图　8-10

课后思考

（1）如何安装应用程序？

（2）如何卸载应用程序？

第9课　管理Windows 7用户

　　Windows 7具有多用户账户的功能，这样可以方便多人共用一台计算机，通过用户账户可以创建和访问个人账户文件夹，还可以在不影响其他用户使用计算机的情况下，通过账户和密码来有效地保护自己的资源。

课堂讲解

> **任务背景**：南南在学习 Windows 7 时非常用心，通过第 8 课的学习，她在 Windows 7 操作系统中添加了几个自己需要的应用软件，并且还用软件做了一些属于自己的作品出来，她不想其他人用此计算机时看到属于自己的东西，所以南南要学习如何管理 Windows 7 用户。
>
> **任务目标**：管理 Windows 7 用户的方法。
>
> **任务分析**：在学习本课前，首先要了解用户账户的类型；其次再学习创建和设置用户账户的方法。

9.1　什么是用户账户

在使用用户账户之前，首先要了解什么是用户账户，这样能够明确不同类型账户的使用权限，在 Windows 7 中共有以下 3 种用户账户类型。

- 管理员账户：管理员账户是用户账户的"老大"，使用它可以访问计算机中的所有文件，并且可以对其他用户账户进行更改、对操作系统进行安全设置、安装软件和硬件等操作。
- 标准用户账户：使用标准用户账户可以使用计算机中的大部分功能，当要进行可能影响到其他用户账户或操作系统安全等的操作时，则需要经过管理员账户的许可。
- 来宾账户：使用来宾账户不能访问个人账户文件夹、不能进行安装软件和硬件、创建密码和更改设置等操作，它主要供在该台计算机上没有固定账户的来宾使用。

9.2　在 Windows 7 中创建新用户

了解完用户账户的类型后，同学们即可以根据自己的需要在 Windows 7 中创建新用户，但创建用户必须是以管理员身份登录系统后才能进行的操作。

在创建账户时，来宾用户是系统自带的，无须创建，如果有需要，直接启用来宾账户即可。创建管理员账户和标准账户的方法是相同的，只是所具有的功能不同，下面将具体讲解。

（1）执行"开始"→"控制面板"命令，弹出"控制面板"对话框，在该对话框中选择"用户账户"选项，如图 9-1 所示。打开"更改用户账户"窗口，在该窗口中选择"管理其他账户"选项，如图 9-2 所示。

图　9-1

（2）打开"选择希望更改的账户"窗口，选择"创建一个新账户"选项，如图9-3所示。在打开的窗口中输入新账户名，如图9-4所示。单击"创建账户"按钮，返回到"选择希望更改的账户"窗口中，可以看到新创建的用户账户，如图9-5所示。

9.3 设置新用户属性

完成新账户的创建后，系统会为用户账户指定一个用户图像，并且在默认状态下任何人都可以对该账户进行访问，同学们可根据需要对新用户的各属性进行设置，如设置用户密码、更改用户图像和名称等。

（1）在图9-5"选择希望更改的账户"窗口中，有3个用户类型，如图9-6所示。同学们可以选择一个用户对其进行设置，这里选择"南南标准用户"选项，打开"更改南南的账户"窗口，如图9-7所示，可以看到在该窗口中包含多种选项，单击相应的选项即可对该账户进行设置。

（2）在此处选择"创建密码"选项，打开"为南南的账户创建一个密码"窗口，在新密码和确认新密码文本框中输入相同的密码，在输入密码提示文本框中输入密码提示信息，如"生日"，如图9-8所示。单击"创建密码"按钮，返回到图9-7"更改南南的账户"窗口中，在该窗口中可以看到用户账户图标中出现密码保护的提示，并且还出现了"更改密码"和"删除密码"选项，如图9-9所示。

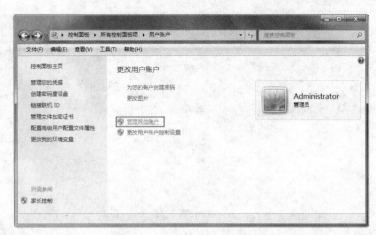

图 9-2

图 9-3

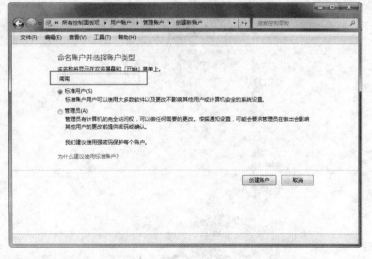

图 9-4

图　9-5

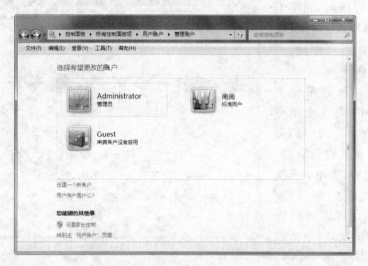

图　9-6

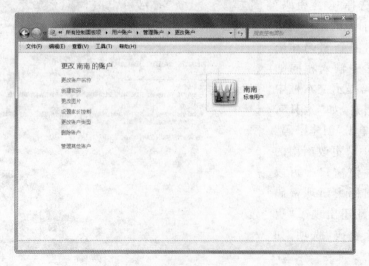

图　9-7

图 9-8

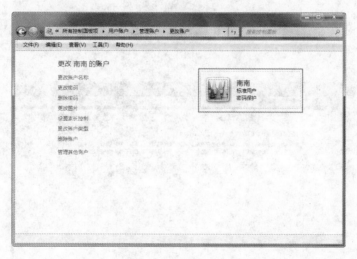

图 9-9

课堂练习

任务背景：通过本课的学习，南南已经掌握了在 Windows 7 中创建账户的方法，并能对账户进行相应的设置。

任务目标：在 Windows 7 中创建账户。

任务要求：掌握在 Windows 7 中管理账户的方法。

任务提示：只有掌握了创建和管理账户的方法，才能在计算机日常的使用中保护自己的资源。

课外阅读

删除用户账户

当创建的账户不需要时，可以以管理员类型的账户身份登录系统，然后将其删除，但系统默认的标准用户账户和来宾账户是不可以删除的。删除用户账户的操作步骤如下。

（1）根据前面的方法，进入到"更改南南的账户"窗口，如图 9-10 所示。在该窗口中选择"删除账户"选项，打开"是否保留 南南 的文件"窗口，如图 9-11 所示。单击"保留文件"按钮，保留该用户账户的文件，如果不需要保留该用户账户的文件，可单击"删除文件"按钮。

（2）进入"确实要删除南南的账户吗"窗口，单击"删除账户"按钮，如图 9-12 所示。返回到"选择希望更改的账户"窗口，可以看到"南南"账户已经被删除，如图 9-13 所示。

图   9-10

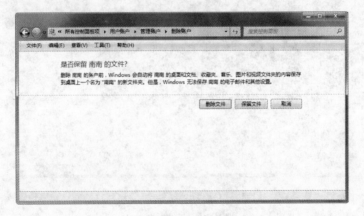

图   9-11

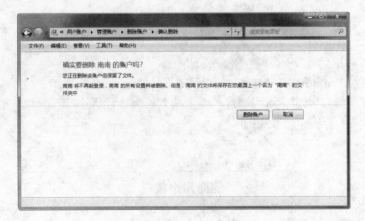

图   9-12

图 9-13

课 后 思 考

(1) Windows 7 中的用户账户类型有哪些?

(2) 如何管理用户账户?

第10课　对Windows 7系统进行优化

在使用 Windows 7 的过程中,由于对 Windows 7 进行了各种不同程度的操作,会导致系统缓慢等现象,使用 Windows 优化大师可以对系统进行优化和整理内存等操作,这样可以提高计算机的速度。

课 堂 讲 解

> **任务背景**:南南学习完创建用户账户的内容后,重启了一下计算机,想以新建的用户账户身份登录计算机,突然发现启动了好久计算机才进入桌面,所以她要下载一个优化大师,学习对系统进行优化的操作方法。
>
> **任务目标**:掌握优化 Windows 7 系统的方法。
>
> **任务分析**:在使用计算机的过程中,如果经常对计算机系统进行优化,可以提高计算机的运行速度,保护计算机资源。

10.1　Windows 优化大师

Windows 优化大师是一个专业优化 Windows 7 系统的工具软件,使用它可以加速 Windows 7 系统的启动速度、开关机速度和上网速度等,此软件可以从 http://www.youhua.com 网站上免费下载。下面就简单介绍使用 Windows 优化大师优化系统的方法。

10.2　使用 Windows 优化大师优化向导

(1) 启动 Windows 优化大师,选择"系统优化"选项卡中的"网络系统优化"选项,如图 10-1 所示。单击"网络系统优化"窗口右侧的"设置向导"按钮,弹出"Wopti 网络系统自动优化向导"对话框,如图 10-2 所示。

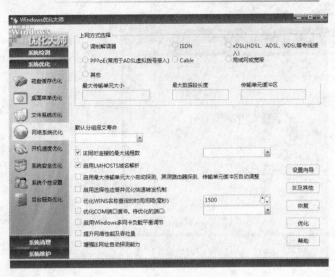

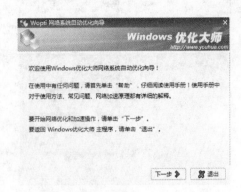

图　10-1　　　　　　　　　　　　　　　　　　　　　图　10-2

 操作提示

　　Windows优化大师中的"系统优化"选项卡中包括多种选项,如磁盘缓存优化、开机速度优化等,同学们可以根据自己的需要选择相应的选项,对其进行优化操作。

　　(2) 单击"下一步"按钮,在打开的窗口中,同学们可根据自己的上网情况选择一种上网方式,如图 10-3 所示。选择完成后,依次单击"下一步"按钮,根据优化向导提示完成网络系统优化,在最后打开的窗口中提示全部优化完成,必须重新启动才能使优化生效,如图 10-4 所示。单击"退出"按钮,退出 Windows 优化大师,重新启动计算机即可完成优化。

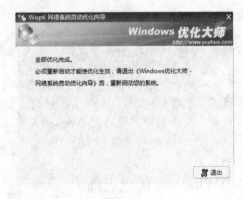

图　10-3　　　　　　　　　　　　　　　　　　　　　图　10-4

10.3　手动对 Windows 7 系统进行优化

　　在进行优化的过程中,同学们还可以根据需要手动设置 Windows 优化大师,对 Windows 7 系统进行优化操作,其具体操作方法如下。

　　根据前面的操作方法打开"网络系统优化"窗口,如图 10-1 所示。在此窗口中选择需要优化的选项,单击"优化"按钮,在此窗口左下角会提示网络系统优化完毕信息,如图 10-5 所示,这样就完成了手动优化操作。

图　10-5

10.4　系统清理

Windows 优化大师除了可以优化系统外,还提供了许多其他实用的功能,如系统清理、系统检测和系统维护等,其中比较常用的是系统清理,使用它可以清理系统使用痕迹和释放内存,可以更加有效地利用系统资源,其具体步骤如下。

(1) 根据前面的方法在"Windows 优化大师"对话框中选择"系统清理"选项卡,在此选项卡中选择"历史痕迹清理"选项,如图 10-6 所示。此选项中的内容可以清除系统和网络使用的历史记录。单击"扫描"按钮,开始查找分析历史记录,如图 10-7 所示。

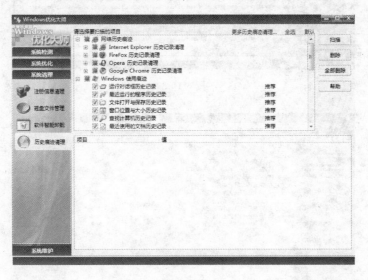

图　10-6

(2) 分析完成后,在窗口左下角会显示分析扫描到的历史记录数目,如图 10-8 所示。单击"全部删除"按钮,在弹出的对话框中会询问是否全部删除所有扫描到的历史痕迹,单击"确定"按钮,完成删除历史痕迹,在窗口左下角提示历史痕迹清理完毕信息,如图 10-9 所示。

图 10-7

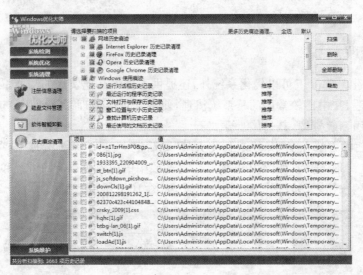

图 10-8

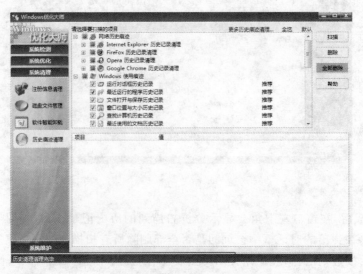

图 10-9

课堂练习

任务背景：通过本课的学习南南掌握了在 Windows 7 中优化系统的方法、清理历史痕迹的方法和使用 Windows 7 优化大师其他功能的方法，现在她正在优化自己的 Windows 7 系统，提高其运行速度。

任务目标：优化 Windows 7 系统。

任务要求：熟练掌握优化 Windows 7 系统的方法。

任务提示：在使用 Windows 7 系统的过程中，如果经常对其进行系统优化操作，可以提高其运行速度。

课外阅读

使用 Windows 优化大师进行系统检测

Windows 优化大师具有很多功能，下面讲解使用 Windows 优化大师进行系统检测的方法，这样可以随时了解系统状况。

（1）启动 Windows 优化大师，自动进入到"系统检测"窗口，如图 10-10 所示。在"系统检测"选项卡中选择"系统性能测试"选项，在右侧窗口中会出现系统性能测试的相关内容，如图 10-11 所示，在窗口中可以看到当前的系统没有被评估过。

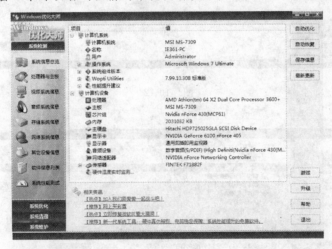

图　10-10

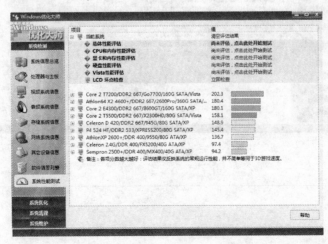

图　10-11

（2）在"当前系统"子菜单下，单击"总体性能评估"选项后的"尚未评估，点击此处开始测试"超链接，在弹出对话框中提示为了更好地进行检测要关闭其他的杀毒软件或防火墙的信息，完成相关软件的关闭后，单击"确定"按钮，开始进入检测，如图 10-12 所示。根据提示进行检测，检测完成后的效果如图 10-13 所示。

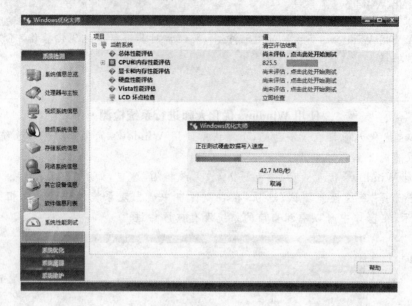

图　10-12

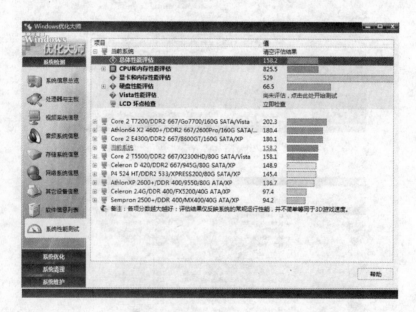

图　10-13

课后思考

（1）如何对 Windows 7 系统进行优化？

（2）如何使用 Windows 优化大师的其他功能？

第11课　Windows 7中的磁盘维护与系统还原

在使用 Windows 7 的过程中为了保护数据安全和提高磁盘性能,需要对系统进行磁盘维护和系统还原操作,本课就对 Windows 7 中的磁盘维护和系统还原方法进行具体讲解。

课堂讲解

> **任务背景**:南南在前期使用计算机时很是顺利,可是最近遇到了一些小麻烦,她在计算机中做的一些东西因为突然断电都丢失了,所以她很着急,于是开始学习 Windows 7 磁盘维护与系统还原的知识。
>
> **任务目标**:掌握磁盘维护与系统还原的知识。
>
> **任务分析**:为了安全起见,在使用 Windows 7 时,首先要学会磁盘维护与系统还原的方法。

11.1　磁盘清理

在使用 Windows 7 的过程中,如果使用时间过长,在这期间会产生大量的垃圾文件,这些垃圾文件不但占用磁盘空间,而且还影响系统的运行速度,同学们可以通过磁盘清理的方法来删除它们。

(1) 执行"开始"→"所有程序"→"附件"→"系统工具"→"磁盘清理"命令,弹出"磁盘清理:驱动器选择"对话框,如图 11-1 所示。在"驱动器"下拉列表中选择"本地磁盘(E:)"选项,如图 11-2 所示。

图　11-1

图　11-2

(2) 单击"确定"按钮,弹出"本地磁盘(E:)的磁盘清理"对话框,如图 11-3 所示。在该对话框中选择"旧的Chkdsk 文件"选项。单击"确定"按钮,在弹出的"磁盘清理"对话框中,询问是否永久删除这些文件,单击"删除文件"按钮,系统将自动对该驱动器上的垃圾文件进行清理和删除。

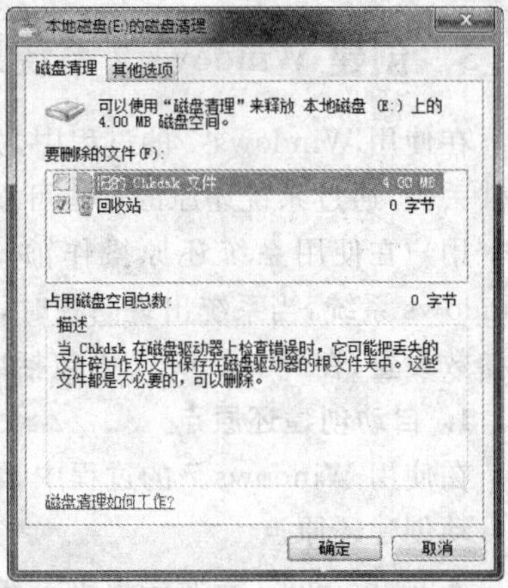

11.2　整理磁盘碎片

计算机的运行过程实质上就是不停地对磁盘进行读写操作的过程,如果运行时间久了,在磁盘中就会产生不连续的文件碎片,使启动或打开文件变慢,此时可以使用磁盘碎片整理的方法,将文件碎片收集起来形成连续的整体存储

图　11-3

在磁盘中。如果对计算机进行定期的碎片整理，可以提高磁盘的性能和保护数据的安全。

（1）执行"开始"→"所有程序"→"附件"→"系统工具"→"磁盘碎片整理程序"命令，弹出"磁盘碎片整理程序"对话框，在"当前状态"列表框中选择"本地磁盘（E:）"选项，如图 11-4 所示。

（2）单击"磁盘碎片整理"按钮，系统开始对本地磁盘（E:）进行分析和磁盘碎片整理操作，如图 11-5 所示。单击"停止操作"按钮，将停止操作，碎片整理完成后，会出现如图 11-6 所示的情况，单击"关闭"按钮，关闭"磁盘碎片整理程序"对话框。

图　11-4

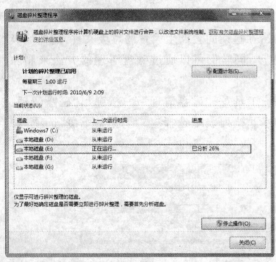

图　11-5

图　11-6

11.3　创建 Windows 7 系统还原点

在使用 Windows 7 的过程中，如果遇到病毒侵袭或突然断电的情况，会使计算机中的数据文件丢失，通过系统还原的方法可以改变这一情况。

用户在使用系统还原操作前，首先要创建系统还原点。所谓创建系统还原点就是备份 Windows 系统，当系统出现问题时，可利用系统还原的功能，让 Windows 7 恢复到创建还原点时的参数设置，在 Windows 7 中包括以下两种创建还原点的方法。

1. 自动创建还原点

在使用 Windows 7 的过程中，默认状态下它是打开了系统还原功能的，在下列情况下系统会自动创建还原点。

- Windows 7 安装完成第一次启动时。
- 当 Windows 7 连续开机时间达到 24 小时，或关机时间超过 24 小时再开机时。
- 通过系统更新安装软件时。

- 软件的安装程序运用了 Windows 7 所提供的系统还原技术,在安装的过程中也会创建还原点。
- 当在安装未经 Microsoft 签署认可的驱动程序时。
- 当用户账户使用制作备份程序还原文件和设置时。
- 当运行还原命令,要将系统还原到以前的某个还原点时。

2. 手动创建还原点

在 Windows 7 中还可以手动创建还原点,其操作步骤如下。

(1) 执行"开始"→"所有程序"→"附件"→"系统工具"→"系统还原"命令,弹出"系统还原"对话框,如图 11-7 所示。单击"系统保护"超链接,弹出"系统属性"对话框,如图 11-8 所示。在"保护设置"列表中选择系统盘。

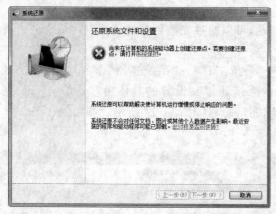

图　11-7

图　11-8

操作提示

在桌面上选择"计算机"快捷方式,右击鼠标,在弹出的快捷菜单中选择"属性"选项,在打开的对话框左侧单击"系统保护"超链接,如图 11-9 所示,也可以弹出"系统属性"对话框,如图 11-10 所示。

图　11-9

图　11-10

（2）单击"创建"按钮，弹出"系统保护"对话框，在其中的文本框中输入创建还原点的相关描述，如图 11-11 所示。完成输入后单击"创建"按钮，系统开始创建还原点，创建完成后在对话框中会提示已成功创建还原点，如图 11-12 所示。单击"确定"按钮，完成创建还原点的操作。

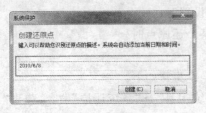

图 11-11　　　　　　　　　　　　　图 11-12

11.4　还原 Windows 7 系统

在创建完系统还原点后，如果系统出现问题，可以通过先前创建的还原点将系统迅速恢复到创建还原点时的状态，具体操作步骤如下。

（1）执行"开始"→"所有程序"→"附件"→"系统工具"→"系统还原"命令，弹出"系统还原"对话框，如图 11-13 所示，可以看到这里显示的系统还原和设置的具体内容。单击"下一步"按钮，进入到"将计算机还原到所选事件之前的状态"窗口，如图 11-14 所示。如果创建了多个还原点，在此窗口中可以选择所需的还原点。

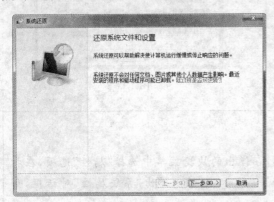

图 11-13　　　　　　　　　　　　　图 11-14

（2）单击"下一步"按钮，在打开的对话框中单击"完成"按钮，系统开始还原，此时计算机会自动重启，然后打开"系统还原"对话框，单击"确定"按钮，系统即可还原到创建还原点时的状态。

课堂练习

任务背景：通过本课的学习，南南掌握了磁盘维护、磁盘清理、系统备份与还原的操作方法，以后在使用 Windows 7 的过程中，就不用提心吊胆了，可以放心操作了。

任务目标：为 Windows 7 创建系统还原点。

任务要求：掌握磁盘清理与系统还原的方法。

任务提示：在安装了一个新的操作系统后，通过使用系统还原功能可以解决大多数的系统问题，从而避免经常重新安装操作系统的麻烦。

课外阅读

高级系统设置

（1）在"系统属性"对话框中选择"高级"选项卡，如图 11-15 所示，在此可以设置计算机的性能、用户配置文件、启动和故障恢复、环境变量等内容。单击"性能"选项后的"设置"按钮,在此对话框中可以设置计算机的视觉效果、处理器计划、内存的使用和虚拟内容等内容,如图 11-16 所示。

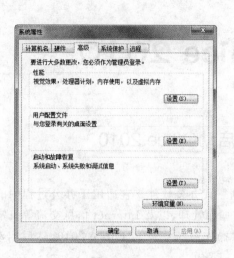

图 11-15

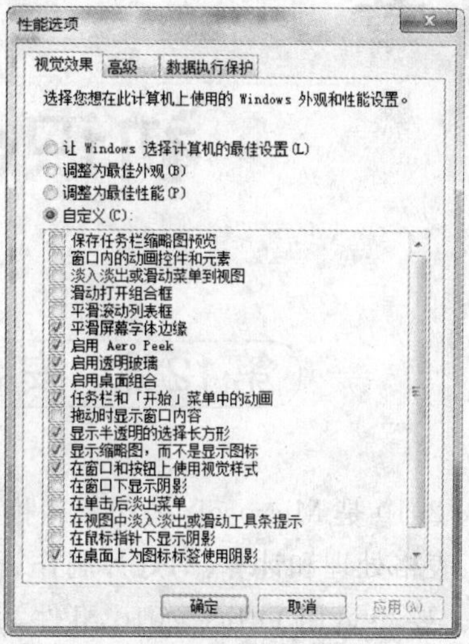

图 11-16

（2）单击"用户配置文件"选项后的"设置"按钮,弹出"用户配置文件"对话框,如图 11-17 所示。在此可以设置与登录有关的桌面风格配置文件,并可以进行更改账户类型、删除或恢复操作。

（3）单击"启动和故障恢复"选项后的"设置"按钮,弹出"启动和故障恢复"对话框,如图 11-18 所示。在此对话框中可以设置要排除的与启动和故障恢复有关的问题,并可以对操作系统的启动时间进行设置。

图 11-17

图 11-18

课 后 思 考

（1）在 Windows 7 中有哪些清理系统和整理碎片的方法？

（2）在 Windows 7 中有哪些创建系统还原点和系统还原的方法？

第4章

初识Office 2010

第12课 安装和启动Office 2010

Office 2010 是 Microsoft 公司最新推出的新一代办公软件。它适用于办公过程中的文字排版和编辑、表格处理和计算、幻灯片制作、常用数据库管理，以及 Internet 信息交流等日常办公方面的工作。要想运用 Office 2010 组件，必须在操作系统中安装 Office 2010，然后启动 Office 2010 中的组件，才能充分发挥其强大的功能。

课堂讲解

任务背景：小欣是一名刚上职高的学生，她想学习一些常用的办公软件，因为她毕业以后想找一份文员的工作，可是她对 Office 2010 办公软件并不熟悉，还好现在还有时间进行补习，于是她去翻阅了很多有关 Office 2010 办公软件的书籍。想要进行学习，首先就从最基础的安装和启动学起吧！

任务目标：学习安装和启动 Office 2010。

任务分析：安装和启动 Office 2010 是学习 Office 2010 办公软件的重中之重，只有学会了如何安装、启动 Office 2010，才能继续往下学习。

12.1 全新安装 Office 2010

全新安装 Office 2010 是指在没有安装过 Office 系列软件的计算机中安装 Office 2010。Office 2010 的安装与 Office 2007 的安装过程极为相似，只要双击安装文件，然后根据提示进行安装即可。在安装的过程中既可以选择安装所有的文件，也可以自定义安装用户自己需要的组件。

(1) 双击安装文件的图标，系统会自动运行 Office 2010 的安装程序，屏幕中会弹出一个安装向导窗口，进入 Office 2010 授权协议界面，在左下角选中"我接受此协议的条款"复选框，如图 12-1 所示。单击"继续"按钮，进入选择所需要安装的界面，如图 12-2 所示。

(2) 在该界面中提供了两个按钮，单击"立即安装"按钮则以默认设置进行安装，在这里我们单击"自定义"按钮进行自定义安装。在打开的对话框中默认显示"安装选项"选项卡，如图 12-3 所示。在不需要安装的组件选项前单击 按钮，在弹出的菜单中选择"不可用"选项，如图 12-4所示，即可选择出不需要安装的组件。

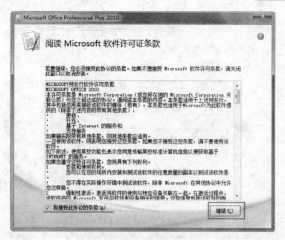

图 12-1

图 12-2

图 12-3

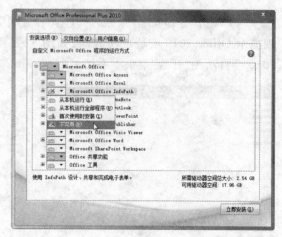

图 12-4

 操作提示

　　如果之前在计算机中安装了 Office 系列软件,那么安装 Office 2010 时,在该处打开的对话框中将默认显示"升级"选项卡,从该选项卡中可以选择删除或者保留所有的较早的版本。

　　Office 系列的组件有很多种,在安装的过程中如果根据自己的需要选择常用的组件可以节省一部分的磁盘空间。

　　(3) 用相同方法,将其他不需要安装的组件选中,如图 12-5 所示。选择"文件位置"选项卡,在"选择文件位置"栏的文本框中默认安装位置为 C:\Program Files\Microsoft Office,如图 12-6 所示。同学们也可以根据自己的情况更改安装路径或者单击右侧的"浏览"按钮即可更改安装位置。

 操作提示

　　由于安装 Office 2010 办公软件需要占用 2.24GB 硬盘空间,因此如果用户计算机的系统盘不够大,则可以先安装在其他盘中。

图　12-5

图　12-6

（4）单击"立即安装"按钮，进入"安装进度"界面，如图 12-7 所示。等待一段时间后，将会出现提示 Office 2010 安装成功界面，如图 12-8 所示。单击"关闭"按钮，软件安装结束后，Office 2010 会自动在"开始"菜单中添加一个 Office 2010 选项。

图　12-7

图　12-8

 操作技巧

　　单击"继续联机"按钮可免费获取产品更新、帮助和联机服务等。

12.2　修复安装 Office 2010

　　在使用 Office 2010 时，如果遇到需要使用未安装的组件或者已安装的组件出现错误不能使用之类的情况，同样可以通过 Office 2010 的安装程序进行修复安装。

12.2.1　修复 Office 2010

　　如果软件在运行的过程中经常出现问题，可以通过修复安装该组件程序来改变这一情况。

　　（1）双击安装文件的图标，弹出更改安装窗口，如图 12-9 所示。在该窗口中选择"修复"选项,然后单击"继续"按钮,进入"配置进度"对话框,如图 12-10 所示。

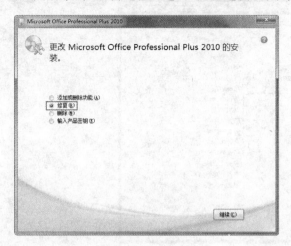

　　　　　　图　12-9　　　　　　　　　　　　　　　　图　12-10

　　(2)待完成修复后系统将弹出一个提示已完成配置的对话框,如图 12-11 所示。单击"关闭"按钮,打开询问是否重新启动系统完成安装的对话框,如图 12-12 所示,单击"是"按钮重启系统完成修复。

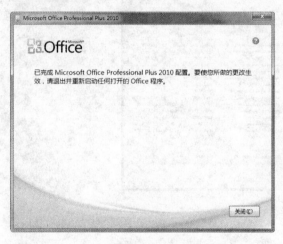

　　　　　　图　12-11　　　　　　　　　　　　　　　图　12-12

12.2.2　添加和卸载 Office 组件

　　在使用计算机的过程中,如果想要添加一些安装时没有安装的组件,或卸载一些不常用的组件也是可以实现的,下面以添加一个未安装的组件为例进行详细讲解。

　　(1)执行"开始"→"控制面板"命令,在打开的"控制面板"窗口中单击"程序和功能"按钮,如图 12-13 所示。进入"卸载或更改程序"窗口,在该窗口中选择 Microsoft Office Professional Plus 2010 选项,单击"更改"按钮,如图 12-14 所示。

　　(2)在弹出的更改安装对话框中选择"添加或删除功能"选项,然后单击"继续"按钮,进入"配置进度"对话框,如图 12-15 所示。在弹出的"安装选项"窗口中可以看到已经安装和未安装的组件,如图 12-16 所示。

图 12-13

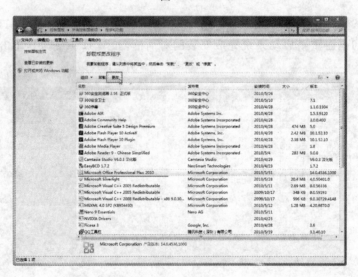

图 12-14

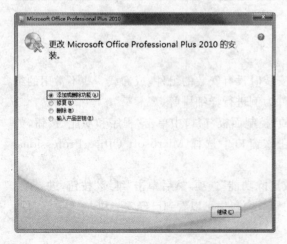

图 12-15

图 12-16

（3）在需要安装的组件选项前单击 按钮，在弹出的菜单中选择"从本机运行"命令，如图 12-17 所示，即可添加该组件进行安装。单击"继续"按钮，与修复软件一样，在弹出的对话框中显示配置进度，待完成修复后系统将弹出一个提示已完成配置的对话框，如图 12-18 所示。

图 12-17

图 12-18

操作提示

在添加或删除应用程序后，最好重新启动计算机来完成程序的安装，这样将使安装的程序在重新启动计算机后立即生效，运行起来更加稳定、安全。

操作技巧

此操作与修复软件一样，也可以通过双击安装文件的图标，在弹出的更改安装对话框中完成。

12.3 启动和退出 Office 2010

启动和退出是使用一个软件应该掌握的最基本的操作。Office 2010 中包含了多个不同的程序组件，通过学习其启动和退出操作，用户可以逐渐认识不同组件的界面，并熟悉 Office 2010 的操作方法。

1. 启动 Office 2010 应用程序

Office 系统软件包含的应用程序很多，其启动和运行方式基本相同，下面介绍几种 Office 应用程序的常用启动方法。

（1）"开始"菜单启动

这是最常用、最简单的方法，只需要执行"开始"→"所有程序"→Microsoft Office 命令，就可以看到 Office 2010 的所有组件都显示在下一级菜单中，如图 12-19 所示，单击要打开的相应组件即可启动相对应的应用程序。

（2）快捷方式启动

快捷方式启动是用 Windows 桌面的快捷执行命令功能来启动 Office 的应用程序的方法，如果桌面上有 Office 2010 组件的快捷方式图标，双击快捷方式图标即可启动相对应的应用程序，图 12-20 所示为各组件所对应的快捷方式。

图　12-19　　　　　　　　　　　　　　图　12-20

（3）常用文档启用

双击任何一个文件夹中的 Office 文档，系统都会自动启动相应的 Office 应用程序。

 操作提示

如果用户经常使用某个组件，则该组件将出现在"开始"菜单的常用程序栏中。另外，右击某个组件图标，在弹出的快捷菜单中执行"发送到"→"桌面快捷方式"命令，可以在桌面创建该组件的快捷方式图标，双击即可打开相应的组件。

2．退出 Office 2010

用户在完成对 Office 2010 文档的操作后，可以通过多种方法关闭当前文档窗口，常用的方法有以下 5 种。

- 单击 Office 2010 组件标题栏上的"关闭"按钮 ▬✕ 。
- 在 Office 2010 组件中选择"文件"选项卡，在左侧选择"退出"选项。
- 在标题栏空白处右击鼠标，在弹出的快捷菜单中选择"关闭"选项。
- 单击标题栏左上角的程序图标，在弹出的菜单中选择"关闭"选项。
- 在 Office 2010 组件的工作界面中按快捷键 Alt＋F4。

12.4　Office 2010 各组件功能简介

Office 2010 中包含了十几个组件，但对日常办公使用来说，最常用的只有 Word 2010、Excel 2010、PowerPoint 2010、Access 2010 和 Outlook 2010，下面将针对这些常用软件进行介绍。

1．Word 2010

Word 2010 是 Microsoft Office 2010 中应用最为广泛的一个组件，它集办公、排版于一体，在各行各业都起着十分重要的作用，通过它不但可以进行文字输入、编辑、排版和打印，还可以制作出各种图文并茂的办公文档和商业文档。使用Word 2010自带的各种模板，还能快速地创建和编辑各种专业文档，图 12-21所示为使用 Word 2010 制作的公司简介。

图　12-21

2. Excel 2010

Excel 2010 主要用来创建和维护电子表格，通过它不仅可以方便地制作出各种各样的电子表格，还可以对其中的数据进行计算、统计等操作，甚至能够将表格中的数据转换为各种可视性图表显示或打印出来，方便对数据进行统计和分析，图 12-22 所示为使用 Excel 2010 制作的销售情况表。

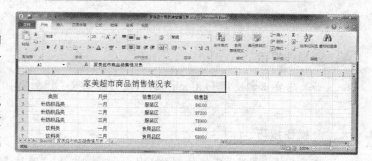

图 12-22

3. PowerPoint 2010

PowerPoint 2010 是一种功能强大的制作演示文稿的软件，通过它，用户可以轻松地制作出集文字、图形、图像、声音以及视频剪辑等多媒体元素于一体的演示文稿，如产品宣传片、课件等。演示文稿制作完成后，可以在计算机中进行演示，加上动画、特效、声音等多媒体效果，使用户的观点发挥得更加淋漓尽致，如图 12-23 所示。

图 12-23

4. Access 2010

Access 2010 是 Microsoft Office 2010 系列办公软件中专门用于对数据库进行操作的软件，如办公室数据库、网站后台数据库等。通过它不仅可以方便地在数据库中添加、修改、查询、删除和保存数据，还可以对数据库的输入界面进行设计以及生成报表，同时支持 SQL 指令，如图 12-24 所示。

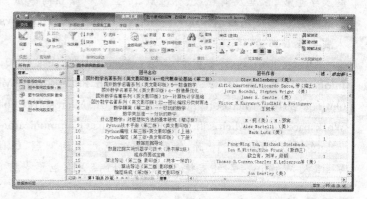

图 12-24

5. Outlook 2010

Outlook 2010 是一种桌机信息管理程序，通过它可以管理电子邮件、约会、联系人、任务和文件等个人商务方面的信息。通过使用电子邮件、小组日程安排和公用文件夹等还可以与小组共享信息，在 Outlook 中可以浏览和查询 Office 文件，从而与其他 Office 组件共享数据，还可以连接到网络中实现信息共享。图 12-25 所示为使用

图 12-25

Outlook 2010 制定的任务。

操作提示

> 如果想要正常使用 Outlook 2010,最好在安装 Office 2010 时将早期的 Outlook 版本删除。

操作技巧

> 使用 Office 2010 各组件制作 Office 文档时,可以通过各组件自带的模板快速地制作出各式各样的专业文档,如果需要更多模板还可以到网上下载。

课堂练习

任务背景:小欣完成了本课的学习,对于如何安装、修复以及卸载 Office 2010 有了一定的了解,她开始启动其中一个组件,那简洁明快的界面让小欣越来越喜欢 Office 2010 这套办公软件,她继续翻阅图书,争取早一些学会使用这些办公软件。

任务目标:多翻看有关图书。

任务要求:尝试简单操作各组件。

任务提示:只有多看多学,多尝试,才能更早地达到学习效果。

课外阅读

Microsoft Office 2010 简介

Office 2010 是 Microsoft 公司推出的新一代办公软件,共有 6 个版本,分别是初级版、家庭及学生版、家庭及商业版、标准版、专业版和专业高级版。由于程序功能的日益增多,所有的程序组件都采用最新 Ribbon 图形用户界面,与 Windows 7 结合使用,一致的风格更是令人赏心悦目。

Office 2010 的所有组件包括:Microsoft Access 2010;Microsoft Excel 2010;Microsoft InfoPath Designer 2010;Microsoft InfoPath Filler 2010;Microsoft OneNote 2010;Microsoft Outlook 2010;Microsoft PowerPoint 2010;Microsoft Publisher 2010;Microsoft SharePoint Workspace 2010;Microsoft Word 2010;Office Communicator 2010 等。

在安装 Office 2010 时,特别需要注意版本的问题,Office 2010 除了支持 32 位和 64 位 Vista 及 Windows 7,还支持 32 位 Windows XP,但不支持 64 位的 Windows XP。

课后思考

(1) 修复 Office 2010 的方法有几种?分别是什么?

(2) 如果在安装 Office 2010 前已经安装过早期版本的 Office,那么如何才能在保留所有的早期版本的情况下安装 Office 2010?

(3) 简述 3 种启动和退出 Office 2010 的方法。

第13课 熟悉Office 2010

通过第 12 课的学习,相信同学们们已经对 Office 2010 有了一些最基本的了解,从Office 97 到现在最新的 Office 2010,中间经历了几代版本的升级换代,新版本的功能也越来越强大。下

面将对 Office 2010 工作界面和 Office 2010 组件中的共性操作进行讲解,引导同学们逐渐熟悉
Office 2010。

课堂讲解

任务背景：小欣现在已经学会了如何安装和启动 Office 2010,但是这只是第一步,并不代表她
就学会了 Office 2010,那么怎样才能更快地学会这些软件呢,它们难道就不存在一
些共性吗? 于是她又开始翻阅图书,认真地学习起来……

任务目标：学习 Office 2010 组件的基本操作。

任务分析：只有掌握了 Office 2010 组件的基本操作,熟悉了 Office 2010 工作界面,才能为以
后的学习打下基础。

13.1 认识 Office 2010 工作界面

Office 2010 系列软件很多,功能也各不一样,但是工作界面都大同小异,主要包括 Office 组
件按钮、快速访问工具栏、标题栏、功能选项卡、功能区、"功能区最小化"按钮、"帮助"按钮、文档
编辑区、状态栏、缩放比例工具和视图栏等,如图 13-1 所示。下面以 Word 2010 为例进行详细的
讲解。

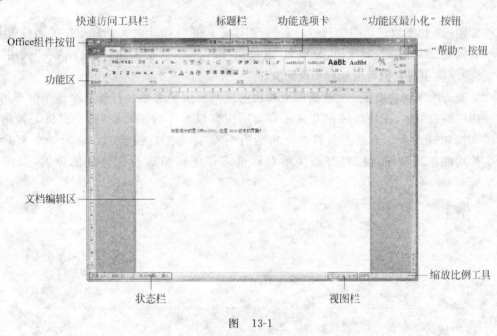

图　13-1

- Office 组件按钮：位于窗口的左上角,显示组件相对应的图标,与旧版本的 Office 2007
  相比,其功能有非常明显的区别。单击 Office 组件按钮,在弹出的下拉菜单中可以执行
  与右侧 3 个窗口控制按钮相同的操作,即最大化、最小化、还原、关闭等操作。
- 快速访问工具栏：在默认情况下,快速访问工具栏位于 Word 窗口的顶部,单击快速访问
  工具栏右侧的下三角按钮 ,在弹出的下拉菜单中可以将频繁使用的工具添加到快速访
  问工具栏中,如图 13-2 所示。也可以选择"其他命令"选项,在打开的"Word 选项"对话
  框中自定义快速访问工具栏,如图 13-3 所示。

图　13-2　　　　　　　　　　　　　　　　图　13-3

- 标题栏：位于快速访问工具栏的右侧，用于显示正在操作的文档和程序的名称等信息。右侧有 3 个窗口控制按钮，分别为"最小化"按钮 ▬ 、"最大化"按钮 ▫ 和"关闭"按钮 ✕ ，单击它们可以执行相应的操作。
- 功能选项卡和功能区：功能选项卡和功能区是对应的关系。打开某个选项卡即可打开相应的功能区，在功能区中有许多自动适应窗口大小的工具栏，其中提供了常用的命令按钮或列表。有的工具栏右下角会有一个功能扩展按钮 ▫ ，单击某个工具栏中的功能扩展按钮可以打开相关的对话框或任务窗格进行更详细的设置，如图 13-4 所示。

图　13-4

 操作技巧

当鼠标指针定位到功能选项卡和功能区时，可以通过拖动鼠标滚轮来切换选项卡。

- "功能区最小化"按钮 ▵ ：它在功能选项卡的右侧，单击该按钮，可显示或隐藏功能区，功能区被隐藏时仅显示功能选项卡名称，如图 13-5 所示。
- "帮助"按钮：单击可打开相应的组件帮助窗格，如图 13-6 所示，在其中可查找到需要的帮助信息。
- 文档编辑区：文档编辑区是 Word 中最大也是最重要的部分，所有的关于文本编辑的操作都将在该区域中完成。文档编辑区中有个闪烁的光标叫做文本插入点，用于定位文

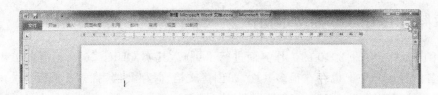

图 13-5

本的输入位置。在文档编辑区的左侧和上侧都有标尺，其作用为确定文档在屏幕及

纸张上的位置。在文档编辑区的右侧和底部
都有滚动条，当文档在编辑区内只显示了部分
内容时，可以通过拖动滚动条来显示其他内
容，如图 13-7 所示。

 操作提示

　　在默认情况下文档编辑区中是不会有标尺的，在
功能选项卡中打开"视图"选项卡，并在该选项卡的功
能区中选中"标尺"复选框，才能将其显示出来。

- 状态栏和视图栏：位于操作界面的最下方，状态
  栏主要用于显示与当前工作有关的信息。视图
  栏主要用于切换文档视图的版式。
- 缩放比例工具：位于视图栏的右侧，通过它可以
  缩放文档的显示比例。

图 13-6

图 13-7

13.2　掌握 Office 2010 的基本操作

12 课中已经对 Office 2010 的工作界面进行了讲解，其实 Office 2010 不但各工作界面比较相似，而且各组件在操作上也存在很多共性，如创建文档、保存文档、打开文档以及关闭文档等操作都大致相同。下面同样以 Word 2010 为例进行讲解。

13.2.1　新建文档

每次启动 Word 2010 时，系统都会自动创建一个新的文档，默认文件名为"文档 1"，用户可以直接向文档中添加文字或其他对象。Office 2010 中提供了多种创建文档的方法，用户可以根据自己的需求创建空白文档或利用模板创建具有一定格式的新文档。

1. 新建空白文档

- 启动 Word 2010 程序，自动新建一个空白文档。
- 启动 Word 2010 程序后，按快捷键 Ctrl＋N 也可直接新建一个空白文档。
- 打开"文件"选项卡，在该选项卡左侧单击"新建"按钮，在打开的"可用模板"窗口中选择"空白文档"图标，在最右侧单击"创建"按钮即可，如图 13-8 所示。

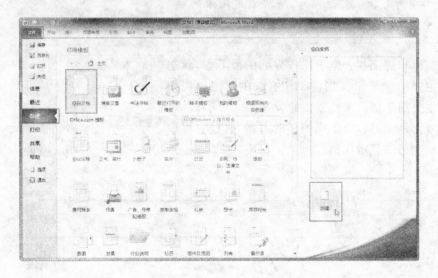

图　13-8

 操作提示

在 Office 2010 中依次创建的新文档，会根据文档创建的先后顺序依次命名为"文档 1"、"文档 2"、"文档 3"等用户可以在保存文件时重新为文件命名。

---

2. 新建基于模板的文档

除了新建空白文档进行编辑以外，还可以创建基于模板的文档，它可以提高办公的工作效率，操作的方法与新建文档基本相同，只需在打开的"可用模板"窗口中单击"样本模板"图标，如图 13-9 所示。在"样本模板"窗口中根据需要选择模板类型，如图 13-10 所示，然后单击"新建"按钮即可新建基于模板的文档。

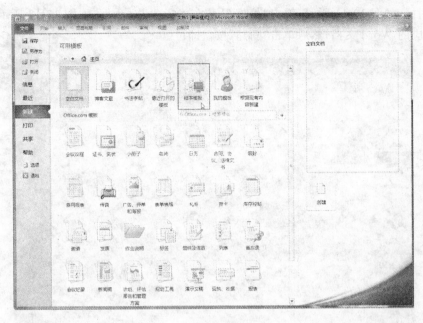

图　13-9

图　13-10

 **操作提示**

　　如果"样本模板"中的模板达不到同学们的要求,同学们还可以在"可用模板"窗口的 Office
.com 模板中进行选择或搜索。

3. 根据现有内容新建文档

　　如果想要新建的文档跟以前编辑的文档类似,为了提高工作效率,可以直接在现有内容上新
建文档。方法很简单,依旧与前面的方法类似,只需在打开的"可用模板"窗口中单击"根据现有

内容新建"图标,如图 13-11 所示,弹出"根据现有文档新建"对话框,如图 13-12 所示,在该对话框中选择相应的 Word 文档,然后单击"新建"按钮即可。

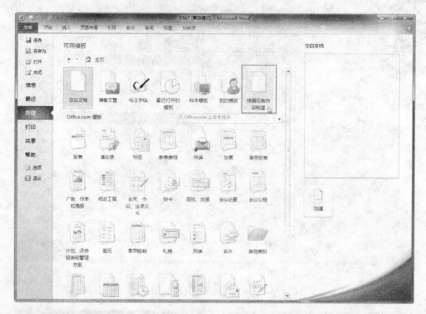

图   13-11

图   13-12

13.2.2　打开文档

打开文档的方法十分简单,只需要在弹出的"打开"对话框中选择需要打开的文件,或者在"文件名"文本框中直接输入要打开的文件名称,然后单击"打开"按钮即可。

同学们可以通过执行以下任意操作弹出"打开"对话框。

- 直接双击已保存的文档。
- 打开"文件"选项卡,在该选项卡左侧单击"打开"按钮。
- 在打开的 Word 2010 程序中按快捷键 Ctrl+O。

操作技巧

打开 Office 2010 组件后,把相对应的文档拖曳到程序的窗口中,也可以直接打开文档。

13.2.3　保存文档

保存文档是编辑 Office 文档时必不可少的一项操作,可以方便在下一次工作时继续使用。Office 2010 提供了 3 种保存的方式,即保存、另存为和自动保存。

1. 保存

编辑好的文档在保存的时候需要指定文件名、文件的保存位置等信息,如图 13-13 所示。保存文档的方法有以下几种。

- 在当前文档中打开"文件"选项卡,在该选项卡左侧单击"保存"按钮。
- 在当前文档中单击快速访问工具栏中的"保存"按钮 。
- 在当前文档中按快捷键 Ctrl+S。

图　13-13

操作提示

执行过第一次保存操作之后,如果再次保存就不会再弹出"另存为"对话框,而是直接将编辑好的内容保存在原文档中。

2. 另存为

另存为文档就是将当前文档保存为一个新文档,旧文档依旧保留。操作方法与保存文档相似,只需在当前文档中打开"文件"选项卡,在该选项卡左侧单击"另存为"按钮,不管原文档是否存在,都会弹出"另存为"对话框,从中选择路径及目标文件夹即可。

3. 自动保存

在编辑文档时,如果设置了 Office 的自动保存功能,当遇到停电、计算机死机等意外情况时,可以将自动保存的内容恢复回来,减小数据丢失的几率。下面就以设置 Word 2010 的自动保存功能为例,具体讲解设置自动保存的方法。

(1)启动 Word 2010,在当前文档中打开"文件"选项卡,在该选项卡左侧单击"选项"按钮,如图 13-14 所示,弹出"Word 选项"对话框。

图　13-14

（2）在该对话框左侧打开"保存"选项,在右侧窗格中选中"保存自动恢复信息时间间隔"复选框,默认自动保存时间间隔为10分钟,如图 13-15 所示,也可根据个人情况设置间隔时间。

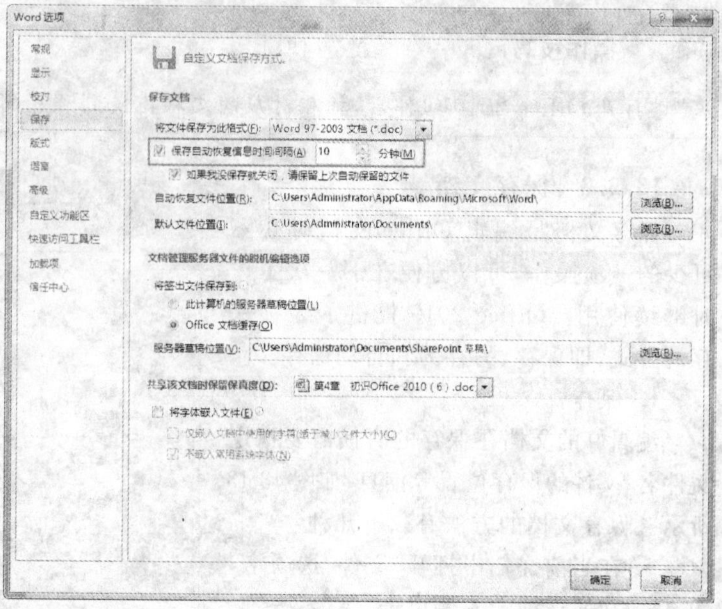

（3）完成 Word 2010 的自动保存功能的设置,单击"关闭"按钮即可。

13.2.4　关闭文档

当前文档编辑并保存完毕以后,就可以将它关闭。关闭文档的常用方法有以下几种。

- 在当前文档中打开"文件"选项卡,在该选项卡左侧单击"关闭"按钮。

- 在当前文档中按快捷键 Alt+F4。

- 单击标题栏右侧的"关闭"按钮 ![X]。

- 右击标题栏,在弹出的快捷菜单中执行"关闭"命令。

图　13-15

13.2.5　删除文档

在 Office 2010 中可以直接删除文档,而无须退出 Windows 进行删除。

在 Office 2010 中删除文档的操作方法为:在当前文档中打开"打开"或"另存为"选项卡,在弹出的"打开"或"另存为"对话框中选择要删除的文件,按 Delete 键或快捷键 Shift+Delete,最后将对话框关闭即可。

 操作提示

与普通的删除操作一样,按 Delete 键删除的文档会被存放到回收站中,用户可从回收站中将其找回;按快捷键 Shift+Delete 删除的文档则不会被存放在回收站中,而是直接被彻底删除。

课堂练习

任务背景:	小欣认真地学习了本课中的所有内容,已经熟悉了 Office 2010 的基本操作,接下来她将开始动手操作,尝试使用 Office 2010 中的每一个常用组件,包括熟悉这些组件的工作界面、打开文档的方式等操作。
任务目标:	动手操作常用组件。
任务要求:	熟悉每个常用组件的工作界面和基本操作。
任务提示:	课堂上讲的东西再好,也不如自己动手实际操作学得快,只有自己亲自去体验 Office 2010,才能帮助自己更好地学习。

课外阅读

Office 2010 新增功能——截图功能

截图工具的使用越来越广泛,如今已成为很多用户计算机中必不可少的软件之一,Windows 7 操作系统中就新添加了一个简单的截图工具,Office 也不落后,新版本的 Office 2010 中的 Word、Excel、PowerPoint 等组件中也增加了非常实用的截图功能。它支持多种截图模式,从"插入"选项卡中就可找到,单击"屏幕截图"按钮,如图 13-16 所示,将自动缓存当前打开的窗口截图,截完的图片将直接插入到文档中。

图 13-16

课后思考

(1) Office 2010 的工作界面共分为几部分?分别是什么?

(2) 简述新建文档都有哪些方法。

(3) 保存与另存为有什么区别?

(4) 如何在 Office 2010 中设置自动保存功能?

第5章

制作Word文档

Word是一款强大的文字处理软件，对 Word 不熟悉的人是不会发现它的强大功能的，此软件的操作界面直观且一目了然，在文字处理方面极具优势。本课将具体讲解如何制作简单的Word 文档。

课堂讲解

任务背景： 小月是一位高三在读的学生，她非常喜欢写作，记录一些身边的人和事、抒发一下自己的独特情感等，但是有件事情让她很为难，她不知道怎样才能将字体改成其他的颜色和样式，于是就求助于关于 Word 编辑的书籍，开始学习起来。

任务目标： 掌握制作简单 Word 文档的方法。

任务分析： 在编辑文本和设置字体之前，一定要对 Word 的基础知识有所了解，只有掌握了基础知识，才能在此基础上运用和制作出称心如意的文档。

14.1　输入与编辑文本

Word 软件是办公软件的一种，所以使用此款软件的有很多办公人员和学生。使用此软件的基础就是要掌握输入与编辑文本的方法，只有输入了文本才能适当地对文本进行编辑。相同的道理，要想编辑文本，首先要输入文本。

14.1.1　输入文本

输入文本是使用 Word 软件的基础，在 Word 中输入文本有以下两种方法。

1. 键盘输入法

键盘输入法是一种非常普通的文本输入方法，像平常使用的汉字、字母、数字、普通符号等文本都是用此方法输入的，即普通文本输入法。

新建一个 Word 空白文档，可以看到文档中有个闪烁的光标符号"|"，如图 14-1 所示，它就是文本插入点，在这个位置可以输入所需要的文本内容，输入完文本后的效果如图 14-2 所示。

> **操作提示**
>
> 在输入文本的过程中，如果需要输入大写字母，可以按键盘上 Caps Lock 键，这时小键盘上方的 Caps Lock 灯会亮起，这时就可以输入大写字母了。需要注意的是，只有再次按 Caps Lock 键将 Caps Lock 灯关闭才可以继续输入汉字。

图 14-1

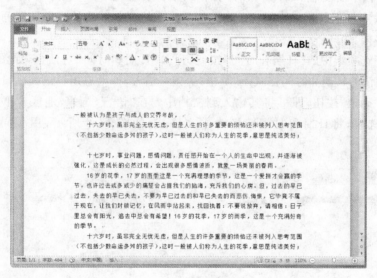

图 14-2

2. 插入功能输入法

与普通文本输入法相反的则是特殊文本输入法,即插入功能输入法。此输入法可以弥补键盘输入法的不足,例如"戬"、"斳"等生僻字,"®"、"™"等特殊符号,"二〇一〇年三月"等特殊时间的输入和一些数学公式等,这些特殊的文本,有些用键盘输入法是输入不了的,必须使用"插入"功能来解决这一问题。

（1）插入陌生字和特殊字符

如果同学们在输入古籍内容时碰到一些不认识的字,用键盘或五笔输入法也输入不出来的话,可以单击"插入"选项卡中的"符号"按钮,在弹出选项中单击"其他符号"按钮,弹出"符号"对话框,在"子集"下拉列表中选择"CJK 统一汉字"选项,如图 14-3 所示。在显示的陌生字列表中,可以根据需要选择字体,选择好之后单击"插入"按钮即可将其输入到文档中。

相同的方法,打开"符号"对话框中的"特殊符号"选项卡,如图 14-4 所示,在下方的列表中选择相应的符号插入即可。

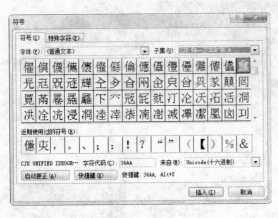
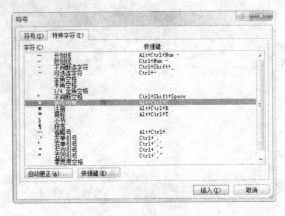

图 14-3　　　　　　　　　　　　　　　　图 14-4

（2）插入日期和时间

在 Word 文档中需要输入日期和时间时，可以用键盘输入一些简单普通的日期格式，如"2010 年 3 月 21 日"，但使用"插入"选项卡可以插入系统当前准确的日期和时间，这样不仅显得可靠而且形式多样。

单击"插入"选项卡中的"日期和时间"按钮，弹出"日期和时间"对话框，如图 14-5 所示。可以看到 Word 默认的日期和时间格式是"英语（美国）"语言，如果想用英语式的日期和时间，选中一个格式，单击"确定"按钮，即可将其输入到文档中。在"语言（国家/地区）"下拉列表中选择"中文（中国）"选项，将日期和时间转换为中文格式，如图 14-6 所示，用相同方法将其输入到文档中。

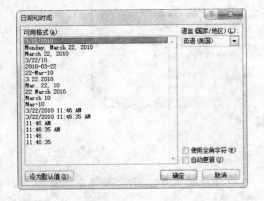
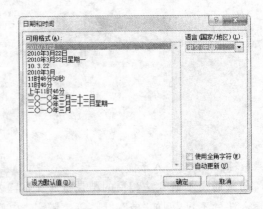

图 14-5　　　　　　　　　　　　　　　　图 14-6

 操作技巧

在"日期和时间"对话框的列表框中双击所要插入的日期，可以快速将该日期插入到文本中，并关闭"日期和时间"对话框。

（3）插入公式

插入公式可以插入普通的数学公式，也可以使用数学符号库构建自己的公式。单击"插入"选项卡中的"公式"按钮，在"设计"选项卡下会出现各种各样的公式工具，如图 14-7 所示。选择

"分数"结构选项,在"分数"下拉列表中会出现多种分数结构,如图 14-8 所示。

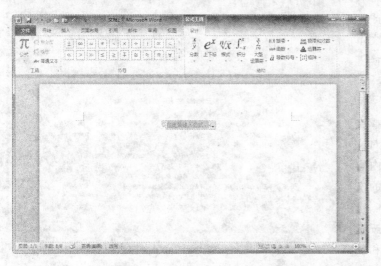

图　14-7　　　　　　　　　　　　　　　　　　　图　14-8

　　单击"竖式"结构,在文档中插入"竖式"分数公式,如图 14-9 所示。单击公式上方的文本框将其选中,如图 14-10 所示,使用键盘输入相应的文本,用相同方法输入下方的文本,完成插入公式的操作,如图 14-11 所示。

图　14-9　　　　　　　　　　图　14-10　　　　　　　　　　图　14-11

　　除了使用"公式工具"外,选择"公式"选项,在弹出的下拉列表下还有很多系统内置公式,如图 14-12 所示。选中相应公式即可插入到文档中,例如选择"二次公式",可以看到插入文档中的效果如图 14-13 所示。

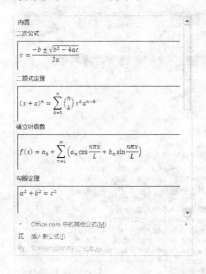

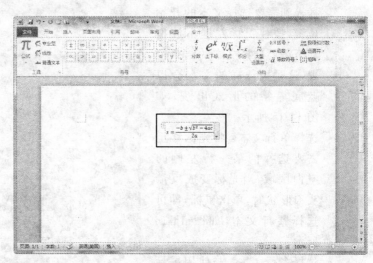

图　14-12　　　　　　　　　　　　　　　　　　图　14-13

14.1.2 编辑文本

如果对输入的文字不满意，或发现输入的文字中有错误，可以对文本进行删除、移动、复制、查找与替换等操作。

1. 选择文本

在编辑文本之前首先要选择文本，只有选择了文本之后才可以对文本进行任意编辑。按选择文本内容的多少可以分为选择任意数量的文本、选择一行文本、选择多行文本、选择一段文本和选择整篇文本；按选择方式可以分为使用鼠标选择和使用键盘选择，也可以鼠标和键盘相结合选择。

（1）鼠标选择法

鼠标是最常用的文本选择工具，使用鼠标既可以选择单个字，也可以选择多行字，其操作方法随意又简便。

- 选择单字或词组：在文本中双击鼠标左键，可以选中光标所在位置的单字或词组，如图 14-14 所示。

- 选择任意数量文本：将光标插入到需要选择文本的开始位置，按住鼠标左键不放拖动至需要选择文本的结束位置，这时被选择的文本会以蓝底黑字的形式出现，如图 14-15 所示。

- 选择单行文本：将光标移至需要选择的某一行左侧的空白区域，当光标变成反箭头 形状时，单击鼠标，即可选择整行文本，如图 14-16 所示。

- 选择多行文本：与使用鼠标选择单行文本的方法类似，将光标移至文本左侧的空白区域，当光标变成反箭头

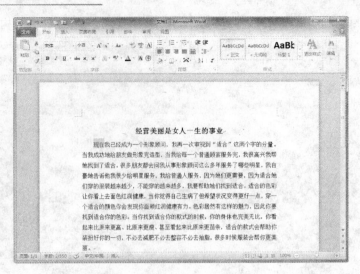

图　14-14

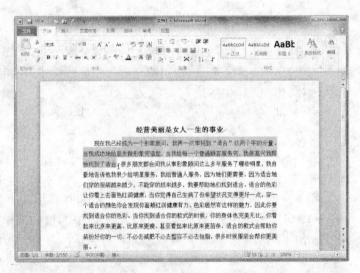

图　14-15

图　14-16

形状时,按住鼠标左键不放并向下拖动光标,即可选择多行文本,如图14-17所示。

- 选择整段文本:将光标移至需要选择的段落左侧的空白区域,当光标变成反箭头 ⬉ 形状时,双击鼠标左键;或者在该段文本的段首按住鼠标左键不放并拖动光标到段末后释放鼠标;也可以在该段文本中任意位置连续单击3次,如图14-18所示。

- 选择整篇文本:可以将光标移至文档左侧的空白区域,当光标变成反箭头 ⬉ 形状时,连续单击鼠标左键3次即可,如图14-19所示。

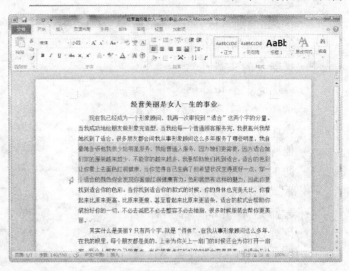

图 14-17

 操作提示

如果想取消当前的选择文本操作,只需在选择对象位置以外的任意地方单击即可。

(2)鼠标结合键盘的方法

使用鼠标结合键盘也是比较常用的选择文本的方法,这种方法能够弥补单纯使用鼠标选择文本的不足。在两者结合使用时,不但灵活方便而且还能提高操作的速度。

- 选择句子:按住键盘上的Ctrl键单击文本中的任意位置,可以选择文本插入点处的一个句子。

- 选择整篇文本:将光标移至文本中任意位置,按快捷键Ctrl+A;或者按住Ctrl键不放单击文本左侧的空白区域。

- 选择任意文本:将光标定位到所选文本的开始位置,按

图 14-18

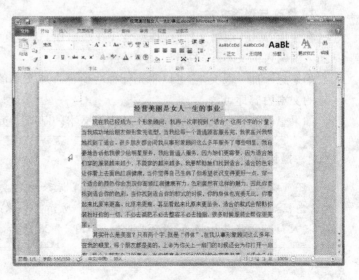

图 14-19

住 Shift 键不放,同时单击所选文本的结束位置,即可选择需要的文本。

- 选择多个不相邻的文本:先选择一个文本区域,再按住 Ctrl 键不放,然后再选择其他所需要的文本区域,即可同时选择多个不相邻的文本,如图 14-20 所示。

- 选择矩形文本:将光标定位到所选文本形成的矩形框的任意一角,按住 Alt 键不放,拖动光标到所选文本形成的矩形框的任意一角的对角位置释放鼠标。此种方法常用于选择一列或几列文本,如图 14-21 所示。

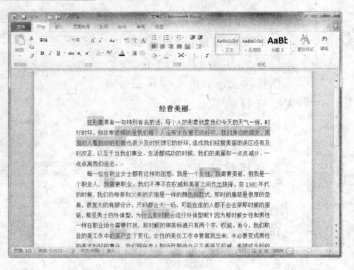

图　14-20

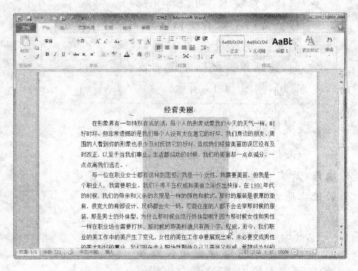

图　14-21

 操作提示

　　将光标插入到要选择文本的开始位置,按 F8 键,然后在结束位置单击即可选择开始和结束位置之间的文本,如果想退出文本选择的操作,只需在文档的空白处单击即可。

2. 修改与删除文本

在使用 Word 编辑文档时,难免会现一些错误,这时就需要对文本进行修改和删除操作,包括插入漏输入的文本、改写错误文本等操作。

如果想添加一段文本,可以将光标移动到要添加文本的位置单击,确定插入文本的位置,输入新的文本内容即可。

如果想改写一段文本,可以在选择错误文本的基础上重新输入正确的文本内容。

 操作提示

　　还可以通过“改写”状态改写文本,当把光标移动到要修改的文本前面时,查看文档窗口的状态栏显示的是否是改写状态,如图 14-22 所示。如果不是可按 Insert 键或单击状态栏中的“插入”按钮,将其切换为“改写”状态,如图 14-23 所示。

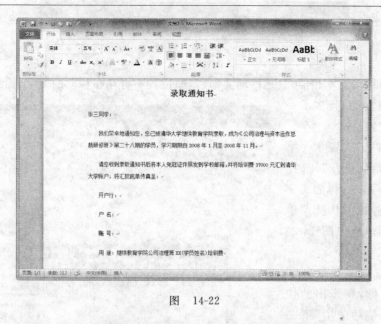

图 14-22

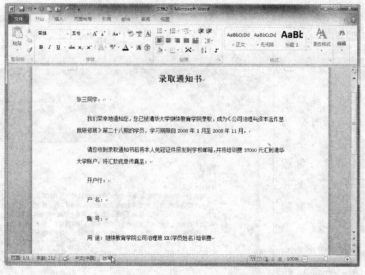

图 14-23

如果在文档中输入了多余、错误或重复的文本，一共有以下几种删除文本内容的方法。

- 选中需要删除的文本，按键盘上的 Back Space 键或 Delete 键即可将其删除。
- 按 Delete 键可删除光标右侧的文本内容。
- 按 Back Space 键可删除光标左侧的文本内容。

3. 移动与复制文本

在 Word 中移动文本的方法有两种，一种是选择需要移动的文本后，按住鼠标左键拖动，即可将选中的文本移动到目标位置；另一种是选择需要移动的文本后，利用剪切与粘贴功能移动文本。

例如，在文档中输入"Office 2010 中文版"后，需要将"中文版"文字移动到"Office 2010"之前，可以选择"中文版"文字，按住鼠标左键不放将其拖动到"Office 2010"文字之前，释放鼠标，即可完成文字的移动操作，如图 14-24 所示。

图　14-24

复制文本与移动文本相似，只是移动文本后，原位置不再存在移动的文字，而复制文本后，文本仍存在于原位置，并且多了一个副本放在新位置。

打开文档"教学资源\第5章\素材\邀请函.docx"，选择"互联中国"文字，在选择的文字上右击鼠标，在弹出的快捷菜单中执行"复制"命令，如图 14-25所示。

将光标定位到需要复制到的位置，右击鼠标，在弹出的快捷菜单中单击"粘贴选项"下的"只保留文本"按钮 ，即可完成复制，如图 14-26 所示。

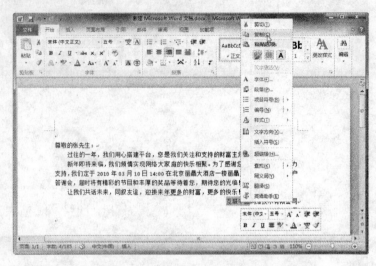

图　14-25

操作提示

在 Word 2010 中粘贴文字时，有 3 个粘贴选项可供选择："保留源格式" ，单击该按钮，粘贴的文字将保留原文字的相关格式设置；"合并格式" ，单击该按钮，粘贴的文字所具有的格式将被粘贴位置处的文字格式所合并；"只保留文本" ，单击该按钮，则粘贴所复制的文字并清除原复制文字的所有格式。

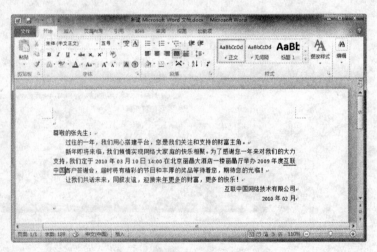

图　14-26

操作技巧

除了刚刚介绍的复制文本的方法外，还可以按住 Ctrl 键不放，选择需要复制的文字，将其拖动至粘贴的位置即可。

还可以通过快捷键的方式复制文本，按快捷键 Ctrl＋C 复制文本，光标定位到需要粘贴文本的位置，按快捷键 Ctrl＋V 粘贴文本。

4. 查找和替换文本

Word 2010 的查找功能可以在文档中查找中文、英文、数字和标点符号等任意字符，可以查找其是否出现在文本中或在文本中出现的具体位置。

打开文档"教学资源\第5章\素材\邀请函.docx"，将光标定位到需要查找的开始位置，单击"开始"面板的"编辑"组中的"查找"按钮 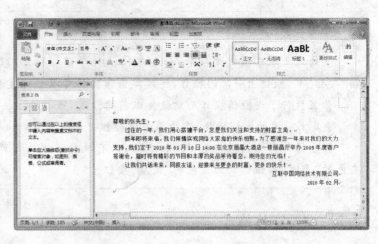，在文档左侧显示"导航"面板，如图14-27所示。在"搜索文档"文本框中输入需要搜索的内容，如"丽晶"，Word自动在文档中从光标位置开始查找，将查找到的所有结果以黄底黑字显示，如图14-28所示。

图　14-27

单击"导航"面板右上角的"关闭"按钮 ⊠，关闭"导航"面板，即可完成文档中内容的查找操作，查找到的结果将恢复原来的显示状态。

如果需要将文档中某些文本替换为另外的文本，可以运用替换功能。如果只需要对查找到的部分文本进行替换，则可以一处一处地查找并替换；如果需要对查找到的所有相同文本进行替换，则在"查找和替换"对话框中输入查找和替换的文本后，直接单击"全部替换"按钮。

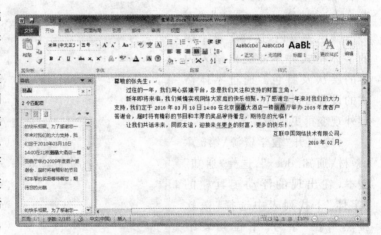

图　14-28

打开文档"教学资源\第5章\素材\邀请函.docx"，将光标定位到需要查找的开始位置，单击"开始"面板的"编辑"组中的"替换"按钮 ，弹出"查找和替换"对话框并自动切换到"替换"选项卡，如图14-29所示。

在"查找内容"下拉列表中输入需要查找的内容，在"替换为"下拉列表中输入替换后的文本，单击"全部替换"按钮（如图14-30所示），将自动弹出一个提示对话框，提示Word已完成对文档的替换，单击"确定"按钮，关闭提示对话框。

图　14-29

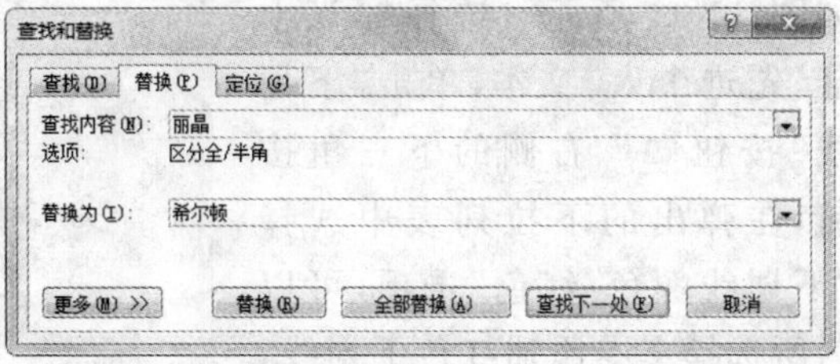

图　14-30

当替换完成后，单击"查找和替换"对话框上的"关闭"按钮或标题栏上的"关闭"按钮，关闭"查找和替换"对话框。

操作技巧

在输入文本或编辑文档时,如果不慎执行了误操作,可以单击快速访问工具栏上的"撤销"按钮 ,撤销上一次的操作,连续单击该按钮可以撤销最近执行的多次操作。

如果执行了误撤销操作而想恢复以前的修改,可以单击快速访问工具栏上的"恢复"按钮 ,恢复上一次的撤销操作,连续单击该按钮可以恢复最近执行的多次撤销操作。

恢复操作与撤销操作是相辅相成的,只有执行了撤销操作后才能激活"恢复"按钮,并由灰色的"重做"按钮 变为蓝色的"恢复"按钮 。

14.2　设置字体格式

Word 2010 中默认的中文字体为"宋体",英文字体为 Times New Roman,字号为"五号",颜色为黑色,这样千篇一律的字体格式并不能突出输入内容的层次及特色。通过字体格式的设置可以让 Word 默认的文字外观变得更加漂亮。

(1) 打开"教学资源\第5章\素材\通知. docx",选择"通知"文本,在出现的浮动工具栏的"字体"下拉列表中选择"微软雅黑",在"字号"下拉列表中选择"二号",如图 14-31 所示,设置后的效果如图 14-32 所示。

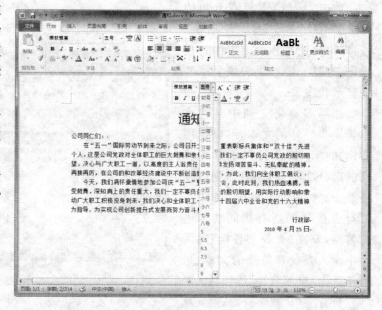

图　14-31

(2) 选择"标兵集体和"文本,单击"开始"选项卡"字体"工具按钮组中的"删除线"按钮 ,为选择的文本添加删除线,如图 14-33 所示。选择"'双十佳'先进个人"文本,单击"下划线"按钮 右侧的下三角按钮,在弹出的下拉列表中选择"下划线颜色/红色"选项,可以为所选择文本添加红色下划线,如图 14-34 所示。

(3) 选择"2010 年 4 月25 日"文本,单击"字体"工具栏

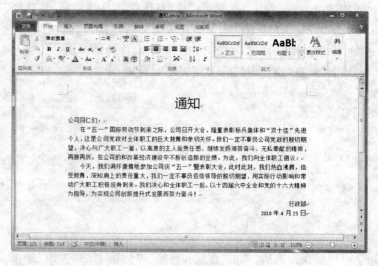

图　14-32

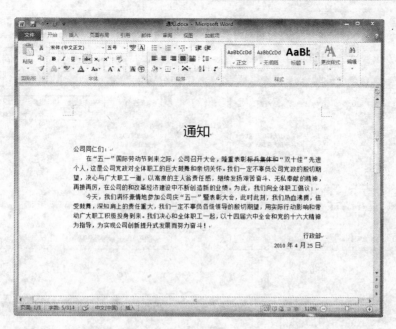

图　14-33

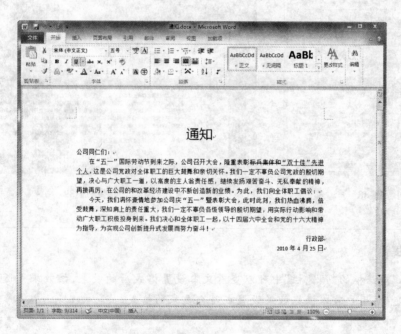

图　14-34

中的"字体"按钮 ，如图 14-35 所示。弹出"字体"对话框，如图 14-36 所示。

（4）在"字体"选项卡的"字形"下拉列表中选择"倾斜"选项，在"下划线线型"下拉列表中选择"_____"，在"下划线颜色"下拉列表中选择橙色，如图 14-37 所示。选择"高级"选项卡，在"间距"下拉列表中选择"加宽"选项，在其后的"磅值"文本框中选择"2 磅"，如图 14-38 所示。

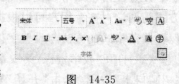

图　14-35

（5）单击"确定"按钮，完成"字体"对话框的设置，可以看到文字效果，如图 14-39 所示。

图 14-36　　　　　　　　　　　　　　图 14-37

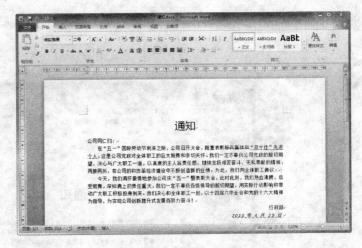

图 14-38　　　　　　　　　　　　　　图 14-39

 操作提示

　　在"字体"对话框的"预览栏"中可以查看文本设置格式后的效果，该效果是随着设置的不同而同步改变的，用户可以根据效果设置成符合要求的格式。

14.3　设置段落格式

　　设置段落格式可以使文档的结构清晰、层次分明。在 Word 文档中输入的文本的默认对齐方式为两端对齐。用户可以根据实际需要为段落设置对齐方式、段间距、行间距和缩进方式等。设置段落格式的方法与设置字体格式的方法相似。

　　（1）打开"教学资源\第 5 章\素材\招聘启事.docx"，选择"招聘启事"段落，单击"开始"选项卡"段落"工具组中的"居中"按钮 ≡，如图 14-40 所示，可以设置该段落居中对齐，如图 14-41 所示。

图 14-40

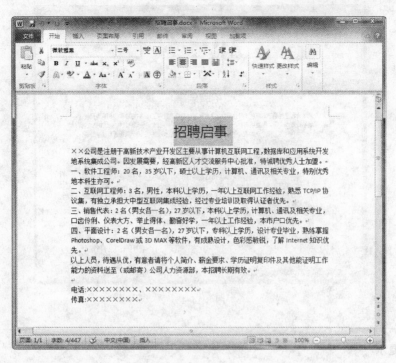

图 14-41

  (2)同时选择最后两段文本,单击"段落"工具组中的"文本右对齐"按钮 ≡,使段落与页面右边距对齐,如图 14-42 所示。选择第 2 段至第 5 段文本,单击"段落"工具组中的"增加缩进量"按钮 ≡,可以改变段落与左边距的距离,如图 14-43 所示。

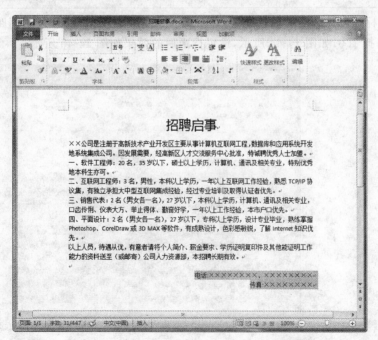

图 14-42

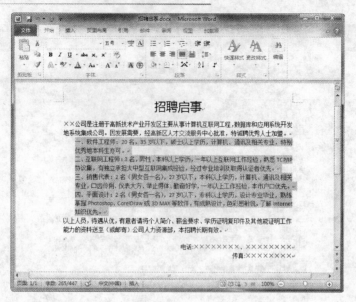

图　14-43

 **操作提示**

段落对齐按钮除了"居中" 和"文本右对齐" 外,还有以下几种。

"文本左对齐"按钮 ,单击该按钮,使段落与页面左边距对齐;"两端对齐"按钮 ,单击该按钮,使段落除最后一行外的所有文字同时与左边距和右边距对齐,并根据需要增加字间距;"分散对齐"按钮 ,单击该按钮,使段落同时与左边距和右边距对齐,每一行都有整齐的边缘。

（3）选择除标题以外的所有段落文字,单击"段落"工具组中的"行和段落间距"按钮 ,在其下拉菜单中选择1.5,如图14-44所示,设置行距后的效果如图14-45所示。

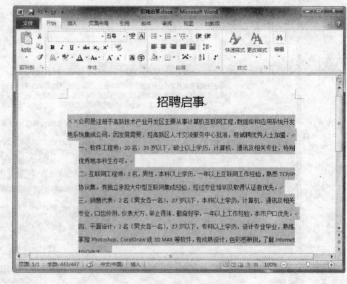

图　14-44　　　　　　　　　　　　　　　　　图　14-45

（4）选择相应的段落文字,如图14-46所示。单击"段落"工具组中的"段落"按钮 ,弹出"段落"对话框,如图14-47所示。

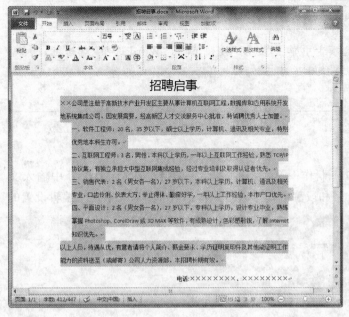

图 14-46

图 14-47

操作提示

在"段落"对话框中有3个选项卡,在"缩进和间距"选项卡中可以对段落的对齐方式、边距缩进量等进行设置;在"换行和分页"选项卡中可以对分页、行号和断字进行设置;在"中文版式"选项卡中可以对中文文稿的特殊版式进行设置。

(5)在"缩进和间距"选项卡的"特殊格式"下拉列表中选择"首行缩进"选项,在其后的"磅值"文本框中设置"2字符",如图14-48所示。单击"确定"按钮,完成"段落"对话框的设置,文本效果如图14-49所示。

图 14-48

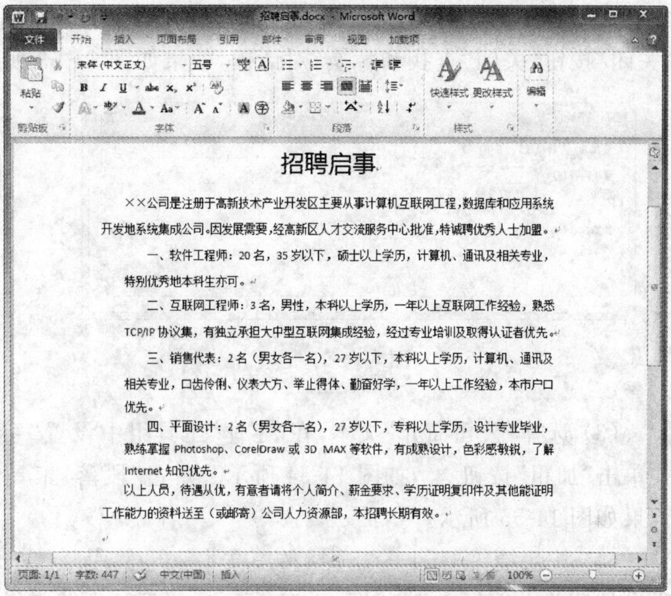

图 14-49

 操作提示

在"段落"对话框的"中文版式"选项卡中单击"选项"按钮,弹出"Word 选项"对话框,选择"版式"选项卡,在其中可以控制文本换行时是否压缩标点符号和字符间距等,这些是段落格式的高级设置。

14.4 制作"公司简介"文档

本节的基础实例是使用 Word 2010 制作一个"公司简介"的文档。首先在 Word 中输入文本;其次对文本进行替换操作,设置文字和段落格式等编辑操作,Word 中对文字进行编辑设置的功能较多,同学们需要熟练掌握。

(1) 打开 Word 2010,自动创建一个空白的 Word 文档,将其保存为"教学资源\第 5 章\公司简介.docx"。在文档中输入"公司简介"文字,按 Enter 键换行,输入正文内容,文本输入完成后如图 14-50 所示。单击"编辑"工具组中的"替换"按钮 替换,弹出"查找和替换"对话框,如图 14-51 所示。

(2) 将光标定位到文档的最前面,在"查找内容"下拉列表中输入"万元",在"替换为"下拉列表中输入"万元人民币",单击

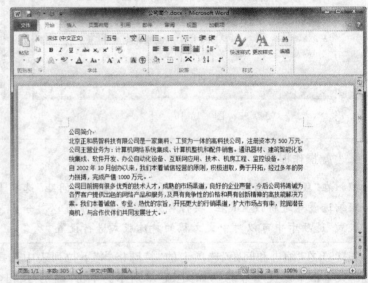

图 14-50

"全部替换"按钮,弹出提示对话框,如图 14-52 所示。单击"确定"按钮,关闭提示对话框,单击"关闭"按钮,关闭"查找和替换"对话框,效果如图 14-53 所示。

图 14-51

图 14-52

(3) 选择"公司简介"文本,在"字体"工具组中设置"字体"为"微软雅黑","字号"为"二号",并单击"加粗"按钮 B,如图 14-54 所示。单击"段落"工具组中的"居中"按钮 ≡,文本设置后的效果如图 14-55 所示。

(4) 按快捷键 Ctrl+A 选择整篇文本,单击"段落"工具组中的"行和段落间距"按钮 ≡,在弹出的菜单中选择 1.5,如图 14-56 所示。设置行距为 1.5 倍行高,效果如图 14-57 所示。

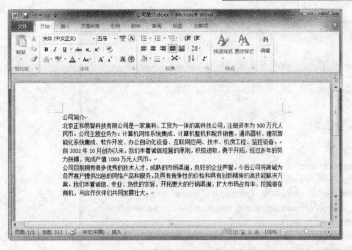

图 14-53

图 14-54

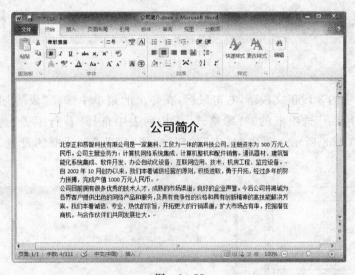

图 14-55

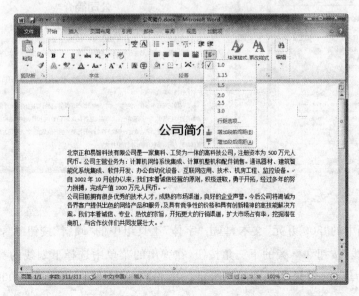

图 14-56

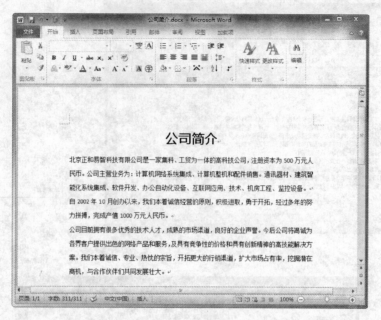

图   14-57

（5）选择文档中的 3 段正文段落，右击鼠标，在弹出的菜单中选择"段落"选项，弹出"段落"对话框，在"缩进和间距"选项卡的"特殊格式"下拉列表中选择"首行缩进"选项，设置"磅值"为"2 字符"，如图 14-58 所示。单击"确定"按钮，完成"段落"对话框的设置，文档如图 14-59 所示。

图   14-58

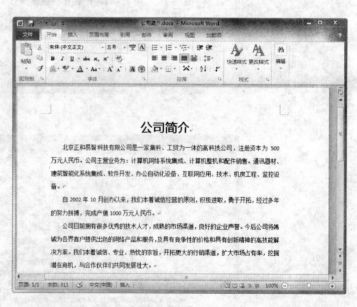

图   14-59

（6）选择文档中的"500 万元"文本，单击"字体"工具组中的"倾斜"按钮 I ，再单击"加粗"按钮 B ，单击"下划线"按钮 U 旁的下三角按钮，在弹出的菜单中选择下划线的类型为波浪线，设置下划线的颜色为红色，效果如图 14-60 所示。用相同的方法，可以设置"1000 万元"文本，如图 14-61 所示。

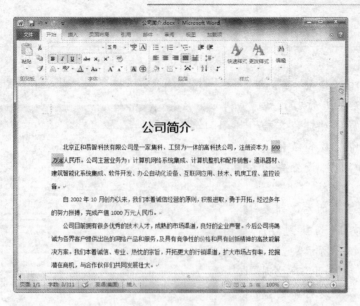

图 14-60

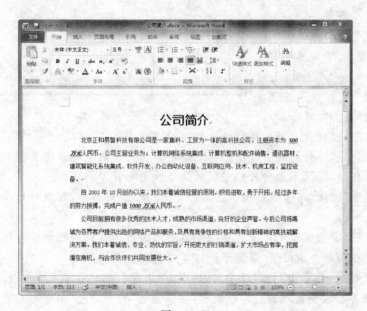

图 14-61

（7）单击"文件"选项卡左侧的"保存"按钮，或按快捷键 Ctrl+S,保存文档，完成"公司简介"文档的制作。

课堂练习

任务背景：小月认真地学习完本课的内容，恍然大悟，原来 Word 文字处理的功能如此强大、如此好，使用它竟能将文本处理得井井有条，于是她就迫不及待地练习起本课所学的知识，以方便处理自己写作时遇到的难题。

任务目标：结合本课的内容制作"公司简介"文档。

任务要求：对 Word 文本处理的基础知识要了解并掌握。

任务提示：只有掌握了如何输入与编辑文本、设置字体和段落的格式后，在制作文档时才能轻松随意。

课外阅读

打印文档

在使用 Word 文档时,通常会将编辑制作好的文档打印到纸张上,以便于查阅和提交。打印文档的前提要进行打印设置,再按照实际需要对打印文档的页面范围、打印份数和纸张大小等进行修改和调整,设置完毕之后即可开始打印文档。

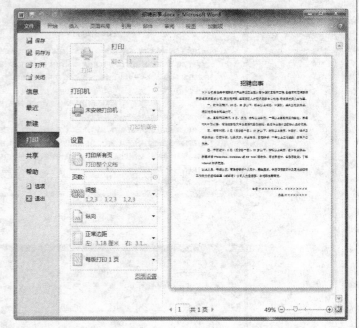

图　14-62

在"文件"选项卡的左侧列表中单击"打印"按钮,切换到"打印"设置,如图 14-62 所示。

- 在"打印所有页"下拉列表中,可以指定打印的范围,包括文档中的所有页面、当前页面等。
- 在"页数"文本框中可以指定需要打印文档中的第几页。
- 在"调整"下拉列表中可以指定打印的顺序。
- 在"纵向"下拉列表中可以指定纸张打印的方向。
- 在"正常边距"下拉列表中可以选择页边距的样式来确定文本在页面中的位置。
- 在"每版打印 1 页"下拉列表中可以选择每版需要打印的页数。
- "页面设置"链接,单击该链接可以弹出"页面设置"对话框,可以对更多的打印选项进行设置。
- 在"打印机"下拉列表中可以选择所需要使用的打印机或者添加新的打印机。
- "打印"按钮,单击该按钮,即可开始打印文档。

开始打印文档时,将弹出"打印任务"对话框,如果在打印过程中发现文档中有错误,可以双击操作系统任务栏右侧出现的打印机图标,在弹出的"打印任务"对话框中选择需取消打印的文档,执行"文件"→"取消"命令,取消打印任务。

课后思考

(1) 如何在 Word 2010 中设置文字的颜色?

(2) Word 2010 中上标和下标的设置方法是什么?

(3) 在"查找和替换"对话框中替换文档内容英文是否区分大小写?中文是否区别全角和半角?

(4) 在 Word 2010 中有几种段落对齐方式?它们之间有些什么区别?

(5) 如何设置段落文本的首行缩进?

第15课 设置其他的Word格式

在实际的应用过程中,要想提高编辑与制作文档的水平,对文档适当美化和排版是必不可少的,这样能够增加文档的感染力。本课就着重介绍如何设置其他的 Word 格式,其中包括在文档中设置项目符号和编号、设置特殊排版方式以及页眉页脚等。

课堂讲解

任务背景:小月现在已经能够制作一些简单的 Word 文档了,但是这些还不够,她总是觉得自己制作出的文档不够美观,但是又不知道如何才能将文档排版出像杂志那样的效果,于是她又开始了新的学习……

任务目标:学习如何美化文档。

任务分析:对文档的排版美化是使用 Word 文档必不可少的一项操作,只有掌握了更多特殊的设置方式才能使文档呈现出特色和亮点。

15.1 设置项目符号和编号

Word 2010 有很强大的编号功能,可以轻松地给要列举出来的文字添加项目符号和编辑号。

1. 设置项目符号

添加项目符号的方法与添加自动编号的方法类似,只需在"开始"选项卡中单击"项目符号"按钮右侧的下三角按钮,在弹出的列表框中可以看到常用的一些项目符号,如图 15-1 所示,单击其中的项目符号,可以快速为文本设置项目符号,如图 15-2 所示。

也可以在该列表框中单击"定义新项目符号"选项,在弹出的"定义新项目符号"对话框中单击"项目符号字符"栏中的"图片"按钮,如图 15-3 所示。在打开的"图片项目符号"对话框中选择需要的项目符号,这里以选择图 15-4 所示的图片项目符号为例,单击"确定"按钮,即可将项目符号添加到该列表框中,如图 15-5 所示,单击将其应用到文档中。

> **操作提示**
>
> 在此处完成了图片项目符号的选择后,单击"确定"按钮返回到"定义新项目符号"对话框中,在"预览"栏中用户可预览到添加项目符号后的效果,如果觉得不满意还可以返回到"符号"对话框中进行更改。

图 15-1

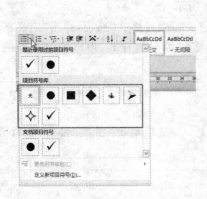

图 15-2

图　15-3

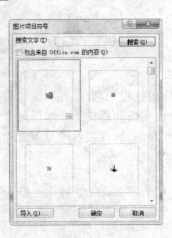

图　15-4

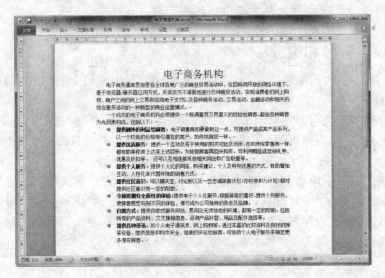

图　15-5

2. 设置编号

在写多项条款或操作步骤时通常需要设置自动编号来避免重复的操作。要对文本进行自动编号，只需在"开始"选项卡中单击"编号"按钮右侧的下三角按钮，在弹出的列表框中可以看到常用的一些编号，如图 15-6 所示，按住 Ctrl 键将需要设置编号的部分选中，如图 15-7 所示。单击其中的编号，可以快速地为文本设置连续的编号，如图 15-8 所示。

与项目符号一样，编号也有多种格式可供选择，单击"定义新编号格式"选项，弹出"定义新编号格式"对话框，在该对话框的"编号样式"下拉列表中提供多种编号的样式，可以根据不同的情况进行选择，如图 15-9 所示。

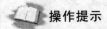 **操作提示**

　　在打开的"定义新编号格式"对话框中选择一种编号样式，然后单击"字体"按钮，在打开的"字体"对话框中可设置编号的字体格式。

图 15-6

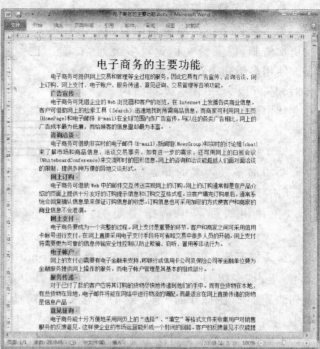

图 15-7

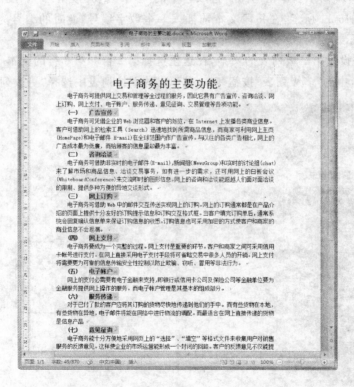

图 15-8

3. 设置多级列表

为了使长文档结构更加明显，层次更加清晰，需要给文档设置多级列表。使用多级列表在展示同级文档内容时，还可以表示下一级文档内容。在文档中添加多级列表的方法有以下两种。

第 1 种方法：将文本插入点定位在需要添加多级列表的开始位置，单击"开始"选项卡中的"多级列表"按钮 ，在弹出的列表中选择需要的样式。

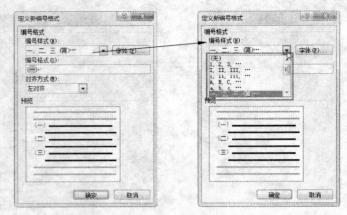

图　15-9

第 2 种方法：在输入文本时，按 Tab 键或 Shift＋Tab 键可更改级别，然后选择需要设置的文本，单击"多级列表"按钮 ，在弹出的列表中选择系统提供的样式，或单击"定义新的多级列表"选项，在打开的"定义新的多级列表"对话框中将自定义的多级列表样式添加到文本中。

下面就以用第 1 种方法为文档设置多级列表为例，讲解具体的操作步骤。

(1) 启动 Word 2010，打开"教学资源\第 5 章\素材\市场营销原理.docx"，选择需要设置编辑的文本，如图 15-10 所示。单击"开始"选项卡中的"多级列表"按钮 ，在弹出的列表中选择需要的样式，如图 15-11 所示，在每段文本前插入一个数字编号，此时的编号为文档的第一级列表，如图 15-12 所示。

(2) 选择需要设置第二级列表的文本，在这里选择第 2 行和第 3 行的文本，如图 15-13 所示。单击"开始"选项卡中的"多级列表"按钮 ，在弹出的下拉列表中选择"更改列表级别"命令，在

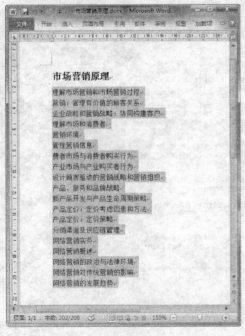

图　15-10

图　15-11

弹出的菜单中选择第二个选项，如图 15-14 所示。使用相同的方法可以将其他行设置为二级列表，如图 15-15 所示。

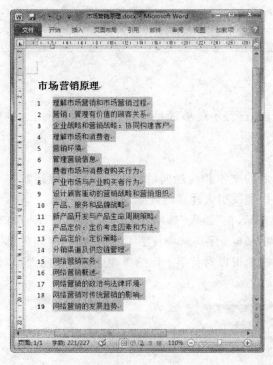

图　15-12

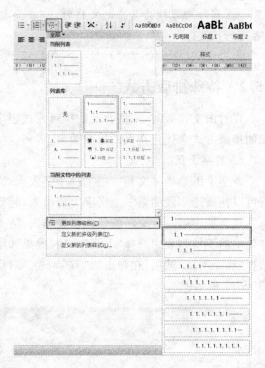

图　15-13

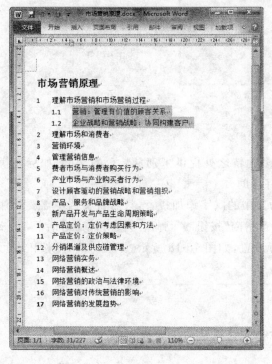

图　15-14

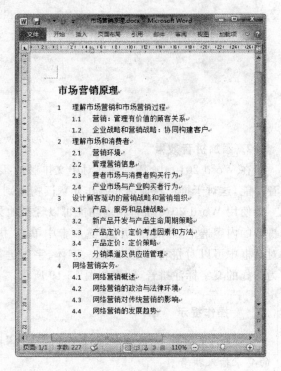

图　15-15

操作提示

　　在制作内容较为复杂的文档时,如果要插入多级列表,建议先拟定好目录的各级标题后再进行设置。

15.2　特殊排版方式

　　在对图文排版时,一些普通的排版方式很生硬,已经不能够满足要求,这就需要使用一些特殊的排版方式来优化文档的排版效果。

1. 首字下沉

　　首字下沉是指将文档中的第一个字放大,其后的文本相应地向后缩进的效果。使用首字下沉可以使所选字段的第一个文字突现出来,起到提醒或引人注意的效果。

　　在文档中第一行文字的任意位置单击,插入光标,在"插入"选项卡中单击"首字下沉"按钮,在弹出的下拉列表中选择"下沉"选项,效果如图 15-16 所示。选中首字下沉的文字,在该列表中选择"首字下沉"选项,在弹出的"首字下沉"对话框中可以对首字下沉的属性进行具体的设置,如图 15-17 所示。

图　15-16

图　15-17

2. 添加拼音效果

　　在 Word 2010 中,还特别针对中文排版的很多独特之处提供了别具特色的功能,如标注拼音功能,这对于推广普通话和制作儿童读物特别有帮助。

　　使用 Word 2010 拼音指南功能可以轻松地为文中的汉字添加拼音,只需将文档中需要添加拼音的内容选中,然后在"开始"选项卡中单击"拼音指南"按钮 ，弹出"拼音指南"对话框,在该对话框中可以对拼音的对齐方式、字体、字号进行设置,如图 15-18 所示。单击"确定"按钮即可为选择的文字标注拼音,效果如图 15-19 所示。

操作提示

　　在"拼音指南"对话框中,单击"清除读数"按钮可将默认的拼音清除,然后可以按照个人的要求输入拼音。

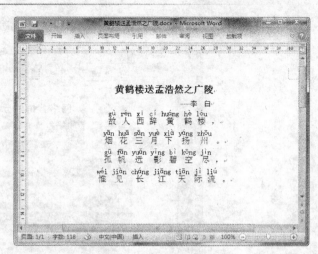

图 15-18 图 15-19

3. 设置文字方向

通常文字排版的方式都为水平排版,但有时也需要对文档进行竖排排版,如引用一些古诗词时,为了追求比较逼真的效果,就需要采用竖排的方式。

将需要设置文字方向的文字选中,在"页面布局"选项卡中单击"文字方向"按钮,在弹出的下拉菜单中选择"文字方向选项"命令,弹出"文字方向"对话框,如图 15-20 所示。在该对话框中可以选择文字的方向,在这里选择中间的样式,在"应用于"下拉列表中选择应用的范围,这里保持默认,单击"确定"按钮,效果如图 15-21 所示。

图 15-20 图 15-21

4. 分栏排版

文档的分栏排版也是比较常用的,一般在报纸、杂志中经常可以见到,如果文档中的内容较多,运用 Word 2010 中的分栏排版功能可以将文档分成两栏或多栏,这样不但美观,而且不会让人感觉到视觉疲劳。

在文档中选择除标题以外的所有内容,单击"页面布局"选项卡中的"分栏"按钮,在弹出的下拉列表中执行"两栏"命令,如图 15-22 所示。返回到文档中,即可以看到除标题以外的所有文本呈两栏排列,效果如图 15-23 所示。

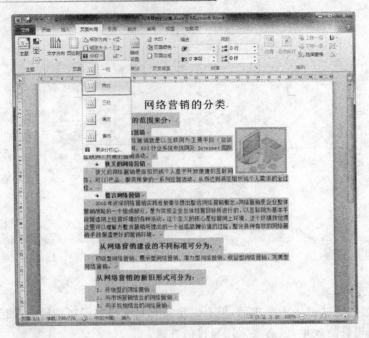

图 15-22

图 15-23

 **操作提示**

单击"页面布局"选项卡中的"分栏"按钮,在弹出的下拉列表中提供了多种分栏方式,同学们可以根据自己的需要进行选择,如果仍不能满足要求,还可以执行"更多分栏"命令可弹出"分栏"对话框,在该对话框中还可以将文档分为更多栏。

操作技巧

在对文本进行分栏操作后,发现两栏文本的长度不一样,这时可以将鼠标光标定位于多余行数的中间位置,单击"页面布局"选项卡中的"分隔符"按钮,在弹出的菜单中执行"分栏符"命令即可将两栏调整为相同的长度。

15.3 复制和清除格式

在文档中编辑字体的段落格式或将其他文档中的文本复制到当前文档时,常会出现文本格式不统一的情况,使用"格式刷"功能可以快速将某段文本的格式复制到相同级别的文本上。只需将需要进行复制的格式选中,然后单击"开始"选项卡中的"格式刷"按钮  ,此时光标变为 形状,如图 15-24 所示,移动光标到要应用该格式的文本或段落上,单击鼠标即可实现文本格式的复制,文本被复制格式后的效果如图 15-25 所示。

图 15-24

操作提示

在复制文本的格式时,如果选中了文本末端的段落符号,则在粘贴格式时会同时将该段落的格式进行复制操作。

单击"格式刷"按钮 可以复制一个位置的格式,双击"格式刷"按钮 可以将同一个格式同时应用到文档中的多个位置。

如果复制了错误的格式或不想为文本设置格式,可以将需要清除格式的文本选中,然后单击"开始"选项卡中的"清除格式"按钮 ,即可将文本中应用的所有格式清除,使文本的格式恢复正文的样式。

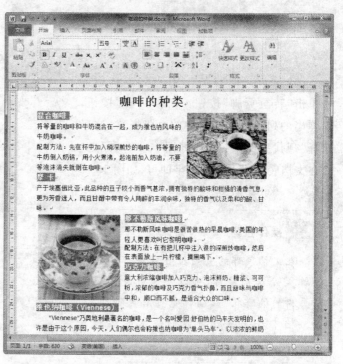

图 15-25

15.4　设置页眉和页脚

在通常情况下，Word 文档中的页眉和页脚分别出现在文档的顶部和底部，在其中可以插入页码、文件名或章节名称等内容，可以根据不同的页面设置不同的页眉和页脚，创建页眉和页脚后的文档其版面更加新颖，版式更具有风格。

在页面中添加页眉和页脚的具体操作步骤如下。

（1）打开需要插入页眉和页脚的文档，单击"插入"选项卡中的"页眉"按钮，在弹出的列表中选择需要的页眉样式，在这里选择"现代型（偶数页）"，如图 15-26 所示。在顶部"输入文档标题"的提示文本中输入页眉文字，在右侧可以对日期进行选取，如图 15-27 所示。自动激活"设计"选项卡。

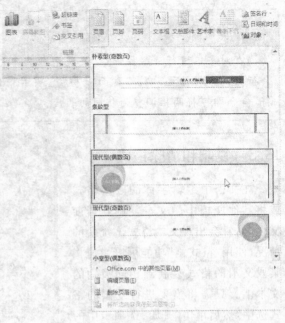

图　15-26

图　15-27

（2）完成页眉的设置，在"设计"选项卡中单击"转至页脚"按钮，单击"页脚"按钮，在弹出的列表中选择需要的页脚样式，这里选择"现代型（奇数页）"，如图 15-28 所示，此时在文档底部输入页脚文字即可，如图 15-29 所示。

 操作技巧

在文档顶部的页眉位置或底部的页脚位置处双击鼠标，可以快速地进入页眉页脚的编辑状态，编辑完页眉页脚后，在文档中双击鼠标可返回文本的编辑状态。

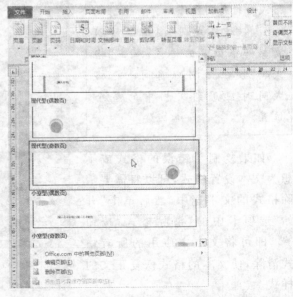

图　15-28

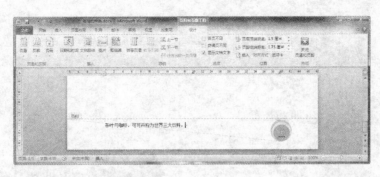

图 15-29

15.5 设置"产品宣传方案"文档格式

前面已经对 Word 文档的一些格式设置进行了讲解,下面将以设置一份已有的"产品宣传方案"为例,使用格式刷功能为相同级别的文本设置相同的格式,为文本中的部分内容添加项目符号和编号,最后为文档添加页眉和页脚。

图 15-30

(1) 启动 Word 2010,打开"教学资源\第 5 章\素材\产品宣传方案.docx",选中正文第一段文字,在"开始"选项卡中设置"字体"为"微软雅黑","字号"为"四号",单击"加粗"按钮 **B** 为文字加粗,如图 15-30 所示。

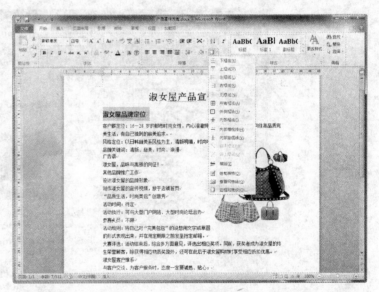

图 15-31

(2) 单击"下框线"按钮,在弹出的下拉列表中选择"边框和底纹",弹出"边框和底纹"对话框,如图 15-31 所示。切换到"底纹"选项卡中,设置"底纹"为红色,如图 15-32 所示,单击"确定"按钮,为文字添加底纹。

(3) 保持文本的选中状态,双击"格式刷"按钮 ,此时鼠标指针变为 ,将光标移动到"广告语"文本前,拖动鼠标选中"广告语"即可实现文本格式的复制,如图 15-33 所示。用相同方法,将其他相应的文字复制格式,效果如图 15-34 所示。单击

图 15-32

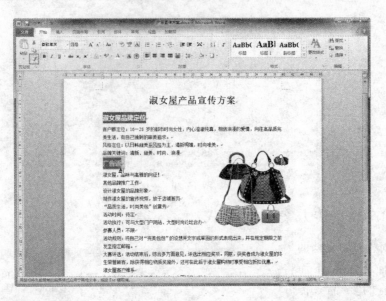

图　15-33

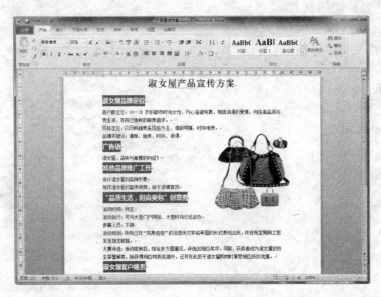

图　15-34

"格式刷"按钮 ⚡，退出复制格式状态。

　　(4) 拖动光标将"淑女屋品牌定位"第一部分的内容全部选中，单击"项目符号"按钮，在弹出的菜单中选择"定义新项目符号"选项，弹出"定义新项目符号"对话框，如图 15-35 所示。单击"图片"按钮，从中选择需要的图片，单击"确定"按钮，返回到"定义新项目符号"对话框，可以预览到刚刚添加的项目符号，如图 15-36 所示。

　　(5) 单击"确定"按钮，效果如图 15-37 所示。用相同的制作方法，可以为其他部分内容添加项目符号，效果如图 15-38 所示。

　　(6) 拖动光标选中最后一部分文字，单击"编号"按钮，在弹出的菜单中选择需要的编号样式，单击即可为其添加编号，如图 15-39 所示。双击文档底部进入页脚编辑状态，将光标定位在页脚中，输入页脚文字即可，如图 15-40 所示。

图 15-35

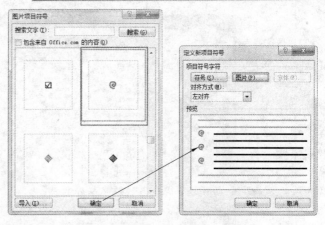

图 15-36

图 15-37

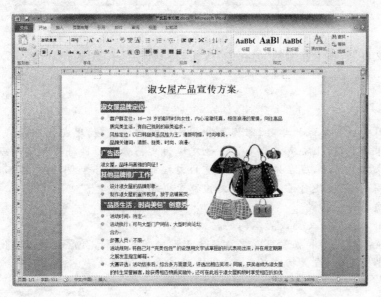

图 15-38

图　15-39

图　15-40

（7）单击"文件"选项卡左侧的"另存为"按钮，将其保存为"教学资源\第5章\素材\产品宣传方案.docx"。

课堂练习

任务背景：小月完成了本课的学习，掌握了一些美化文档的技巧，现在她可以将自己的文档变得很漂亮，看上去有活力多了。她发现为文档加上项目符号和编号以后，文档阅读起来容易多了，现在她开始为以前的文档加上项目符号，根据文档不同的内容设置不同的版式，使自己的每一个文档都变得那么漂亮。

任务目标：为文档设置格式。

任务要求：有针对性地为文档设置不同的格式。

任务提示：设置项目符号和编号可以更清楚地识别文本的级别，页眉页脚可以使文档更完整、更易于查找，设置特殊版式、复制格式等这些功能虽不常用，但却能起到画龙点睛的作用。

课外阅读

插入自定义的图片项目符号

在文档中插入项目符号时,只需在打开的"定义新项目符号"对话框中单击"符号"按钮,在打开的"符号"对话框的"字体"下拉列表中选择合适的字体,在下面的符号样式列表中选择喜欢的符号,如图15-41所示,单击"确定"按钮即可。另外,在打开的"图片项目符号"对话框中单击"导入"按钮,可以在打开的对话框中选择喜欢的图片作为图片项目符号。

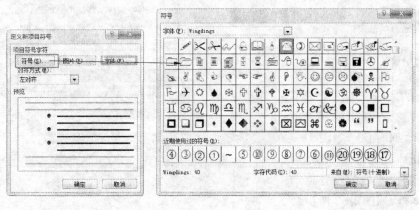

图 15-41

课后思考

(1) 设置多级列表的方法有几种? 分别是什么?

(2) 对文本进行分栏操作后,如果两栏文本的长度不一样,该如何操作才能将两栏的长度调整为一样的?

(3) 如何进行复制段落的格式的操作?

第16课 让Word图文并茂

在制作 Word 文档时,为了使文档内容更加丰富,更加有表现力,表述其作用和目的时能更加直观,通常需要在文档中插入相关的图片、剪贴画和各种形状作为解说。本课将具体讲解如何在文档中添加文本框、图片、艺术字、表格和图表等,使文档图文并茂。

课堂讲解

任务背景:小月学习 Word 2010 已经有一段时间了,对一些基本的操作已经有了一定的了解,她翻了翻以前的文档,没看一会儿就感觉到有些疲惫,原来以前自己做的文档里面全部都是文字,没有任何修饰性的内容,阅读起来很是缺乏吸引力,那么如何才能在文档中插入图片呢?

任务目标:学习如何让 Word 文档图文并茂。

任务分析:想要快速制作出漂亮的文档,就需要充分地运用文本框、图片、剪贴画、形状、表格和图表等内容,添加这些对象不仅可以丰富文档的内容,还能提高文档的表现力。

16.1　添加文本框

文本框是一种特殊的图形对象，它可以被置入页面中的任何位置，因此利用文本框可以设计出较为复杂的文档版式，在添加文本框后还可以在文本框中进行输入文本、插入图片等操作。添加文本框的具体操作步骤如下。

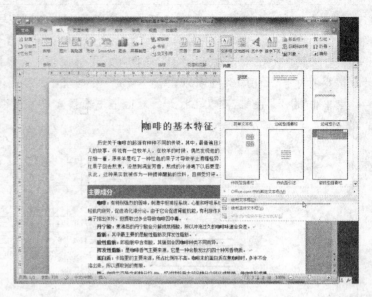

（1）启动 Word 2010，打开"教学资源\第 5 章\素材\咖啡的基本特征.docx"，在"插入"选项卡中单击"文本框"按钮，在弹出的列表中执行"绘制文本框"命令，如图 16-1 所示，此时指针变为十字光标形状，在需要绘制文本框的位置拖动光标绘制文本框，如图 16-2 所示。

图　16-1

图　16-2

 **操作提示**

　　默认绘制的文本框为白底纹黑边框并浮于文字上方，可在"格式"选项卡的各个组中为文本框设置各种效果，使绘制的文本框呈现出各种样式。

（2）保持文本框的选中状态，在"格式"选项卡中单击"形状效果"按钮，从下拉列表中可以选择一种样式应用于文本框，在这里选择"发光"样式，如图 16-3 所示。在"格式"选项卡中单击"自动换行"按钮，在弹出的下拉菜单中可以设置文本框的环绕方式，在这里选择"紧密型环绕"，

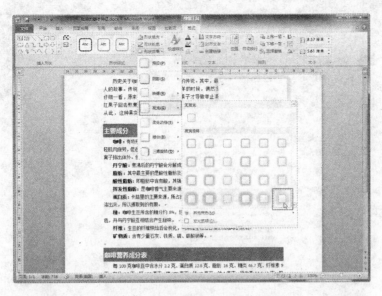

图 16-3

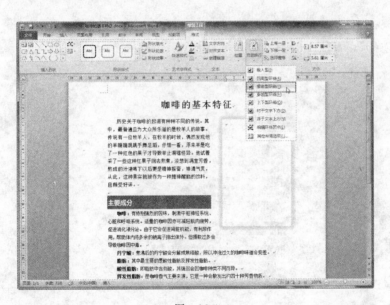

图 16-4

如图 16-4 所示。

（3）在"格式"选项卡的"大小"组中还可以对文本框的"高度"和"宽度"进行设置，如图 16-5 所示。在文本框中单击即可输入相应的文字，如图 16-6 所示。

16.2 插入图片、剪贴画和形状

在 Word 2010 中可以插入各种各样的图片，如 Office 自带的剪贴画以及计算机中保存的图片等。除此之外，Word 2010 还提供了多种自选图形绘制工具，使用这些工具可以绘制出线条、正方形、椭圆、箭头等图形。

1. 插入剪贴画

在 Office 2010 的剪辑库中提供了各式各样的剪贴画，可以根据自己的需要将其插入到

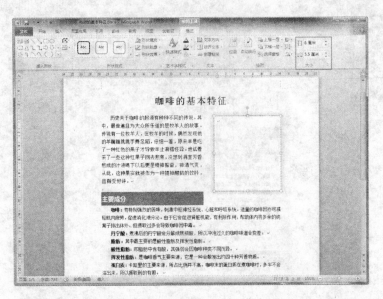

图　16-5

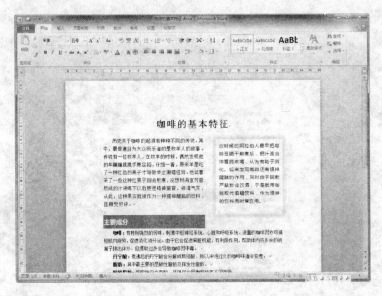

图　16-6

Word 文档中,具体操作如下。

　　将文本插入点定位在标题文本后,在"插入"选项卡中单击"剪切画"按钮,在打开的"剪贴画"窗口的"搜索"文字栏中输入关键字,如"日用品",单击"搜索"按钮,在搜索到的结果列表中会显示相关的剪贴画,如图 16-7 所示。单击需要的剪贴画,即可将其插入到文档中,如图 16-8 所示。

 操作技巧

　　在插入剪贴画时,若不在"搜索文字"文本框中输入文字而是直接单击"搜索"按钮,在下方的列表中将显示出计算机中存储的所有剪贴画。

图 16-7

图 16-8

2. 插入图片

剪辑库中的剪贴画是有限的,如果没有找到比较满意的剪贴画,可以在文档中插入自己计算机中已有的图片,具体操作如下。

将文本插入点定位在需要插入图片的位置后,在"插入"选项卡中单击"图片"按钮,弹出"插入图片"对话框,在该对话框中找到想要插入的图片,如图 16-9 所示,单击"插入"按钮即可将图片插入到文档中,如图 16-10 所示。

3. 插入形状

办公文档格式通常都是比较单一的,在文档中插入形状,如箭头、线条以及各种符

图 16-9

图　16-10

号和标注等，能使文档变得更加活泼，也能更好地起到说明的作用。

　　插入形状的方法与插入图片和剪贴画的方法基本相同，在"插入"选项卡中单击"形状"按钮，在弹出的下拉列表中提供了很多自选图形，从中选择需要的图形，如图 16-11 所示，在 Word 文档中拖动光标绘制即可，如图 16-12 所示。

图　16-11

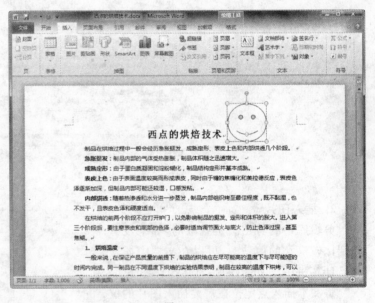

图　16-12

 操作提示

　　有时插入图片、剪贴画和形状后，还需要进行一定的编辑和调整才能满足要求。这时可以选中插入的图片、剪贴画和形状，"格式"选项卡被激活，在该选项卡的功能区中可以对插入的图片、剪贴画和形状的效果、形状、排列方式及图片大小等各属性进行详细的设置。

16.3 添加表格和图表

在 Word 文档中常常需要输入许多数据,为了便于管理这些数据,更加清晰地表现数据,可在 Word 文档中插入表格和图表,适当地运用表格和图表可以丰富文档的内容。

1. 添加表格

一般来说,如果表格中的数据不多,也不需要复杂的计算,那么 Word 2010 中的表格可以满足用户的需要。

Word 2010 中提供了几种创建表格的方法,最常用的方法是插入表格和绘制表格。

(1) 插入表格

插入表格是相对于绘制表格而言的,其方法有两种:一是在"插入"选项卡中单击"表格"按钮,在弹出的"插入表格"菜单中直接选择行数和列数快速插入表格,如图 16-13 所示;二是在弹出的"插入表格"菜单中执行"插入表格"命令,在弹出的"插入表格"对话框中详细地定制表格,如图 16-14 所示。

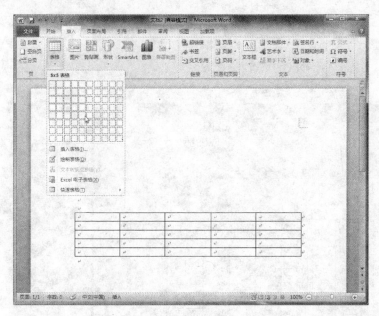

图 16-13　　　　　　　　　　　　　　　　　　图 16-14

(2) 绘制表格

自动插入的表格只能绘制出一些规则的表格,对于一些复杂的表格,如一些不规则的行列数表格或一些带有斜线的表格,可以通过手动绘制表格的方法来实现。

在"插入"选项卡中单击"表格"按钮,在弹出的"插入表格"菜单中执行"绘制表格"命令,此时鼠标指针变为 ∅ 形状,在文档中拖动即可绘制出表格边框,如图 16-15 所示。直接拖动光标从表格的上边框到下边框绘制竖线,用相同方法可以绘制横线,沿对角线处拖动可以绘制斜线,如图 16-16 所示。

 操作技巧

在绘制表格前,最好是对表格中所要表述或填写的内容有一个大致的了解,这样可以快速地绘制出需要的表格。

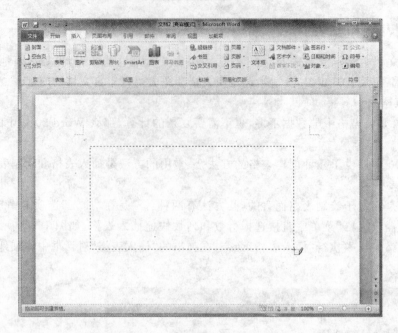

图　16-15

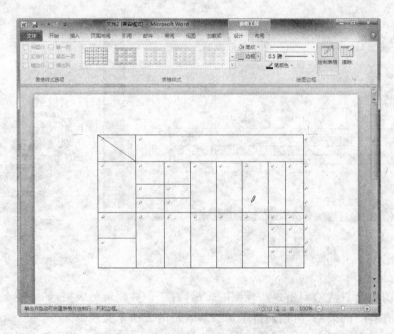

图　16-16

2．添加图表

图表是一种用图像比例表现数值大小的图形，使用图表可以比表格更直观地反映数值间的对应关系。添加图表的具体操作如下。

将文本插入点定位在需要插入图表的位置。在"插入"选项卡中单击"图表"按钮，自动在文档中插入图表，并出现相对应的数据表，如图 16-17 所示，在该表中的每个单元格中输入图表的数据，即可得到需要的图表。

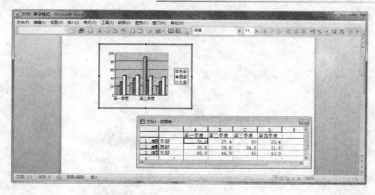

图 16-17

16.4 制作"新品发布宣传"文档

本实例是制作"新品发布宣传"文档,在制作本实例时以新发布的"映视"数码相机为主题。制作文档,首先要在文档中输入文本;其次对文本进行编辑操作;最后插入图形、图片完成"新品发布宣传"文档的制作。

(1)启动 Word 2010,在其中输入相应的文本,如图 16-18 所示。选中"'映视'数码相机隆重上市"文本,更改其"字体"为"Adobe 黑体","字号"为"小初",在"插入"选项卡中设置其"艺术字样式"为"渐变填充-紫色,强调文字颜色 4,映像",用相同方法设置其他字体,效果如图 16-19 所示。

(2)在"插入"选项卡中单击"文本框"按钮,在弹出的列表中选择"条纹形引述"选项,插入到文档中效果如图 16-20 所示。在文本框中插入图片,效果如图 16-21 所示。

(3)在"插入"选项卡中单击 SmartArt 按钮,在弹出的对话框中选择"水平图片列表"选项,如图 16-22 所示,单击"确定"按钮,在文档中插入图形,效果如图 16-23 所示。

(4)在图形中输入文本,插入图片,效果如图 16-24 所示。用相同方法输入文档其他文字效果如图 16-25 所示,完成"新品发布宣传"文档的制作,按快捷键 Ctrl+S,将其保存为"教学资源\第 5 章\素材\新品发布宣传.docx"。

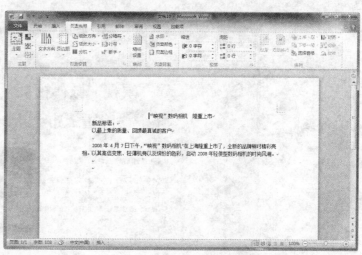

图 16-18

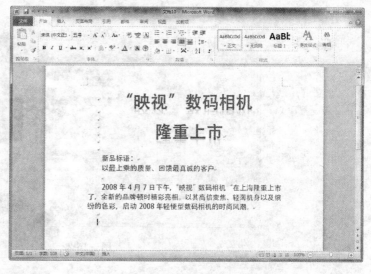

图 16-19

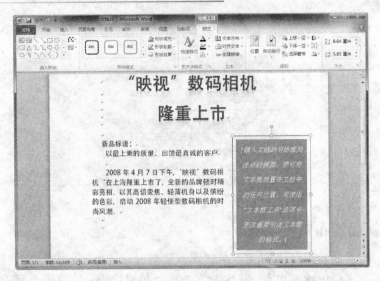

图 16-20

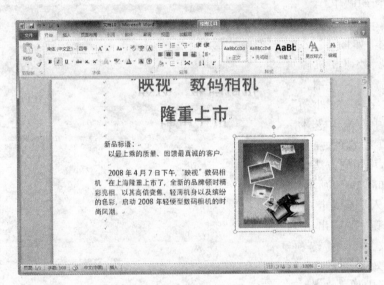

图 16-21

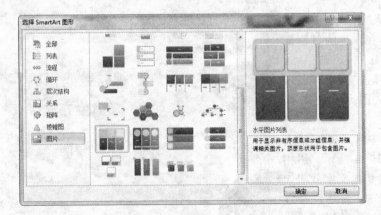

图 16-22

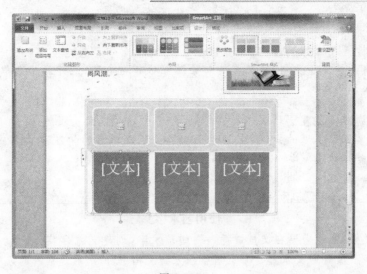

图 16-23

图 16-24

图 16-25

课堂练习

任务背景：小月完成了本课的学习，按照课程里的知识为那些毫无生气的文档加上图片、形状，有的排成了表格，现在看起来显得生动有趣多了，她开始越来越有学习的动力了，想要快速地制作出更多更漂亮的文档。

任务目标：制作更多更漂亮的文档。

任务要求：根据实际情况在文档中插入图形、图像。

任务提示：只有掌握了本课的知识，综合使用这些对象，在以后的学习和工作中才能轻松地制作出具有一定专业水准的文档。

课外阅读

使用艺术字

为了美化文档，常常需要在文档中插入一些艺术字，创建艺术字实际上就是插入图片中的一种。艺术字不像普通文本那样可以直接录入到文档中，而是通过插入的方式创建的，插入的艺术字可以放在文本中的任意位置。

在 Word 文档中选中标题文本，在"插入"选项卡中单击"艺术字"按钮，在弹出的下拉列表中提供了多种艺术字样式，从中选中一种样式，如图 16-26 所示。单击即可为选中的文字应用艺术字，更改一下文字的字体及大小，艺术字的效果会更好，如图 16-27 所示。

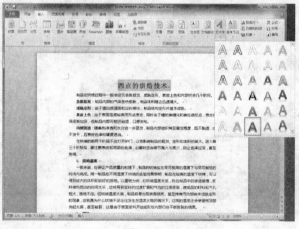

图　16-26

图　16-27

应用艺术字后的文字也许并不能满足要求,如果还需要根据文本内容对插入的艺术字进行编辑,可以在被激活的"格式"选项卡中为艺术字进行相应的设置,如添加阴影、发光、三维效果等。

课后思考

（1）如何设置文本框的环绕方式?

（2）如果想要插入关于"时钟"的剪贴画,应该如何操作?

（3）绘制表格的方法有几种? 分别是什么?

第17课　常用Word模板

模板是 Word 2010 系统自带的一种特殊文档,它决定了文档的基本结构和文档设置,如字体快捷键、指定方案、页面设置、特殊格式和样式等,使用它可以快速创建文档,从而大大提高工作效率。

课堂讲解

任务背景: 小月经常使用 Word 2010 创建 Word 文档,每次都必须自己定义所需要的格式和样式,但是她发现在 Word 2010 中有自带的模板,这样可以在工作和学习的过程中轻松快捷,于是就开始学习如何使用 Word 模板。

任务目标: 掌握使用 Word 模板的方法。

任务分析: 如果在创建 Word 文档的过程中,适当运用 Word 模板,可以提高工作效率。

17.1 使用"报告"模板制作工作报告

在 Word 2010 中制作文档时,可以使用自带的模板来完成文档的创建,下面以使用"报告"模板为例,制作"工作报告"文档。

（1）单击"文件"选项卡左侧的"新建"按钮,打开"可用模板"窗口,如图 17-1 所示。在该窗口中单击"样本模板"按钮,打开"样本模板"窗口,选择"平衡报告"选项,如图 17-2 所示。

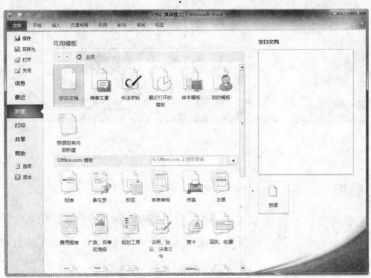

图　17-1

图　17-2

（2）在"样本模板"窗口右侧单击"创建"按钮，创建一个基于所选模板的文档，如图 17-3 所示。根据前面的制作方法，在其中输入相应内容，如图 17-4 所示。完成使用模板创建文档的操作，按快捷键 Ctrl＋S 将其保存为"教学资源\第 5 章\素材\工作报告.docx"。

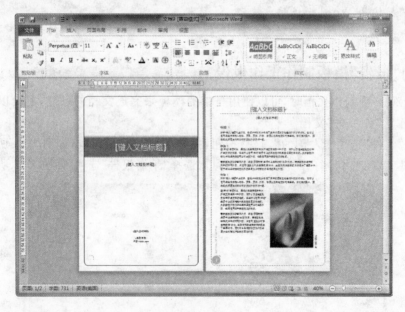

图　17-3

17.2　自定义模板

如果样本模板中的模板不能满足要求，同学们可以通过自定义模板的方式，在 Word 中创建模板然后再使用。在 Word 中创建模板的方法共有两种，下面将分别对其进行讲解。

1. 使用现有文档自定义

使用文档自定义 Word 模板，是指将已有的与需要创建的模板格式相近的 Word 文档进行

图 17-4

编辑后，将其另存为模板文件的过程，其具体操作方法如下。

打开文档"教学资源\第5章\素材\请假条.docx"，单击"文件"选项卡左侧的"另存为"按钮，弹出"另存为"对话框，将其存储为模板，设置如图17-5所示，单击"确定"按钮，完成模板的创建。单击"文件"选项卡左侧的"新建"按钮，在打开的"可用模板"窗口中单击"我的模板"按钮，弹出"新建"对话框，在此可以看到刚刚创建的模板，如图17-6所示。

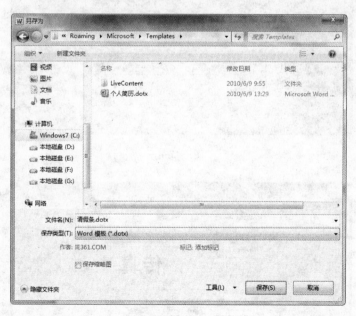

图 17-5

操作提示

这里选择自定义后的模板存储路径为：
C：\Users\Administrator\AppData\Roaming\Microsoft\Templates

图　17-6

2. 使用现有模板自定义

除了使用现有文档自定义模板外,还可以使用现有模板自定义 Word 模板,下面将对其操作方法进行具体讲解。

(1) 单击"文件"选项卡左侧的"新建"按钮,在打开的"可用模板"窗口中单击"样本模板"按钮,打开"样本模板"窗口,选择"市内传真"选项,如图 17-7 所示,对其进行编辑,如图 17-8 所示。

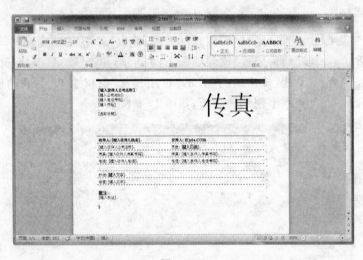

图　17-7

图　17-8

（2）单击"文件"选项卡左侧的"另存为"按钮,弹出"另存为"对话框,如图17-9所示。单击"确定"按钮,完成模板的创建。单击"文件"选项卡左侧的"新建"按钮,在打开的"可用模板"窗口中单击"我的模板"按钮,弹出"新建"对话框,在此可以看到刚刚创建的模板,如图17-10所示。

图 17-9

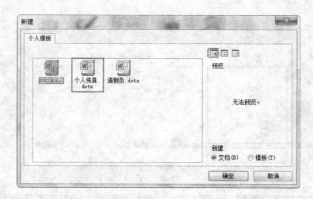

图 17-10

17.3 使用模板制作"个人简历"

本实例是使用模板制作"个人简历"文档,在制作本实例的过程中,首先打开一个模板,在此基础上进行编辑;其次将此文档自定义为模板;最后再打开此模板,在此文档中输入相关内容,完成文档的制作。

（1）单击"文件"选项卡左侧的"新建"按钮,在打开的"可用模板"窗口中单击"样本模板"按钮,打开"样本模板"窗口,选择"市内简历"选项,如图17-11所示。单击"创建"按钮,在模板中新建一个文档,如图17-12所示。

（2）选中"简历姓名"文档部件,如图17-13所示。在"插入"选项卡中单击"文档部件"按钮,在弹出的下拉列表中选择"姓名附照片"选项,如图17-14所示。

（3）选中"键入您的姓名"文档部件,更改其"字体"为"汉仪粗宋简","字号"为"一号",如图17-15所示,用相同方法更改文档其他部分,效果如图17-16所示。

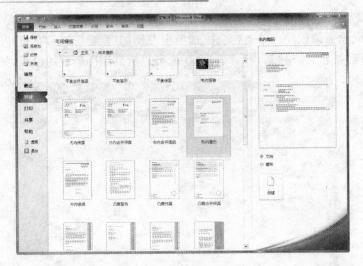

图　17-11

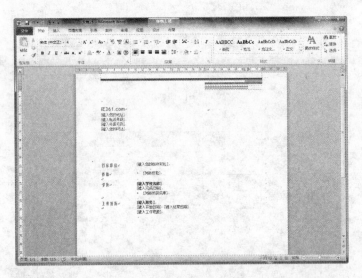

图　17-12

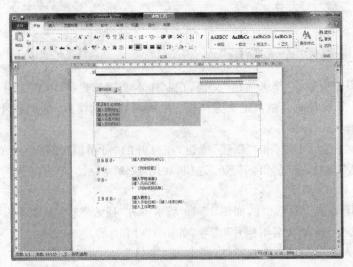

图　17-13

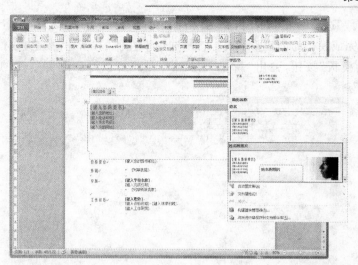

图 17-14

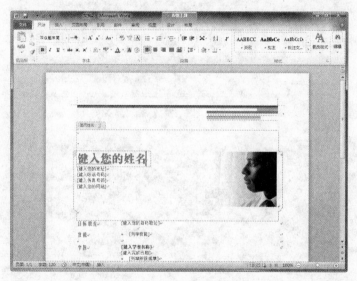

图 17-15

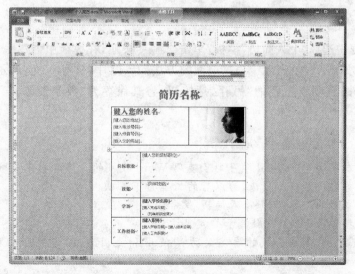

图 17-16

（4）单击"文件"选项卡左侧的"另存为"按钮，弹出"另存为"对话框，设置如图 17-17 所示，单击"确定"按钮，完成模板的创建。单击"文件"选项卡左侧的"新建"按钮，在打开的"可用模板"窗口中单击"我的模板"按钮，弹出"新建"对话框，在此可以看到刚刚创建的模板，如图 17-18 所示。

图　17-17

图　17-18

（5）在对话框中选择"个人简历"模板，单击"确定"按钮，在模板中创建一个文档，在文档中输入相应的内容，如图 17-19 所示。根据前面的方法插入图片，如图 17-20 所示。完成个人简历的创建，单击"文件"选项卡左侧的"另存为"按钮，将其保存为"教学资源\第 5 章\个人简历.docx"。

课堂练习

任务背景：通过本课的学习，小月学习到了使用 Word 模板的方法和自定义模板的方法，所以她准备自定义一些模板，为以后的工作打下基础。

任务目标：结合本课的内容制作"个人简历"文档。

任务要求：要掌握 Word 模板的使用和自定义方法。

任务提示：只有掌握 Word 模板的自定义方法使用和使用方法，才能在以后的工作中事半功倍。

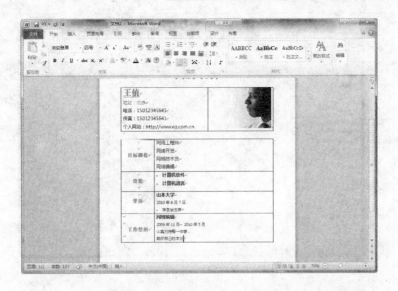

图 17-19

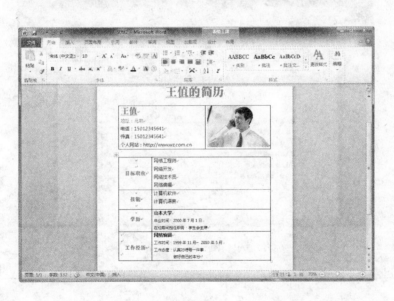

图 17-20

课 外 阅 读

插 入 目 录

目录在现实生活中非常实用,如公司的制作、手册或报告等文档。通过插入目录操作可方便查找文档中的部分内容或快速地预览全文结构,就像看书时总是先阅读书的目录,了解其大致内容结构一样。下面就具体讲解插入目录的方法。

打开需要插入目录的文档,将文本插入点定位到需要插入目录的位置,在"引用"选项卡中单击"目录"按钮下的下三角按钮,在弹出的下拉列表中选择"手动表格"选项,如图 17-21 所示,将目录插入到文档中如图 17-22 所示。

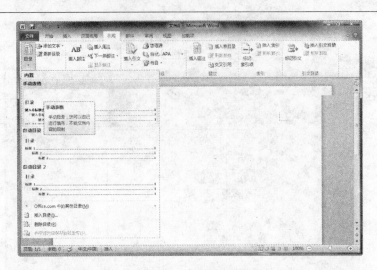

图 17-21

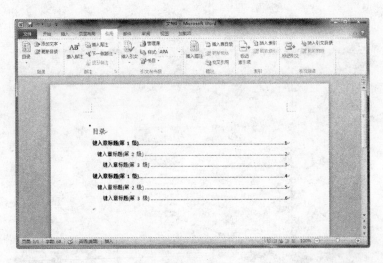

图 17-22

课后思考

（1）如何使用 Word 模板？

（2）如何自定义 Word 模板？

第6章

制作Excel表格

Excel 是办公软件的一种,它在统计数据方面有着强大的功能,当对 Excel 不熟悉时往往不知道从何入手,此软件的工作界面不同于 Word 2010,它是由众多的单元格组合而成。本课将具体讲解 Excel 2010 的工作界面及如何制作简单的 Excel 文档。

课堂讲解

任务背景: 小新是一位高中毕业的学生,最近找到一份办公室文员的工作,她高兴万分,于是就满怀信心地上班去了,当她走进办公室里以后,她脸上的笑容却渐渐隐去了,取而代之的是满脸愁容,原来是工作中的难题使得小新停滞不前。她的上司让她用 Excel 2010 统计一下公司的相关事项,可她不会用 Excel 2010,那可怎么办?

任务目标: 掌握制作简单 Excel 表格的方法。

任务分析: 在制作简单的 Excel 表格之前,一定要对 Excel 的基础知识有所了解。

18.1 认识 Excel 2010 工作界面

在学习 Excel 2010 的时候,首先要了解其工作界面,前面我们讲过 Word 2010 的使用方法,相信同学们也了解到 Word 2010 的工作界面,也已经对 Word 2010 有了最基本的了解,下面所讲解的 Excel 2010 工作界面与其有相似之处,但也有自己的特色。

启动 Excel 2010,打开 Excel 工作界面,如图 18-1 所示,下面将对其中的相关内容进行详细说明。

(1)数据编辑框:可以对 Excel 工作表中的数据进行编辑,它由名称框、工具框和编辑框三部分组成。

图 18-1

- 名称框：由列标和行号组成，如列表框中的"A1"，A 是列标，1 是行号。
- 工具框：单击"输入"按钮 ✕ 和"取消"按钮 ✓ 可确定和取消编辑。单击"输入函数"按钮 ƒx 可在打开的"输入函数"对话框中选择要输入的函数。
- 编辑框：显示单元格中输入或编辑的内容，也可在此处直接输入或编辑。

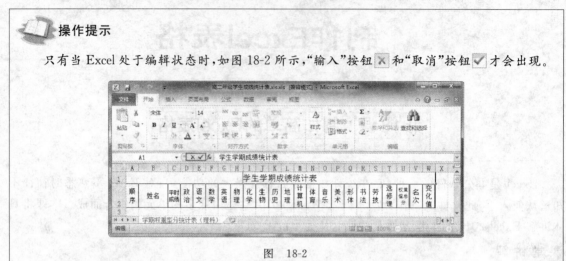

操作提示

只有当 Excel 处于编辑状态时，如图 18-2 所示，"输入"按钮 ✕ 和"取消"按钮 ✓ 才会出现。

图　18-2

（2）列标：在工作表的上方以英文显示，起坐标作用。

（3）行号：在工作表的左方以数字显示，起坐标作用。

（4）工作表：由许多矩形的小方格组合而成，这些小方格也叫做单元格，它是组成工作表的基本单位。

（5）切换工作条：此处可以通过单击"工作表标签滚动显示"按钮和"工作表标签"对工作表进行切换操作。此外，单击"插入工作表"按钮 ✕ ，还可以在工作簿中添加新的工作表。

18.2　处理数据

Excel 具有强大的数据处理功能，使用它可以输入各种类型的内容，此外还可以对这些内容进行编辑和修改，使 Excel 的工作变得轻松和灵活。

18.2.1　输入数据

输入数据是使用 Excel 2010 编辑和使用数据的基础，在 Excel 2010 工作表中输入数据的方法共有三种，即在单元格中双击输入数据、选择单元格输入数据和在编辑栏中单击输入数据。

在工作区中可以输入文本、数字、货币、符号等数据，输入的数据有的可以直接用键盘输入，有的必须要通过"数字"选项卡来完成。

（1）在 Excel 工作区中输入相关数据，并将其部分内容选中，如图 18-3 所示，在"开始"选项卡中单击"数字"组中的"数字格式"下三角按钮，在弹出的下拉列表中选择"货币"选项，如图 18-4 所示，可以看到所选数字前面被输入货币符号，效果如图 18-5 所示。

（2）如果同学们想输入其他特殊内容，可以选择其他相应的选项内容，还可以选择"其他数字格式"选项，在弹出的"设置单元格格式"对话框中进行自定义，如图 18-6 所示。此外单击"数字"组右下角的按钮 ，也可弹出"设置单元格格式"对话框，如图 18-7 所示。

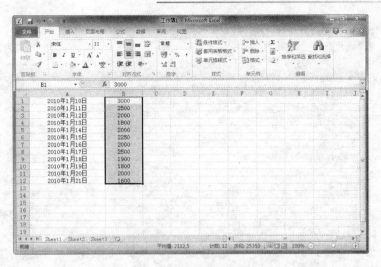

图 18-3

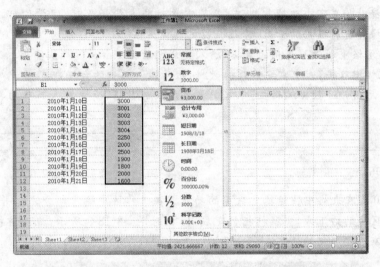

图 18-4

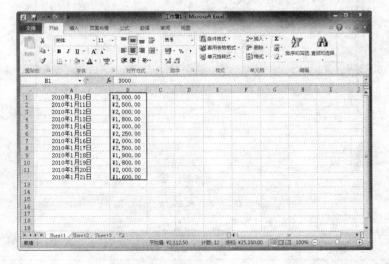

图 18-5

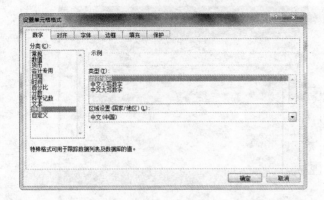

图 18-6　　　　　　　　　　　　　　　　　　　　图 18-7

 操作提示

在输入数据时如果不小心输入错误，或是需要对其进行修改时，同学们可以用和输入数据方法类似的操作进行数据的修改，修改数据的具体方法如下。

- 选中单元格重新输入正确的数据，输入完成之后按 Enter 键确认即可。
- 在单元格中双击，选中需要修改的数据，然后输入正确的数据即可。
- 选中单元格，在"数据编辑栏"中选中需要修改的数据，重新输入正确的数据，按 Enter 键确认。

 操作技巧

Excel 2010 有在表格中快速填充数据的功能。在工作区中输入部分内容并将其选中，将鼠标移到所选区域的右下方，当鼠标指针变成 ✛ 状时，如图 18-8 所示，拖动该控制柄可以实现相同数据和有规律数据的填充，如图 18-9 所示。

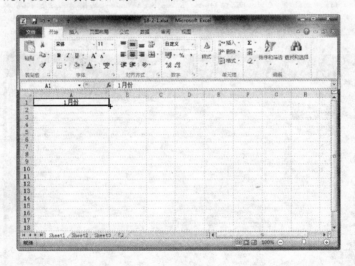

图 18-8

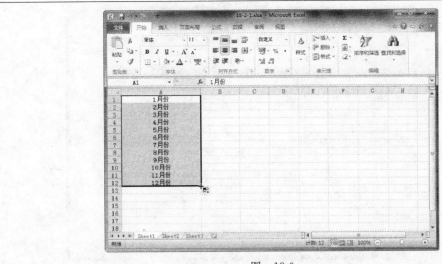

图 18-9

18.2.2 移动和复制数据

在 Excel 中输入数据时,有时为了节省时间需要对输入的数据进行移动与复制操作,在 Excel 中复制数据的方法共有三种,即通过右击"数据编辑栏"、右击"单元格"以及通过"开始"选项卡中的"剪贴板"组实现,下面将具体进行讲解。

(1)在"数据编辑栏"中选择需要移动或复制的数据,右击鼠标,在弹出的下拉菜单中选择"复制"选项,如图 18-10 所示。选择需要粘贴的单元格,右击鼠标,在弹出的下拉菜单中选择"粘贴"选项,即可将复制后的内容粘贴到该单元格中,如图 18-11 所示。

(2)如果在单元格上右击鼠标,在弹出的下拉菜单中选择"复制"与"粘贴"选项,也可以达到移动与复制数据的目的。除此之外,还可通过单击"剪贴板"组中的"复制"与"粘贴"按钮来实现,如图 18-12 所示。

图 18-10

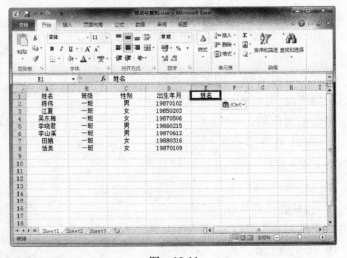

图 18-11

"剪切"按钮

"复制"按钮

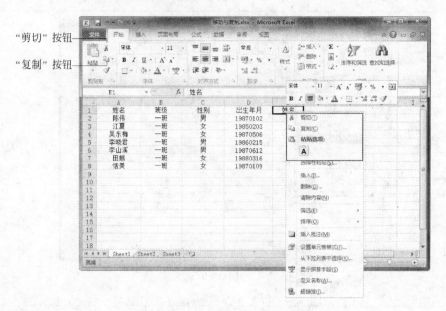

图 18-12

> **操作技巧**
>
> 在单元格内执行移动与复制操作后,该单元格将出现闪烁的虚线边框,此时在任意单元格位置进行双击可使之消失,除此之外还可以按键盘上的 Enter 键使之消失。

> **操作提示**
>
> 如果想快速移动单元格中的全部数据,可以选中单元格,将鼠标移动到单元格的边缘,当鼠标变成 状时,就可以拖动单元格到任意位置,也就是说可以把数据移动到任意位置。其实移动单元格中的全部数据就是移动单元格。

18.2.3 查找与替换数据

Excel 2010 具有与 Word 2010 同样的查找与替换数据的功能,此功能可以对表格中的数据进行统一的修改,起到节约时间和避免遗漏数据的作用。

(1)打开工作簿"教学资源\第 6 章\素材\新疆进出口商品数据统计表. xlsx",单击"开始"选项卡下的"查找和选择"按钮,在弹出的下拉列表中选择"查找"选项,如图 18-13 所示。弹出"查找和替换"对话框,在"查找内容"文本框

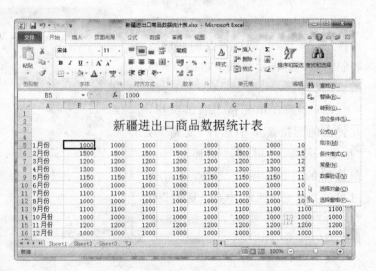

图 18-13

中输入相应的数字,单击"查找全部"按钮,如图 18-14 所示。

(2) 在"查找和替换"对话框中选择"替换"选项卡,在该选项卡中的"替换为"文本框中输入相应的内容,单击"全部替换"按钮,如图 18-15 所示,完成内容的替换,单击"关闭"按钮,工作簿如图 18-16 所示。

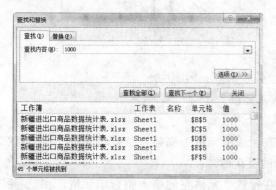

图　18-14

图　18-15

图　18-16

18.3　编辑单元格

单元格是构成工作表的基本元件,在工作表中输入与编辑数据实际就是在单元格中输入与编辑数据,下面将具体讲解处理单元格的各种方法。

18.3.1　插入与删除单元格

在输入数据的过程中,如果遗漏一组数据,可以通过插入单元格的方法来完成数据的输入,如果在工作表中不需要某组数据,则可以通过删除单元格的方法来完成单元格的编辑。

如果需要插入或删除单元格,则首先将该单元格选中;其次右击鼠标,在弹出的下拉菜单中执行"插入"或"删除"命令,在弹出的对话框中进行相应的设置即可。也可以通过单击"开始"选项卡中的"插入"或"删除"按钮,从其下拉列表中选择的"插入单元格"选项与"删除单元格"选项中,如图 18-17 所示,弹出"插入"对话框与"删除"对话框,如图 18-18 所示。

图　18-17　　　　　　　　　　　　　　　　图　18-18

下面将对"插入"对话框与"删除"对话框中的各选项进行详细讲解。

- 活动单元格右移：在所选单元格左侧插入单元格。
- 活动单元格下移：在所选单元格上侧拖入单元格。
- 整行：在"插入"对话框中选中此选项，可在所选单元格上侧拖入整行单元格。在"删除"对话框中选中此选项，可删除所选单元格的所在列。
- 整列：在"插入"对话框中选中此选项，可在所选单元格左侧拖入整行单元格。在"删除"对话框中选中此选项，可删除所选单元格的所在行。
- 右侧单元格左移：删除所选单元格后，右侧的单元格将移至该处。
- 下方单元格上移：删除所选单元格后，下方的单元格将移至该处。

操作提示

　　对单元格进行编辑的前提是选择单元格，选择单元格与在 Word 2010 中选择文本的方法相似，但又有其独到之处，下面将一一进行说明。

- 在单元格上单击可选中单个单元格。
- 用鼠标拖动可选择连续的单元格。
- 按住 Ctrl 键不放，在需要选择的单元格上单击可选择不连续的单元格。
- 将鼠标移动到行号和列标上，当鼠标指针变成 ↓ 状或 → 状时单击鼠标即可选择一整行或一整列单元格。
- 单击工作表左上角的 按钮，可选择整张工作表。

18.3.2　合并与拆分单元格

　　在输入数据的过程中，碰到输入标题等内容时需要合并单元格以突显标题的重要性，在"开始"选项卡中单击"合并后居中"旁的下三角按钮，在其下拉列表中包括 4 种合并或拆分单元格的选项，即合并后居中、跨越合并、合并单元格和取消合并单元格，操作后的效果如图 18-19 所示。

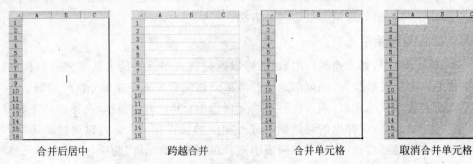

　　合并后居中　　　　　　跨越合并　　　　　　合并单元格　　　　取消合并单元格

图　18-19

如果想拆分单元格,那么必须在合并单元格之后才能对其进行该操作。

18.4　操作工作表

工作表是由许多单元格组成的,它具有组织和管理数据的功能,并且可以以多个工作表的形式出现在工作簿中,下面将为同学们讲解操作工作表的各种方法。

在"切换工具条"中,选中Sheet1工作表,右击鼠标弹出快捷菜单,如图18-20所示,在其中可以对工作表进行插入、删除、重命名等操作。

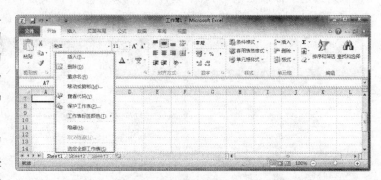

图　18-20

18.4.1　插入与删除工作表

在 Excel 默认的工作簿中有3张工作表,如果需要插入更多的工作表,可以采用以下几种方法。

- 在弹出的快捷菜单中选择"插入"选项,弹出"插入"对话框,如图18-21所示,单击"确定"按钮,即可插入新工作表,如图18-22所示。

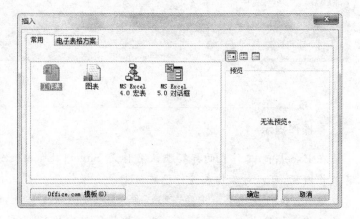

图　18-21

- 单击"开始"选项卡中的"插入"按钮,在弹出的下拉列表中选择"插入工作表"选项,即可插入新工作表。
- 单击"切换工具条"中的"插入工作表"按钮  。

操作提示

　　在工作簿中如果想删除多余的工作表,可以执行与插入工作表相同的操作,只是在选择选项时选择"删除工作表"或"删除"选项即可。

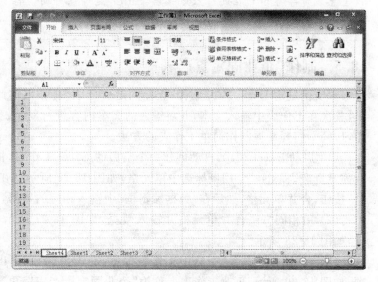

图　18-22

18.4.2 移动与复制工作表

选择"移动与复制"选项,可弹出"移动或复制工作表"对话框,如图 18-23 所示。在此对话框的"下列选定工作表之前"列表中选择相应的选项,可将要移动的工作表移动到所选工作表之前或移至最后。如果选择"建立副本"选项,可在工作表前建立其副本,如图 18-24 所示。

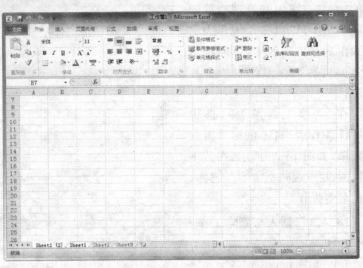

图 18-23   图 18-24

 操作提示

在 Excel 中,工作表的标签默认名称是 Sheet1、Sheet2、Sheet3、…,为了在使用时不混淆其工作内容,可以对工作表进行隐藏与重命名操作。

隐藏:执行快捷菜单中的"隐藏"命令,即可隐藏工作表,如果想取消隐藏的工作表,可在任意工作表标签上右击鼠标,在弹出的快捷菜单中执行"取消隐藏"命令即可。

重命名:同学们可以在快捷菜单中执行"重命名"命令,将工作表的表名变成可编辑状态(呈黑底黄字显示),在此输入表名按 Enter 键确认即可。除此之外,还可以在"切换工具条"中双击工作表名称,对其进行编辑。

18.5 制作"企业固定资产表"

本实例是用 Excel 2010 制作"企业固定资产表"。在制作此资产表时首先要新建一个工作表,其次在工作表中输入文本,并对输入的文本内容进行复制、替换等编辑操作。通过本实例的学习,同学们要掌握制作简单工作表的方法。

(1) 启动 Excel 2010,自动创建一个空白的 Excel 工作表,将其保存为"教学资源\第 6 章\企业固定资产表.xlsx"。用鼠标选中单元格,如图 18-25 所示。在"开始"选项卡中单击"合并后居中"按钮,合并单元格,然后在"数据编辑框"中输入相应的数据,如图 18-26 所示。

(2) 用相同方法合并单元格并输入数据,如图 18-27 所示,用前面的输入方法输入余下数据,如图 18-28 所示。

(3) 在"切换工具条"中选中工作表标签,右击鼠标,在弹出的快捷菜单中选择"重命名"选项,如图 18-29 所示,更改工作表名称为"企业固定资产表",更改后最终效果如图 18-30 所示,按快捷键 Ctrl+S,保存文档,完成"企业固定资产表"的制作。

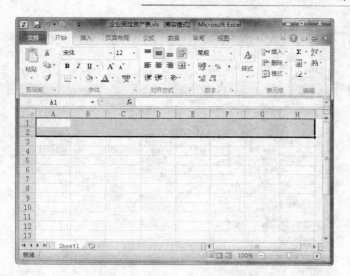

图 18-25

图 18-26

图 18-27

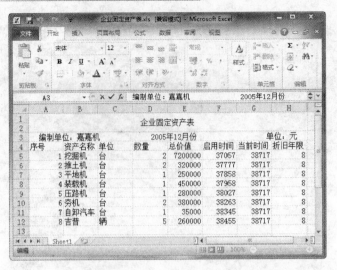

图   18-28

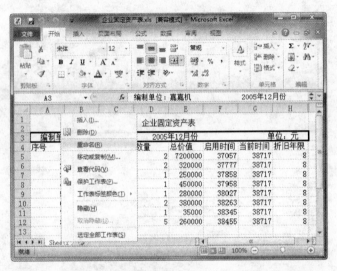

图   18-29

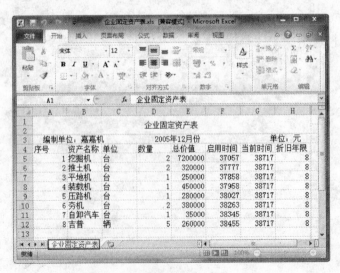

图   18-30

课堂练习

任务背景：小新认真地学完本课的内容,她脸上的笑容仿佛又回来了,她不但了解到什么是
　　　　　　Excel,还会在 Excel 中对表格和工作区进行编辑。除此之外,她还把上司交给她的
　　　　　　工作都做好了,受到了小小的表扬,此后,她变得更加努力了。

任务目标：结合本课的内容制作"期中考试"表格。

任务要求：了解并掌握 Excel 的基础知识。

任务提示：只有掌握了如何输入与编辑数据、编辑单元格与工作表,在制作表格时才能收放
　　　　　　自如。

课外阅读

粘贴单元格

　　要在粘贴单元格时选择特定的选项,同学们可以单击"粘贴"按钮下面的 ⁝ 下三角按钮,
然后在弹出的下拉菜单中选择所需要的命令,如选择"选择性粘贴"或"以图片格式/粘贴为图
片"命令。

　　在默认情况下,Excel 2010 会在工作表上显示"粘贴选项"按钮(如"保留源格式"和"匹配
目标格式"),以便在粘贴单元格时提供特殊的选项,如果不想在每次粘贴单元格时都显示此
按钮,可以关闭此选项。单击 Office 按钮,在弹出的 Office 菜单中单击"Excel 选项"按钮,在
打开的"Excel 选项"对话框的"高级"选项的"剪切、复制和粘贴"栏中,取消选中"显示粘贴选
项按钮"复选框。

　　当剪切和粘贴单元格以移动单元格时,Excel 将替换粘贴区域中的现有数据。

　　当复制单元格时,将会自动调整单元格引用,但当移动单元格时,不会调整单元格引用,
这些单元格的内容以及指向它们的任何单元格的内容都可能显示为引用错误,在这种情况
下,需要手动调整引用。

　　如果选定的复制区域包含隐藏单元格,则 Excel 也会复制隐藏单元格,这时可以根据需
要临时取消隐藏的单元格。

　　如果粘贴区域中包含隐藏的行或列,则需要显示全部粘贴区域,才能见到所有复制的单
元格。

课后思考

(1) 如何在 Excel 2010 中设置文字的颜色?

(2) 在输入数据时如果遗漏了些许数据怎么办?

(3) 重命名工作表的方法有哪些?

第19课　美化Excel表格

　　会做一些简单的 Excel 表格是远远不够的,在 Excel 2010 中有许多功能可以使 Excel 表格
变得更加美观,如设置字体的格式、设置表格内容的对齐方式、设置单元格的行高和列宽等。本
课就具体讲解如何制作更美观的 Excel 表格。

课堂讲解

任务背景：小新是个很认真的孩子，无论做什么事情都非常专注与用心，就比如学这个 Excel 吧，虽然她已经学会了如何做简单的 Excel 表格，但是她并不满足，她为了追求完美，正在学习美化 Excel 表格的技巧。

任务目标：掌握美化 Excel 表格的技巧。

任务分析：制作简单的 Excel 表格已不能跟上时代的步伐，只有学会了如何使 Excel 表格变得更加清晰与完美，才能在工作中脱颖而出。

19.1　设置字体格式

在制作 Excel 表格时为了使单元格中的文字格式和内容达到美化表格的效果，同学们需要学习设置字体格式的方法，下面将向同学们具体介绍几种方法。

一般设置单元格的字体格式，是通过"开始"选项卡中的"字体"组来实现的，"字体"组如图 19-1 所示，也可单击"字体"组右下方的 □ 按钮，在弹出的"设置单元格格式"对话框中进行设置，如图 19-2 所示，进而完成设置字体格式的操作。Excel 中字体设置的方法与 Word 2010 中的字体设置方法是相同的，这里就不再具体讲解。

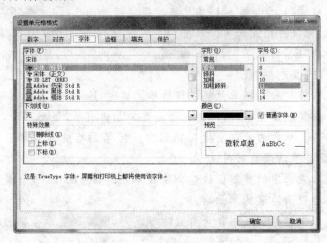

图　19-1　　　　　　　　　　　　　　图　19-2

 操作技巧

如果在空白单元格中先设置字体样式和对齐方式，再输入数据，那么输入的数据将会自动应用设置的格式。

19.2　设置对齐方式

在美化 Excel 时，设置表格内容的对齐方式是必不可少的，如果单元格中的内容参差不齐，会直接影响到表格整体的外观效果。在此可以通过在"对齐方式"组中实现表格的对齐，如图 19-3 所示，还可以通过单击"对齐方式"组右下角的按钮，在弹出的"设置单元格格式"对话框中，对"对齐"选项进行设置来实现，如图 19-4 所示。

在"对齐方式"组中提供了 6 种对齐方式，即顶端对齐、垂直居中、底端对齐、左对齐、居中对

图 19-3

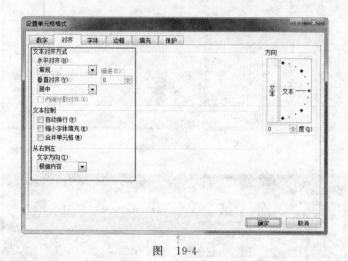

图 19-4

齐和右对齐,使用这些对齐方式可以设置表格内容的水平与垂直对齐方式。在"设置单元格格式"对话框的"对齐"选项中提供了比"对齐方式"组更多的对齐方式,如图 19-5 所示,参照 Word 中的对齐方式同学们可以根据自己的需要自行选择。

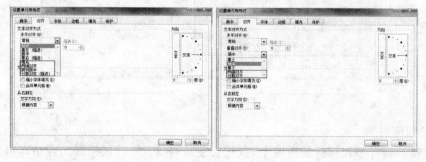

图 19-5

19.3 设置行高和列宽

在 Excel 中输入数据时,由于输入的数据内容不等,会导致输入的内容不能完全显示,此时同学们可以通过设置行高或列宽的方式调整表格的大小。在 Excel 中设置行高与列宽的方法有 3 种，即使用命令自动调整、手动粗略调整、使用对话框精确调整。

1. 使用命令自动调整

在"开始"选项卡中单击"格式"按钮，在其下拉列表中选择"自动调整行高"选项或"自动调整列宽"选项，Excel 2010 可以根据单元格的内容自动调整表格的行高和列宽。

打开工作簿，选中要调整的单元格，单击"开始"选项卡下的"格式"按钮，在弹出的下拉列表中选择"自动调整列宽"选项，如图 19-6 所示，完成自动调整操作后，效果如图 19-7 所示。

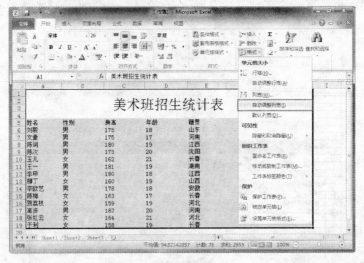

图　19-6

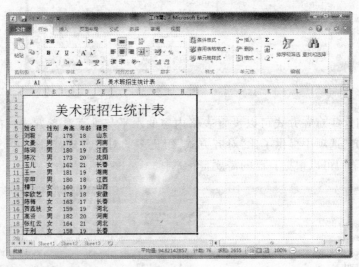

图　19-7

2. 手动粗略调整

将鼠标移动到行号和列标的边缘上，鼠标会变成✚状，按住鼠标拖动表格即可调整表格的行高与列宽，图 19-8 所示为列宽调整前后的工作表。

3. 使用对话框精确调整

在"开始"选项卡中单击"格式"按钮，在其下拉列表中选择"行高"选项或"列宽"选项，会弹出"行高"对话框或"列宽"对话框，在对话框中输入相应的数值，单击"确定"按钮，即可完成对话框

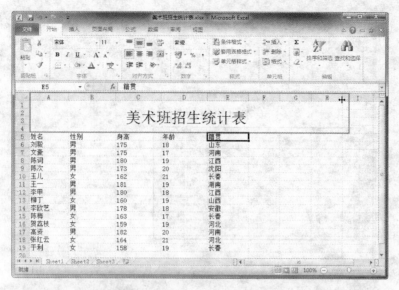

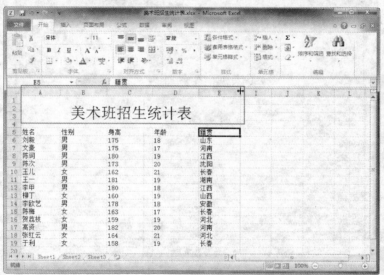

图 19-8

的精确调整,图 19-9 所示为行高调整前后的效果。

19.4 设置表格样式

在 Excel 2010 中可以对表格的样式进行设置,打开"开始"选项卡,可以看到"样式"组,此组中提供了许多系统自带的单元格样式和表格样式。除此之外,同学们还可以自定义条件格式,使表格内容看起来一目了然。

19.4.1 设置条件格式

条件格式是指当单元格中的数据满足所设定的条件时,则会应用该条件相应的格式。在"开始"选项卡中单击"条件格式"旁的下三角按钮,弹出"条件格式"下拉菜单,如图 19-10 所示。通过执行菜单中的命令,可以为不同层次的数据添加不同的颜色,使其看起来更美观。下面将对菜单中"突出显示单元格规则"下的各选项进行讲解,如图 19-11 所示。

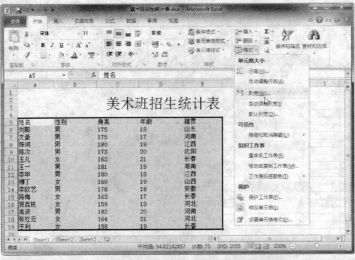

图   19-9

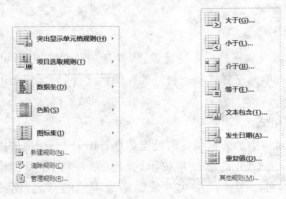

图   19-10   图   19-11

- 大于：突出显示大于设置条件数值的单元格。
- 小于：突出显示小于设置条件数值的单元格。
- 介于：突出显示介于设置条件范围内数值的单元格。
- 等于：突出显示等于设置条件数值的单元格。
- 文本包含：突出显示包含有设置条件数值的单元格。
- 发生日期：突出显示符合设置日期信息的单元格。
- 重复值：突出显示有重复内容的单元格。

19.4.2　套用单元格样式

　　使用系统自带的单元格样式可以给单元格设置填充色、边框色和字体格式等。单击"单元格样式"旁的下三角按钮，可弹出"单元格样式"下拉列表，如图 19-12 所示。选中单元格后，在此列表下选择相应的单元格样式，即可使表格的内容变得清晰易懂，如图 19-13 所示。

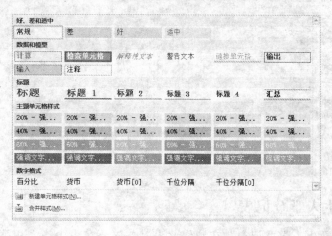

图　19-12

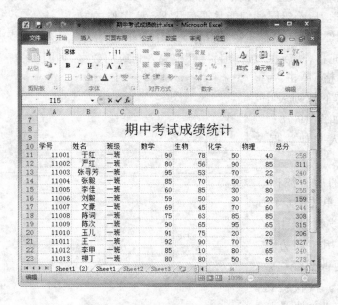

图　19-13

19.4.3 套用表格样式

单击"套用表格样式"旁的下三角按钮,弹出"套用表格样式"下拉列表,如图 19-14 所示。用户在选择表格的基础上,选择"套用表格样式"下拉列表中的样式,可将表格设置成现有的样式,如图 19-15 所示。设置完成之后,同学们还可以在表格的列中对数据进行排序操作。

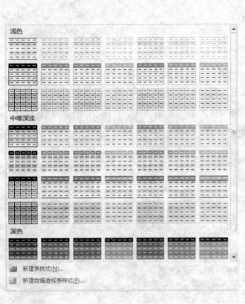

图 19-14   图 19-15

19.5 制作"新生入学登记表"

本实例是制作"新生入学登记表",在制作此表时首先要在表中输入相关数据;其次对表格中的字体大小进行相应的设置,为使表格看起来更加美观,本实例还对表格内容进行了对齐操作。通过本实例的学习,希望同学们能掌握美化 Excel 表格的方法。

(1) 启动 Excel 2010,用鼠标选中单元格,如图 19-16 所示。单击"开始"选项卡上的"合并后居中"按钮,合并单元格,然后在"数据编辑框"中输入相应的数据,如图 19-17 所示。

(2) 选中单元格,单击"字号"下拉列表,在其下拉列表中选择"字号"为 20,如图 19-18 所示,用相同方法输入其他数据,如图 19-19 所示。

(3) 选中输入的所有数据,在"开始"选项卡中单击"居中"按钮 ≡,将数据更改为"居中",如图 19-20 所示。用相同方法更改标题的格式,更改后最终效果如图 19-21 所示。按快捷键 Ctrl＋S,将其保存为"教学资源\第 6 章\素材\新生入学登记表.xlsx"。

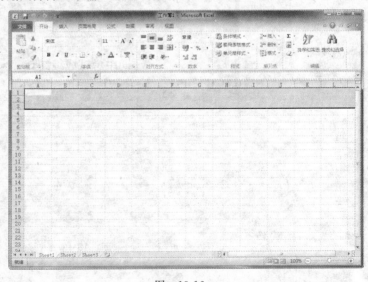

图 19-16

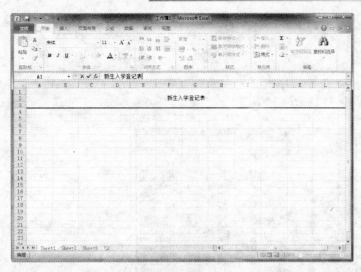

图 19-17

图 19-18

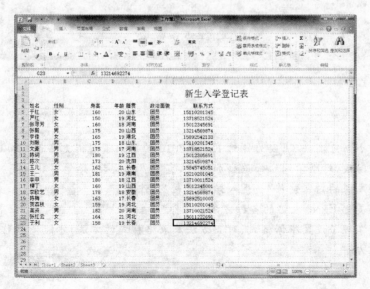

图 19-19

图 19-20

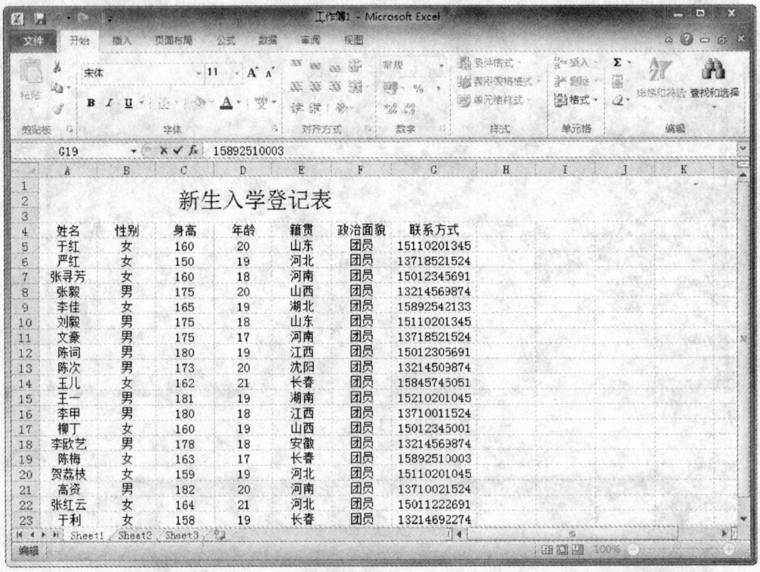

图 19-21

课堂练习

任务背景：这回小新可高兴了，因为她对 Excel 2010 的知识了解得更多了，所以这几日她在工作的时候，对刚学到的知识勤加练习，有了少许收获，她觉得非常高兴。

任务目标：结合本课的内容制作"新生入学登记表"工作簿。

任务要求：掌握美化 Excel 表格的各种方法。

任务提示：只有掌握了设置字体格式、对齐方法及表格样式的方法，才能使制作出的表格更具说服力。

课外阅读

用公式计算数据

在 Excel 中不但可以输入数据,还可以对数据进行计算和处理,这里讲述如何使用公式计算数据,使用它可以对工作表中的数值进行加、减、乘、除等各种运算。

1. 输入公式

选中 F18 单元格,在编辑栏中输入"＝",如图 19-22 所示。再选中 E3 单元格,在编辑栏中输入"＋",在"数据编辑栏"中会显示相应的单元格地址,如图 19-23 所示。

用相同方法输入其他单元格地址,如图 19-24 所示,这时公式也发生了变化,按键盘上的 Enter 键,得出的计算结果为 1258,如图 19-25 所示。

2. 复制公式

将光标移到 F18 单元格的边框上,当鼠标变成 ✚ 状时,如图 19-26 所示,拖动鼠标选中要应用的单元格,即可将公式复制到单元格中,如图 19-27 所示。

3. 删除公式

选中单元格,在"数据编辑栏"中选中公式,如图 19-28 所示,按键盘上的 Delete 键即可将公式删除,如图 19-29 所示。也可以把单元格的结果直接删除,以完成删除公式的操作。

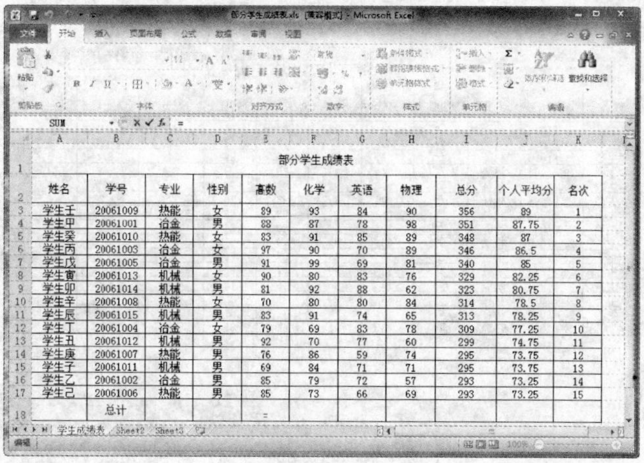

图 19-22

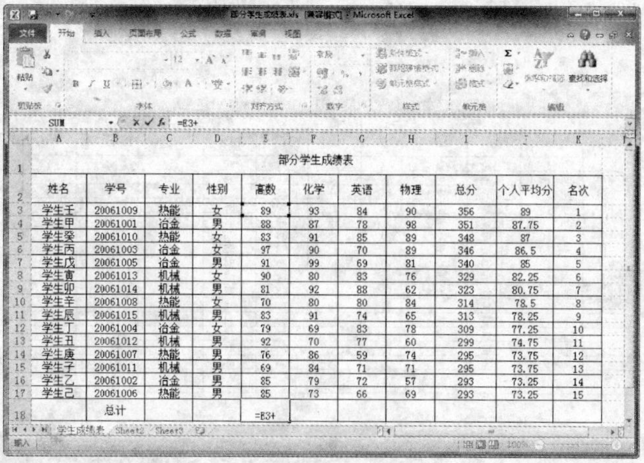

图 19-23

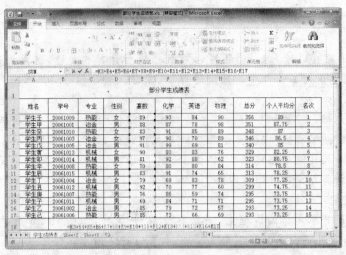

图　19-24

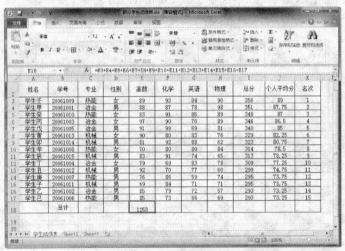

图　19-25

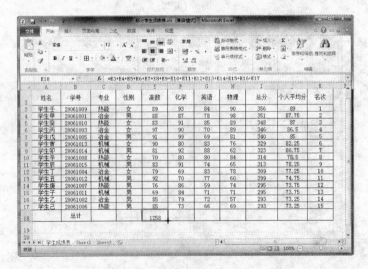

图　19-26

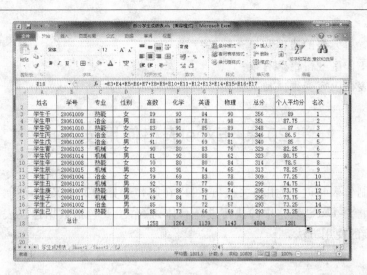

图 19-27

图 19-28

图 19-29

课后思考

(1) 如何设置单元格的边框和填充效果？

(2) 如何使工作区变得错落有致？

(3) 如何使表格内容变得一目了然？

第20课 Excel表格使用技巧

在Excel中制作表格时，使用相关技巧，可以在制作表格时又快又准，使制作出的表格既美观又清楚。本课将对Excel表格中的技巧进行具体讲解，主要包括数据透视表和透视图的创建方法、宏和超链接的使用方法。

课堂讲解

任务背景：小新学习Excel也有一段时间了，她发现制作表格甚是费力，还要一个一个去输入数据，她翻阅有关Excel 2010的书，看看有没有什么技巧能使制作表格快速一点儿，不一会儿她就找到了，于是开始学习起来。

任务目标：掌握使用Excel制作表格的技巧和方法。

任务分析：在使用Excel制作表格时，如果使用一些小技巧，可以使你的工作提前完成。

20.1 数据透视表和数据透视图

使用数据透视表可以汇总、分析和查询所需要的数据，它可以对数值和数据进行深入的分析，并且可以提供一些意想不到的数据。使用数据透视图可以在数据透视表的基础上可视化所需要的数据，它使数据以图表的形式出现，可以方便快捷地对数据进行比较和查看。

(1) 打开工作簿"教学资源\第6章\素材\成绩统计分析表.xlsx"，选择需要创建数据透视表的表格，在"插入"选项卡中单击"数据透视表"按钮，弹出"创建数据透视表"对话框，如图20-1

图 20-1

所示。然后单击"确定"按钮,弹出"数据透视表字段列表"对话框,在该对话框的"选择要添加到报表的字段"列表框中,同学们可以根据自己的需要选择相应的选项,如图 20-2所示。

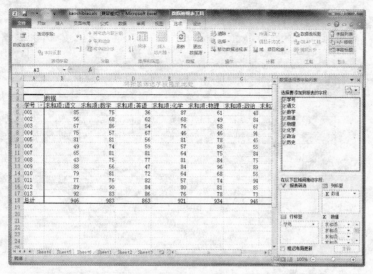

图 20-2

操作提示

创建数据透视表时,在"创建数据透视表"对话框中,可以用鼠标在工作表中拖动,将字段载入到数据透视表中,如图 20-3 所示。也可单击"表/区域"选项后的按钮,通过鼠标拖动选择区域,如图 20-4 所示。选择完成后,单击对话框中的按钮,可返回到"创建数据透视表"对话框。

如果在"创建数据透视表"对话框中选择"现有工作表"选项,可根据前面的方法选择区域。

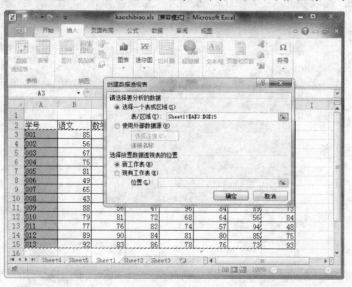

图 20-3

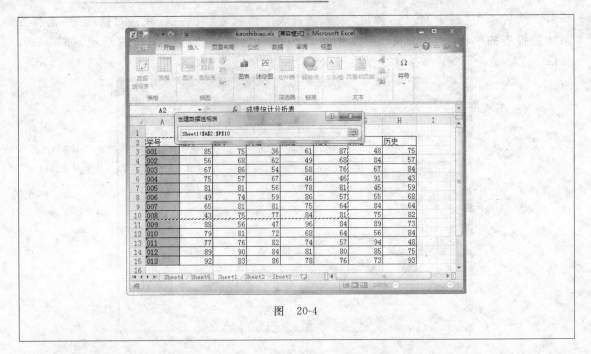

图　20-4

（2）创建完数据透视表之后，将自动激活"选项"选项卡，如图 20-5 所示，在此选项卡中可以对创建的数据透视表进行更改数据、更改表名、显示/隐藏数据透视表等操作。

图　20-5

（3）在"选项"选项卡中单击"数据透视图"按钮，弹出"插入图表"对话框，在该对话框中选择"柱形图"选项中的"簇状柱形图"，如图 20-6 所示，完成设置后单击"确定"按钮，数据透视图如图 20-7 所示。

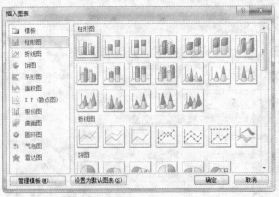

图　20-6

（4）完成数据透视图的创建之后，如果想更改数据透视图的类型，可单击"设计"选项卡中的"更改图表类型"按钮，在弹出的"更改图表类型"对话框中选择相应的图表类型，如图 20-8 所示，设置完成之后，单击"确定"按钮即可。如果想删除该数据透视图，可将其选中，当鼠标变成状时，如图 20-9 所示，按 Delete 键即可将其删除。

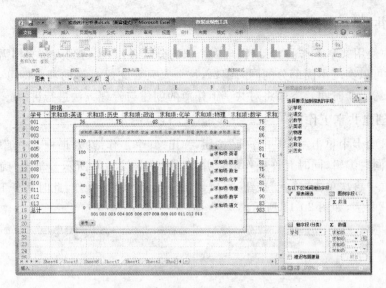

图 20-7

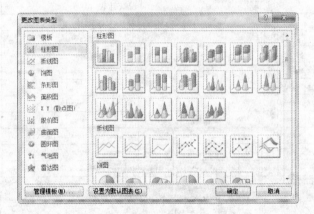

图 20-8

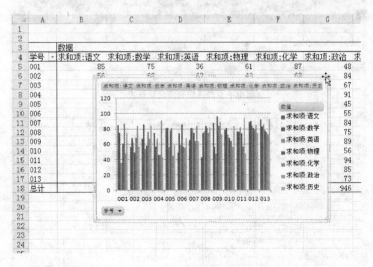

图 20-9

20.2　使用共享工作簿

在 Excel 中使用共享工作簿，可以实现多个人的分工合作，当遇到大型文档需要制作或修改时，共享工作簿可以实现不同部分的同时编辑，每个人只要完成自己的部分即可，这样可以提高工作效率，并节约工作时间。下面将对共享工作簿的创建与管理方法进行讲解。

20.2.1　创建共享工作簿

在"审阅"选项卡中单击"共享工作簿"按钮，弹出"共享工作簿"对话框，在"编辑"选项卡中选择"允许多用户同时编辑，同时允许工作簿合并"选项，如图 20-10 所示。单击"确定"按钮，在弹出的提示对话框中再次单击"确定"按钮，完成创建共享工作簿的操作，此时共享工作簿的标题后面会多出"共享"两字，如图 20-11 所示。

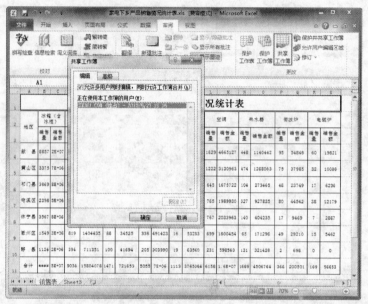

图　20-10

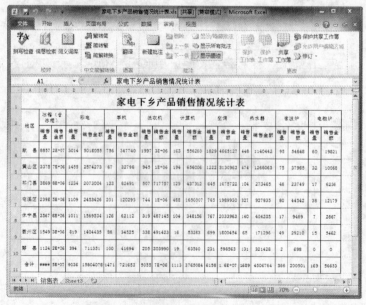

图　20-11

　操作提示

在"共享工作簿"对话框中,如果取消选中"允许多用户同时编辑,同时允许工作簿合并"
选项,可以撤销该工作簿的共享功能。

20.2.2　编辑共享工作簿

完成共享工作簿创建之后,在同一局域网中的同学们可以同时进行编辑,为了避免在使用该
工作簿时混淆名称,可以对该工作簿的使用名称进行更改。

单击"文件"选项卡左侧的"选项"按钮,如图 20-12 所示,弹出"Excel 选项"对话框,在该对话
框的"用户名"文本框中输入相应的用户名称,如图 20-13 所示,单击"确定"按钮,完成名称更改。

图　20-12

图　20-13

20.2.3　管理共享工作簿

多人对共享工作簿进行编辑之后,最终还要根据需要对其进行管理,下面将对共享工作簿的管理方法进行详细讲解。

(1) 完成共享工作簿编辑后,要检查工作表编辑的情况。单击"审阅"选项卡中的"修订"按钮,在弹出的下拉列表中选择"突出显示修订"选项,弹出"突出显示修订"对话框,设置如图 20-14所示。单击"确定"按钮,可以看到当前工作表中曾经被编辑的单元格左上角会出现标记,如图 20-15 所示,将光标移动到该处停留片刻,会出现具体的修订信息。

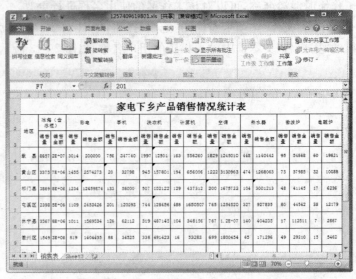

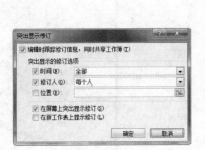

图　20-14　　　　　　　　　　　　　　　　　图　20-15

(2) 完成检查后,要对修订的内容进行接受或拒绝操作。再次单击"审阅"选项卡中的"修订"按钮,在弹出的下拉列表中选择"接受/修订"选项,弹出"接受或拒绝修订"对话框,如图 20-16所示。单击"确定"按钮,会在打开的对话框中列出更改的详细信息,如图 20-17 所示,同学们可根据修订的正误单击相应的按钮,以此类推即可完成此操作。

图　20-16　　　　　　　　　　　　　　　　　图　20-17

 操作提示

在管理共享工作簿的过程中,如果不想其他同学们对其进行编辑,可以暂时取消"共享工作簿"功能,也可以暂时断开其他用户与共享工作簿的连接。

单击"审阅"选项卡中的"共享工作簿"按钮,弹出"共享工作簿"对话框,在该对话框中的"正在使用本工作簿的用户"列表下查看用户名称,选择要断开连接的用户名称,单击"删除"按钮即可。

20.3 使用宏

在 Excel 2010 中使用宏可以避免重复事项的操作,尤其是在处理日常工作时,使用宏可自动处理这些工作,使工作变得事半功倍、轻松愉快。

20.3.1 录制宏

宏相当于一种命令,使用它可自动执行任务的一项或一组操作,但使用宏的前提是要录制宏。

(1)在"视图"选项卡中,单击"宏"按钮下的下三角按钮,弹出"宏"下拉列表,在其下拉列表中选择"录制宏"选项,如图 20-18 所示,此时弹出"录制新宏"对话框,设置如图 20-19 所示。

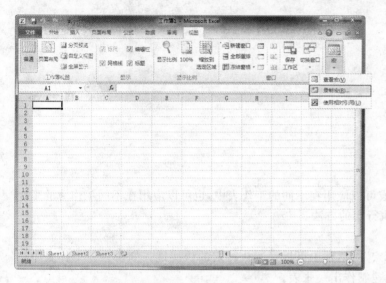

图 20-18　　　　　　　　　　　　　　　　图 20-19

(2)单击"确定"按钮,完成设置,在工作簿中输入相应的数据,如图 20-20 所示。完成输入后,再次在"视图"选项卡中,单击"宏"按钮下的下三角按钮,在弹出的下拉列表中选择"停止录制"选项,如图 20-21 所示,这样就可完成录制宏的操作。

图　20-20

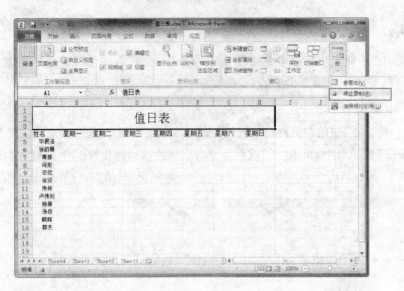

图 20-21

20.3.2 执行宏与编辑宏

1. 执行宏

录制宏的目的就是使用宏,宏可以应用在不同的工作表中,也可以应用在不同工作簿的工作表中,在 Excel 中共有以下两种执行宏的方法。

(1)使用快捷键执行宏

录制宏时,在弹出的"录制新宏"对话框中可以设置执行宏的快捷键。如果在新工作表中按此快捷键,可在工作中执行宏,快速制作出一张表。

(2)使用"宏"对话框执行宏

如果在录制新宏时没有设置快捷键,同学们可以在"视图"选项卡中单击"宏"按钮,弹出"宏"对话框,也可以单击"宏"按钮下的下三角按钮,在弹出的下拉列表中选择"查看宏"选项,如图 20-22 所示,弹出"宏"对话框,如图 20-23 所示,在此对话框中单击"执行"按钮,即可在工作表中执行宏。

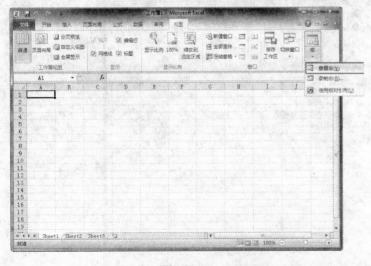

图 20-22

图 20-23

2. 编辑宏

在"宏"对话框中可以对宏进行新建、删除等操作,具体操作如下。

在"宏"对话框中单击"选项"按钮,弹出"宏选项"对话框,如图 20-24 所示,在此可以对宏的快捷键进行更改。在"宏"对话框中单击"删除"按钮,弹出 Microsoft Excel 对话框,如图 20-25 所示,提示是否删除值日表,单击"是"按钮,完成删除宏操作。

图 20-24　　　　　　　　　　　　　　　　　　　图 20-25

20.4 使用超链接

使用超链接可以使现代办公多元化与信息化,超链接是一种快速访问工作区数据或文件的链接方式,通过这些链接可以快速访问其对应的网址。

20.4.1 创建超链接

打开工作簿,选中要创建链接的单元格,在"插入"选项卡中单击"超链接"按钮,弹出"插入链接"对话框,在"地址"栏中输入网址,如图 20-26 所示。输入完成后单击"确定"按钮,完成创建超链接的操作,将光标移至相应文字上,则会显示超链接的地址,如图 20-27 所示。

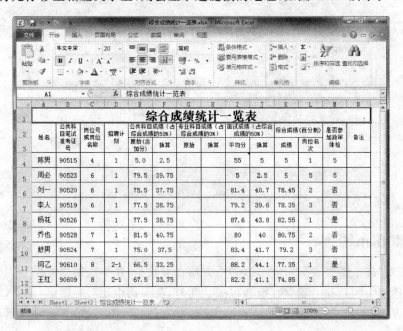

图 20-26

20.4.2 编辑超链接

完成超链接的创建之后,还可以对超链接进行删除、更改内容和添加提示等编辑操作。

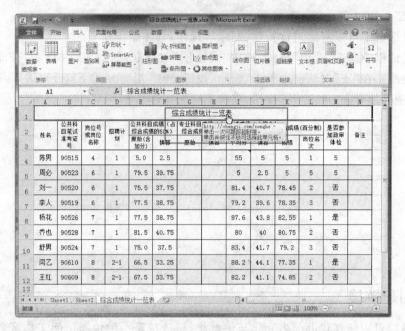

图 20-27

根据前面的方法调出"插入链接"对话框,在此对话框中可以对链接地址进行更改。然后单击"屏幕提示"按钮,在弹出的对话框中可输入相应的文字,如图 20-28 所示。为超链接添加屏幕提示,输入完成后,依次单击"确定"按钮,将光标移至相应文字上,则会出现提示内容,如图 20-29所示。

图   20-28

20.5 管理"超市销售表"

本实例是对"超市销售表"进行管理,为了方便查看数据,在本实例中对销售表建立数据透视表,并在数据透视表的基础上建立数据透视图。此外,在实例中还对标题进行插入超链接和共享工作簿操作,可使多人同时共享和使用此表。通过本实例的学习,同学们要掌握管理 Excel 表格的各种方法。

（1）打开工作簿"教学资源\第 6 章\素材\家美超市商品销售情况表.xlsx",将需要创建数据透视图的表格内容选中,如图 20-30 所示。单击"插入"选项卡中的"数据透视表"按钮,弹出"创建数据透视表"对话框,如图 20-31 所示。

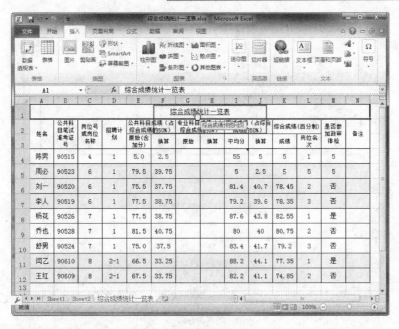

图 20-29

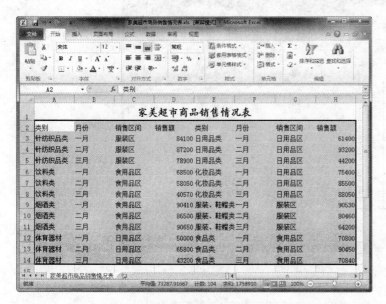

图 20-30

图 20-31

（2）在"创建数据透视表"对话框中选择"现有工作表"选项,并在工作表中选择相应区域,如图 20-32 所示。然后单击"确定"按钮,创建数据透视表,在弹出的"数据透视表字段列表"对话框的"选择要添加到报表的字段"列表中选择相应的字段,如图 20-33 所示。

（3）完成数据透视表的创建后,在"选项"选项卡中单击"数据透视图"按钮,弹出"插入图表"对话框,在该对话框中选择"簇状棱锥图"选项,如图 20-34 所示。然后单击"确定"按钮,数据透视表如图 20-35 所示,在此表中可以清晰统计出销售的情况。

（4）在工作表中向上滚动滑块,选中"家美超市商品销售情况表"单元格,单击"插入"选项卡中的"超链接"按钮,如图 20-36 所示。弹出"插入超链接"对话框,在该对话框的地址栏中输入网页地址,如图 20-37 所示。

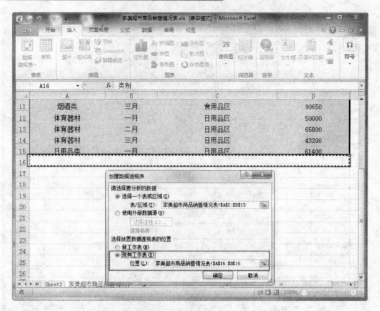

图　20-32

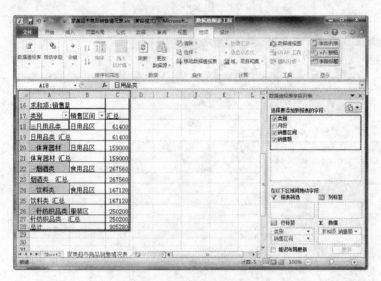

图　20-33

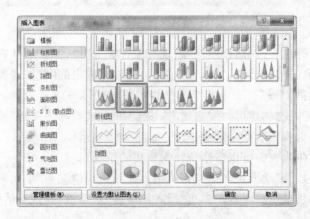

图　20-34

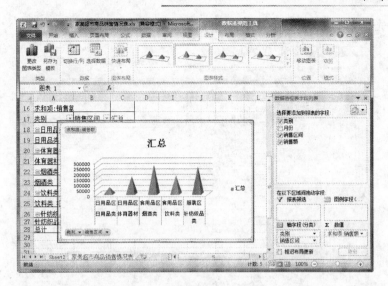

图 20-35

图 20-36

图 20-37

（5）在"插入超链接"对话框中单击"屏幕提示"按钮，在弹出的对话框中输入相应的文字为
超链接添加提示，如图20-38所示。输入完成后，依次单击"确定"按钮，完成为超链接添加屏幕

提示的操作，将光标移至超链接文字上会出现提示内容，如图 20-39 所示。

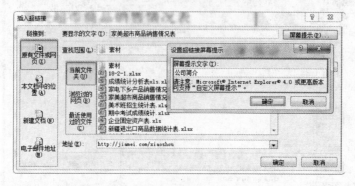

图　20-38

图　20-39

　　（6）保持单元格的选择状态，单击"审阅"选项卡中的"共享工作簿"按钮，在弹出的"共享工作簿"对话框中选择"允许多用户同时编辑，同时允许工作簿合并"选项，如图 20-40 所示。单击"确定"按钮，在工作簿标题的后面则会出现"共享"两字，如图 20-41 所示。

图　20-40

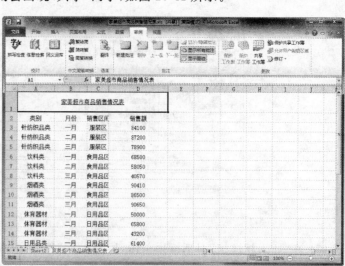

图　20-41

（7）完成管理"超市销售表"的操作，单击"文件"选项卡左侧的"另存为"按钮，将其保存为"教学资源\第6章\素材\家美超市商品销售情况表.xlsx"。

课堂练习

任务背景：小新学完本课的知识，可有些问题她搞不明白，于是她就学了一遍又一遍，直到把本课的知识学得滚瓜烂熟，小新的这种精神值得我们去学习。

任务目标：结合本课的内容制作"订单统计表"工作簿。

任务要求：要掌握制作Excel表格的技巧。

任务提示：掌握制作Excel表格的使用技巧，可以在工作中提高工作效率。

课外阅读

用函数计算数据

在 Excel 中除了使用公式计算数据外，还可以用函数计算数据。函数是一个事先定义好的公式，可以胜于执行复杂的计算，使用它可以方便地对工作表中的数据进行求和、求平均值等操作。

在工作表中单击"插入函数"按钮 f_x，弹出"插入函数"对话框，在"选择函数"列表框下选择 AVERAGE 选项，如图 20-42 所示。单击"确定"按钮，弹出"函数参数"对话框，此时可在工作表中选择求平均值的内容，这里显示的是默认设置，如图 20-43 所示。设置完成后，单击"确定"按钮，得到平均值为 97，如图 20-44 所示，完成用函数计算数据的操作。

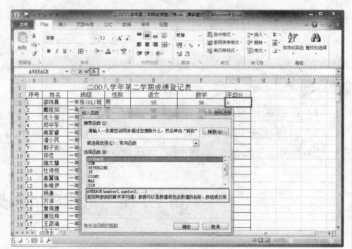

图 20-42

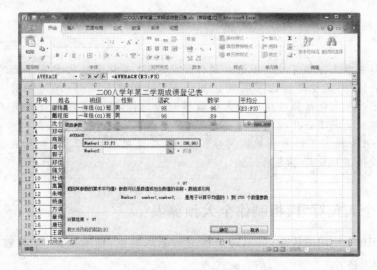

图 20-43

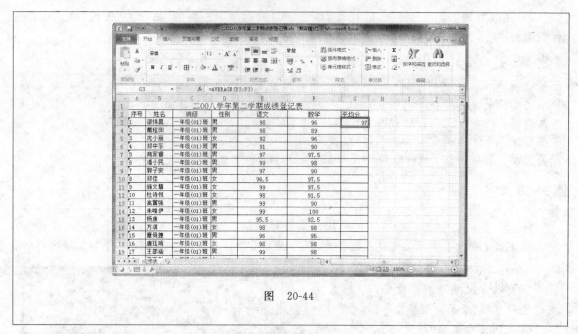

图　20-44

课后思考

（1）在数据透视表的基础上如何创建数据透视图？

（2）如何检查共享工作簿？

（3）使用宏时，如何调出"宏"对话框？

第 21 课　常用Excel模板

　　任何一个软件都有其自带的模板，Excel 2010 也有自己的模板，如果在工作时使用 Excel 中的模板，可以使工作变得有趣而愉快。本课主要讲解如何使用 Excel 模板及自定义 Excel 模板。

课堂讲解

任务背景：小新基本上掌握了使用 Excel 制作简单表格、美化表格的方法和使用 Excel 制作表格的技巧，她觉得自己可以胜任关于 Excel 的很多工作，此时她有一个想法，如果在 Excel 中包括一些现成的表格该多好呀，到时候就可以直接套用了。

任务目标：掌握制使用 Excel 模板的方法。

任务分析：Excel 中提供了许多模板供同学们使用，在使用 Excel 2010 制作表格时，使用模板可以使工作变得事半功倍。

21.1　使用"个人预算"模板制作个人预算表

　　在 Excel 2010 中使用模板后，可以对模板进行删除数据、输入数据、更改数据等操作，以制作出属于自己的表格。

　　（1）单击"文件"选项卡左侧的"新建"按钮，在右侧会出现相应的内容，如图 21-1 所示。单击右侧窗口中的"样本模板"按钮，打开"样本模板"窗口，在窗口右侧单击"创建"按钮，如图 21-2 所示。

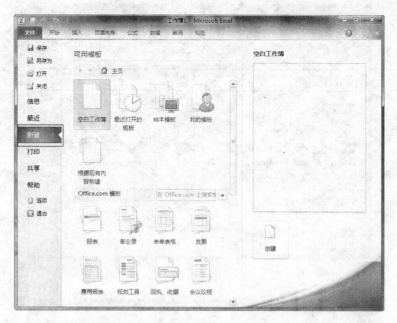

图 21-1

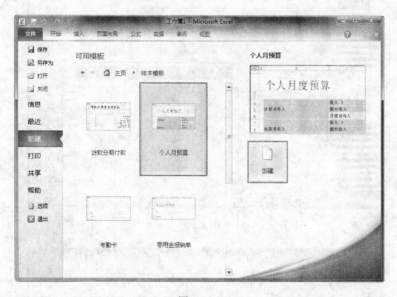

图 21-2

（2）打开"个人月度预算"工作簿，如图 21-3 所示，根据前面的方法对工作簿中的内容进行编辑，以形成自己的个人预算表，如图 21-4 所示。

21.2 自定义"公司考勤表"模板

如果在 Excel 提供的模板中不包含所需要的表格内容，同学们可以自定义模板内容，以满足工作需要。下面将以自定义"公司考勤表"模板为例向同学们演示创建自定义模板的方法。

（1）根据前面的方法制作出"公司考勤表"工作簿，如图 21-5 所示，单击"文件"选项卡左侧的"另存为"按钮，弹出"另存为"对话框，在"保存类型"下拉列表中选择"Excel 模板"选项，如图 21-6 所示。

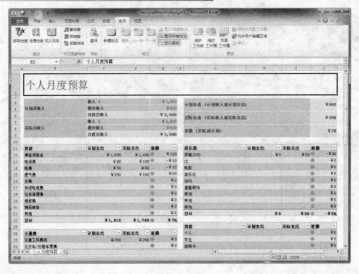

图　21-3

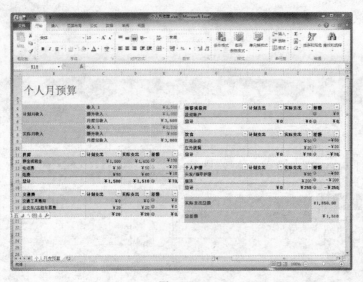

图　21-4

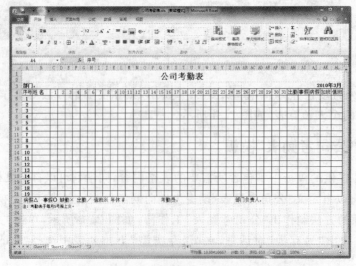

图　21-5

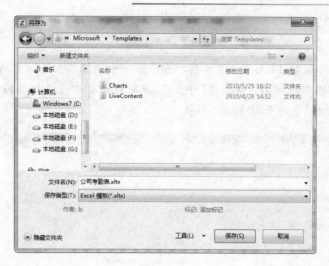

图 21-6

（2）单击"确定"按钮，完成自定义模板的操作，单击"文件"选项卡中的"新建"按钮，在右侧的窗口中单击"我的模板"按钮，如图 21-7 所示，弹出"新建"对话框，在此对话框中可以看到刚刚自定义的模板，如图 21-8 所示。如果想删除此模板，可以按键盘上的 Delete 键。

图 21-7

图 21-8

操作提示

自定义 Excel 模板时,在打开的"可用模板"窗口中单击"根据现有内容新建"按钮,如图 21-9 所示,弹出"根据现有工作簿新建"对话框,在此对话框中选择相应的工作簿,如图 21-10 所示,单击"新建"按钮,也可创建 Excel 模板。

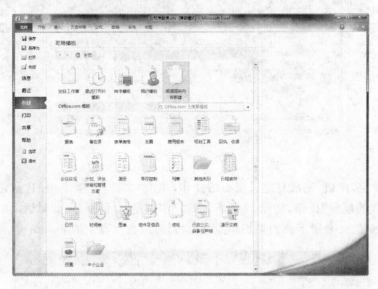

图　21-9

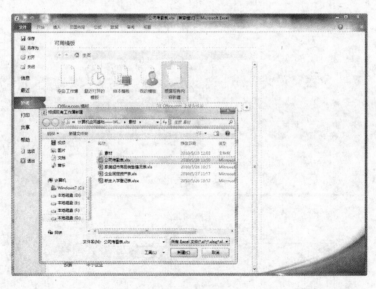

图　21-10

21.3　使用模板制作"房地产销售情况报表"

本实例是使用模板制作"房地产销售情况报表",在制作此报表时,首先要新建一个销售模板;其次再调出此模板以此制作"房地产销售情况报表"。通过本实例的学习,希望同学们能够熟练掌握 Excel 模板的创建和使用方法。

（1）单击"文件"选项卡中的"新建"按钮，在右侧的"可用模板"窗口中单击"根据现有内容新建"按钮，如图21-11所示，弹出"根据现有工作簿新建"对话框，在此对话框中选择相应的工作簿，如图21-12所示。

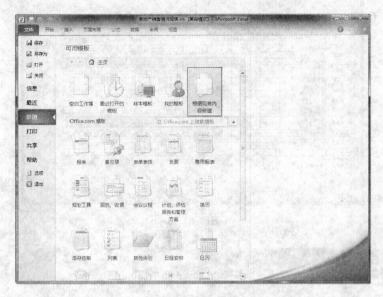

图 21-11

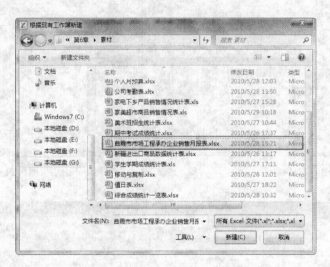

图 21-12

（2）打开"曲霞市市场工程承办企业销售月报表"工作簿，如图21-13所示，单击"文件"选项卡左侧的"另存为"按钮，弹出"另存为"对话框，在"保存类型"下拉列表中选择"Excel模板"选项，如图21-14所示。

（3）关闭"曲霞市市场工程承办企业销售月报表"工作簿，在"工作簿1"工作簿中，单击"文件"选项卡中的"新建"按钮，在右侧的窗口中单击"我的模板"按钮，弹出"新建"对话框，在此对话框中可以看到刚刚自定义的模板，如图21-15所示。双击此模板，在打开的工作簿中进行编辑，编辑完成后的工作表如图21-16所示。

图 21-13

图 21-14

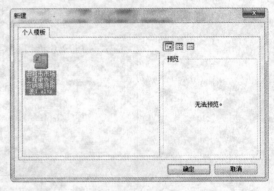

图 21-15

图 21-16

（4）按快捷键 Ctrl＋S,将其保存为"教学资源\第 6 章\素材\房地产销售情况报表. xlsx"。

课堂练习

任务背景：小新正在努力学习本课的内容,在学习过程中她发出感慨,如果她能早点儿发现 Excel 模板的功能,就不用那么费力地对工作表进行编辑和修改了,直接套用模板多省事呀!

任务目标：结合本课的内容制作"企业销售报表"文档。

任务要求：掌握使用 Excel 模板的方法。

任务提示：只有掌握使用 Excel 模板制作表格的方法,才能在学习和工作中轻松随意。

课外阅读

数据排序

一般情况下在工作表中输入数据时,都是按照输入的顺序进行排列的,这样的排行方式在管理和查看数据时都很不方便,通过设置数据排序可以让表格中的数据按照指定的顺序进行排列,使表格内容一目了然。

打开工作簿,选中要排序的单元格,单击"开始"选项卡"排序和筛选"中的下三角按钮,在弹出的下拉列表中选择"升序"选项,如图 21-17 所示,可以看到工作表中的数据按升序排列,如图 21-18 所示。

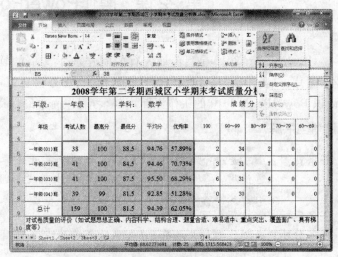

图 21-17

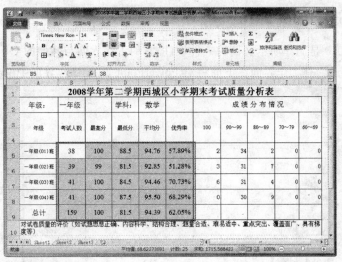

图 21-18

课后思考

（1）如何使用 Excel 模板制作工作表?

（2）自定义 Excel 模板的方法有几种?

第 7 章

使用PowerPoint制作幻灯片

第 22 课　操作PowerPoint 2010

PowerPoint 2010 是目前最流行的制作演示文稿的软件,使用 PowerPoint 2010 可以将文本、图片、声音和动画制作成幻灯片播放出来,在办公会议中经常用到。下面将带领同学们一起认识 PowerPoint 2010 的工作界面,并学习制作简单幻灯片的方法。

课堂讲解

任务背景:小丁是一个勤奋好学的人,近阶段就要开始学习 PowerPoint 2010 软件了,他只知道使用 PowerPoint 2010 可以制作出集文本、图片和声音等于一体的幻灯片,至于怎么做他还不理解,所以他就开始学习怎么操作 PowerPoint 2010。

任务目标:掌握制作简单幻灯片的方法。

任务分析:在制作幻灯片之前,首先要对 PowerPoint 2010 的工作界面有所了解;其次再对幻灯片进行操作。

22.1　熟悉 PowerPoint 2010

PowerPoint 2010 是制作演示文稿的一种软件,它的工作界面与其他的 Office 2010 组件相比大同小异,图 22-1 所示为其工作界面。下面将对 PowerPoint 2010 工作界面中的各个部分进行讲解。

"幻灯片/大纲"窗格

幻灯片编辑区

占位符

"备注"栏

"视图切换"按钮区

图　22-1

- "幻灯片/大纲"窗格：在窗格中选择相应的选项卡可以切换"幻灯片"窗格和"大纲"窗格。在"幻灯片"窗格中可以预览编辑的幻灯片,在"大纲"窗格中可以查看幻灯片的编辑文本。
- 幻灯片编辑区：在此处可以显示和编辑幻灯片。
- 占位符：在幻灯片中常见到的"单击此处添加标题"、"单击此外添加文本"等文本框统称为占位符,单击此处可以输入文本内容。
- "备注"栏：在此可以为幻灯片输入说明和注释内容的提示信息,并且在全屏播放幻灯片时不会显示出来。
- "视图切换"按钮区：此处包括 4 种不同的视图按钮,即"普通视图"按钮 ▣ 、"幻灯片浏览"按钮 ▦ 、"阅读视图"按钮 ▤ 和"幻灯片放映"按钮 ▽ 。

22.2 幻灯片的基本操作

在新建演示文稿后,将自动新建一张幻灯片,幻灯片是组成演示文稿的元素,演示文稿则是PowerPoint 的文档名。同学们可根据自己的需要对演示文稿中的幻灯片进行新建、移动、复制和删除操作。

在对幻灯片进行编辑之前,首先要选择幻灯片,其方法如下：

- 选择单张幻灯片：在"幻灯片/大纲"窗格中选择一张幻灯片缩略图即可。
- 选择多张连续的幻灯片：在"幻灯片/大纲"窗格中选择需要的第一张幻灯片,然后按键盘上的 Shift 键,再选择需要的最后一张幻灯片。
- 选择多张不连续的幻灯片：在"幻灯片/大纲"窗格中选择需要的第一张幻灯片,然后按键盘上的 Ctrl 键,再选择需要的幻灯片即可。

22.2.1 新建幻灯片

在默认情况下幻灯片的数量只有一张,如果需要多张幻灯片,用户可以依据以下 3 种方法创建幻灯片。

- 直接单击"开始"选项卡中的"新建幻灯片"按钮。
- 单击"开始"选项卡中"新建幻灯片"按钮下的下三角按钮,可在弹出的列表框中选择要添加的幻灯片版式。
- 在普通视图中的"幻灯片"选项卡或"大纲"选项卡中选中第一张幻灯片,按键盘上的Enter 键,即可在下方创建一张相同版式的幻灯片。

22.2.2 移动和复制幻灯片

为了满足插入相同幻灯片或更改幻灯片顺序的需要,可以通过移动和复制幻灯片的操作来实现,具体方法有以下几种。

- 在普通视图的"幻灯片"选项卡或"大纲"选项卡中,选中需要编辑的幻灯片缩略图,按住鼠标左键不放拖至目标位置松开鼠标即可移动幻灯片,在拖动的同时按住 Ctrl 键即可复制幻灯片。
- 在普通视图的"幻灯片"选项卡或"大纲"选项卡中,选中需要编辑的幻灯片缩略图,右击鼠标,通过快捷菜单中的"剪切"、"复制"和"粘贴"选项来实现。
- 在"幻灯片浏览"视图中,选中需要编辑的幻灯片缩略图,按住鼠标左键不放拖至目标位置,松开鼠标即可移动幻灯片,在拖动的同时按住 Ctrl 键即可复制幻灯片。

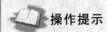 **操作提示**

如果要删除不需要的幻灯片,可以根据以下几种方法进行操作。

- 在普通视图的"幻灯片/大纲"窗格或者"幻灯片浏览"视图中选择幻灯片的缩略图,右击鼠标,在弹出的快捷菜单中选择"删除幻灯片"选项或直接按键盘上的 Delete 键,即可删除。
- 选中幻灯片缩览图,单击"开始"选项卡中的"剪切"按钮,进行删除操作。
- 选中幻灯片缩览图,直接按键盘上的 Delete 键,即可删除。

22.3　制作幻灯片

了解完 PowerPoint 2010 的工作界面后,接下来进入制作幻灯片的环节。主要包括输入和编辑文本、在幻灯片中插入对象等内容。

22.3.1　输入和编辑文本

将光标定位到占位符中即可输入和编辑文本,其方法与在 Word 2010 输入和编辑文本大同小异,唯一不同之处是在 PowerPoint 2010 的"格式"选项卡中有一个特色的"艺术字样式"组,如图 22-2 所示,通过按钮、下拉列表和列表框可以设置文本的轮廓、填充、效果和样式。

22.3.2　在幻灯片中插入对象

在制作幻灯片的过程中,可以通过"插入"选项卡中的按钮,在幻灯片中插入表格、图片、剪贴画、图表、SmartArt、页眉和页脚、视频和音频等对象,如图 22-3 所示。

图 22-2　　　　　　　　　　　　　　　　　　图　22-3

1. 插入图片

在幻灯片中插入图片可以使演示文稿形象生动、图文并茂,它是使演示文稿图文并茂最简单的方法。其方法与在 Word 2010 中插入图片相似,只是插入后的版式不一样,当图片插入到 PowerPoint 中后,图片处于浮动状态,可以随意移动。

2. 插入 SmartArt 图形

通过在幻灯片中插入 SmartArt 图形,可以把单一的列表变成色彩斑斓的有序列表、组织图或流程图。单击 SmartArt 按钮,弹出"选择 SmartArt 图形"对话框,如图 22-4 所示,在该对话框中选择相应的选项,单击"确定"按钮,即可插入 SmartArt 图形。

3. 插入声音和影片

通过在幻灯片中插入声音和影片可以使演示文稿绘声绘色,单击"视频"按钮,弹出下拉列表,在其下拉列表中有 3 个选项,如图 22-5 所示。选择"文件中的视频"选项,可在弹出的对话框中选择要插入的视频。在"音频"按钮下拉列表下也有 3 个选项,如图 22-6 所示。选择"文件中的音频"选项,可在弹出的对话框中选择要插入的音频。

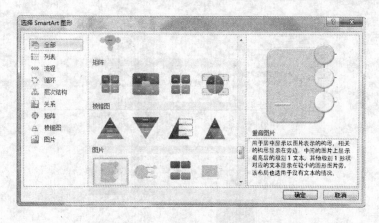

图 22-4

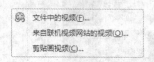 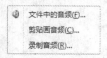

图 22-5　　　　　　　　　　　　　　　　图 22-6

4. 插入页眉和页脚

在幻灯片中插入页眉和页脚,可以使幻灯片更易于阅读。单击"页眉和页脚"按钮,弹出"页眉和页脚"对话框,如图 22-7 所示。在该对话框中进行设置后,单击"应用"按钮,可应用于当前幻灯片,单击"全部应用"按钮,可应用于整个演示文稿中。

下面简单介绍对话框中的各选项。

* 日期和时间:选择该选项,可在幻灯片中显示时间和日期。

* 幻灯片编号:选择该选项,可在幻灯片中显示出编号。

图 22-7

* 页脚:选择该选项,可在其下方的文本框中输入需要在页脚显示的文字。

* 标题幻灯片中不显示:选择该选项,则在标题页中不显示页眉和页脚。

22.3.3 插入背景图案

在制作幻灯片的过程中,为了美化演示文稿,可以对幻灯片中的背景进行设置,主要包括设置背景颜色、阴影、图案和纹理等对象。这些设置不仅可以应用于当前幻灯片,还可应用于同一演示文稿中的所有幻灯片。下面着重讲解如何在幻灯片中插入背景图案。

在"设计"选项卡中单击"背景样式"按钮,在弹出的下拉列表中选择"设置背景格式"选项,弹出"设置背景格式"对话框,在该对话框中选择"图片或纹理填充"选项,单击"纹理"选项后的按钮,在弹出的列表框中选择"画布"选项,如图 22-8 所示,单击"确定"按钮,完成设置,幻灯片如图 22-9 所示。

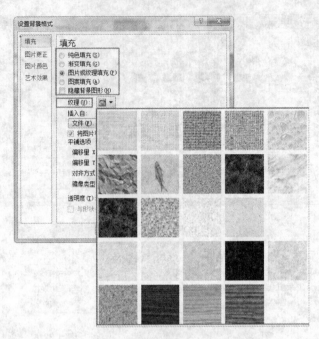

图　22-8

图　22-9

22.4　制作"学习计划安排"演示文稿

本实例是制作"学习计划安排"演示文稿,在制作本实例时首先要启动 PowerPoint 2010;其次在占位符中输入文本,并对文本进行格式设置;最后对幻灯片进行插入图案操作。通过本实例的学习,同学们要掌握制作简单演示文稿的方法。

(1) 启动 PowerPoint 2010,自动新建一个名为"演示文稿 1"的演示文稿,单击占位符"单击此处添加标题",输入文本"中考学习计划",选择输入的文本,对其字体、字号和颜色进行设置,如图 22-10 所示,选择文本框,将其移动到图 22-11 所示的位置。

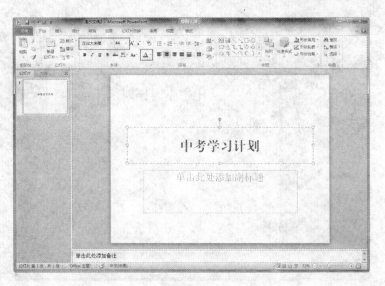

图 22-10

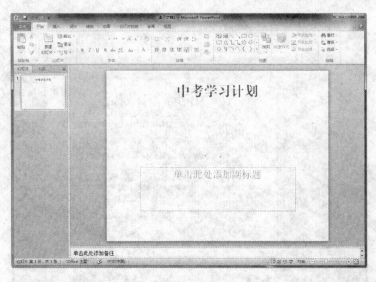

图 22-11

（2）选择副标题文本框，按键盘上的 Delete 键将其删除，在"插入"选项卡中，单击"文本框"按钮，将鼠标移动到幻灯片编辑区，当光标变成↓状时，在此处绘制文本框，会在文本框内显示文本插入点，设置其"字体"为"微软雅黑"，"字号"为 20，"对齐方式"为"两端对齐"，"文本颜色"为"蓝色"，如图 22-12 所示，输入文本，效果如图 22-13 所示。

（3）选择输入文字后的文本框，在"开始"选项卡中单击"行距"按钮，弹出"段落"对话框，设置如图 22-14 所示，单击"确定"按钮，效果如图 22-15 所示。

（4）单击"设计"选项卡中"背景样式"按钮，在弹出的下拉列表中选择"设置背景格式"选项，在弹出的对话框中选择"图片或纹理填充"选项，单击"纹理"选项后的按钮，在弹出的列表框中选择"画布"选项，如图 22-16 所示，单击"关闭"按钮，完成设置，幻灯片如图 22-17 所示。

（5）完成中考学习计划安排的制作。单击"文件"选项卡左侧的"保存"按钮，将其保存为"教学资源\第 7 章\素材\学习计划安排.pptx"。

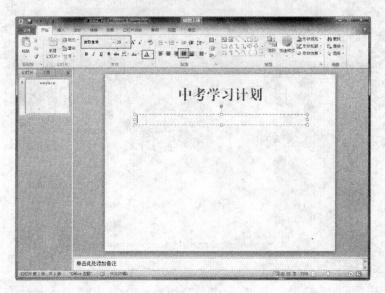

图　22-12

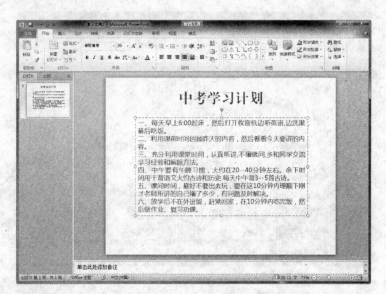

图　22-13

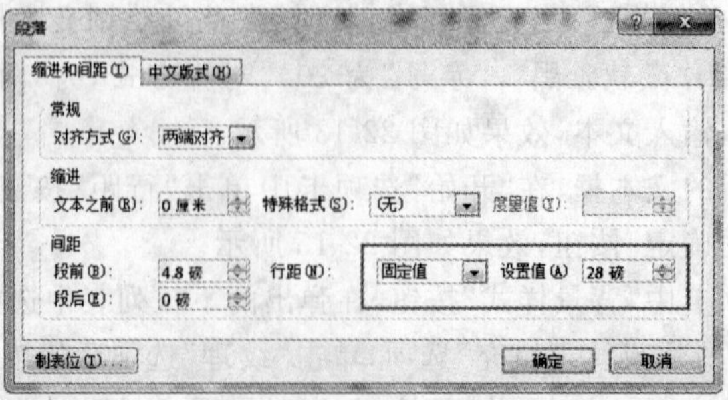

图　22-14

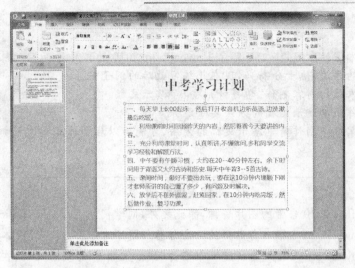

图 22-15

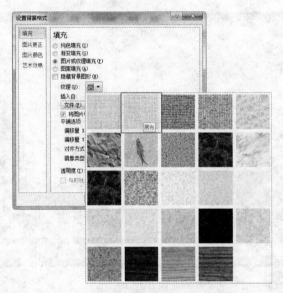

图 22-16

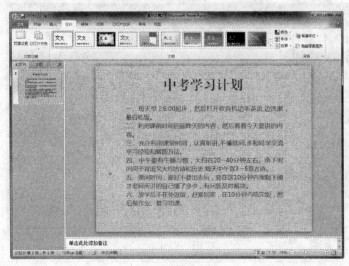

图 22-17

课堂练习

任务背景：通过本课的学习，小丁了解了 PowerPoint 2010 的工作界面，掌握了制作和操作幻灯片的方法，他十分高兴，现在正练习最后的例子呢。

任务目标：结合本课的内容制作"学习计划安排"演示文稿。

任务要求：对制作简单演示文稿的方法要了解并掌握。

任务提示：只有掌握了制作简单演示文稿的方法，才能为以后制作复杂文稿打下基础。

课外阅读

插入剪贴画

剪贴画是 Office 2010 自带的图片资源，除此之外，同学们还可以通过 Office Online 下载新的剪贴画。在 PowerPoint 中插入剪贴画的方法与插入图片的方法类似，其具体操作步骤如下。

（1）启动 PowerPoint 2010，即新建一个名为"演示文稿1"的演示文稿，在其中插入相关文本，如图 22-18 所示。单击"插入"选项卡中的"剪贴画"按钮，打开"剪贴画"窗格，如图 22-19 所示。

图　22-18

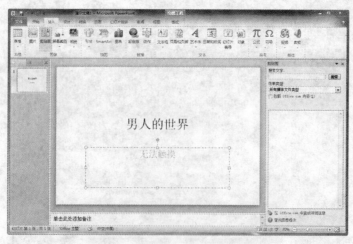

图　22-19

（2）在演示文稿空白处双击取消文本框的选择状态，在"搜索文字"文本框中输入搜索条件，单击"搜索"按钮，如图22-20所示。在"剪贴画"窗格中选择相应的剪贴画即可将其插入，并将图片移至合适位置，效果如图22-21所示。

图　22-20

图　22-21

课后思考

（1）PowerPoint 2010的工作界面有什么特殊之处？

（2）如何制作演示文稿？

第23课　设置并播放幻灯片

在使用PowerPoint 2010演示文稿时，为了吸引他人的注意，可以对幻灯片进行相应的设置，如为幻灯片应用主题、应用背景、应用幻灯片母版、应用动画效果和设置放映幻灯片的方式。

本课将就上述内容进行详细讲解。

课堂讲解

> **任务背景**：通过上节课的学习，小丁了解到幻灯片的制作方法，但是他觉得这么普通的内容格式，如果在众人面前展示，会显得不美观，于是他就拿起书查看关于设置幻灯片的各种方法。
>
> **任务目标**：掌握设置和播放幻灯片的方法。
>
> **任务分析**：在播放幻灯片之前，首先要对幻灯片的主题、背景等内容进行设置；其次再对其播放方式进行设置。

23.1　快速应用背景

使用 PowerPoint 2010 设置背景时，可以应用系统自带的背景样式，这样可以避免设置背景的烦琐操作。

在"设计"选项卡中单击"背景样式"按钮，在弹出的下拉列表中，可以看到有许多背景样式，选择一种背景样式，即可将其应用到所有的幻灯片中，如图 23-1 所示。

图　23-1

 操作提示

在选择幻灯片背景的过程中，要注意背景颜色与文字颜色、文本内容的和谐搭配。

23.2　应用主题

对幻灯片应用主题即对幻灯片的整体样式进行设置，包括幻灯片中的背景和文字等对象。PowerPoint 2010 提供了许多主题样式供同学们选择，应用主题后的幻灯片，会被赋予更专业的外观从而改变整个演示文稿的格式。此外，同学们还可以根据自己的需要自定义主题样式。

23.2.1　快速应用主题

打开"设计"选项卡，在"主题"列表框中可以看到许多主题样式，如图 23-2 所示。此外单击"主题"列表框右侧的按钮　，可以查看其他主题样式，单击右侧的"其他"按钮　，可打开"所有主题"列表框，如图 23-3 所示，同学们可根据自己的需要自行选择。

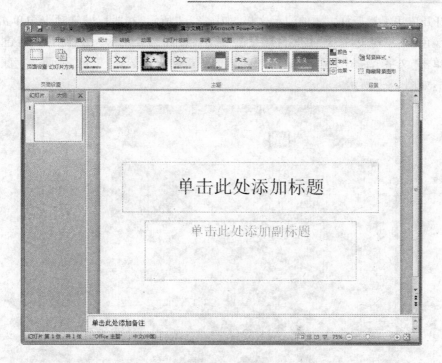

图 23-2

图 23-3

23.2.2 自定义主题

如果"主题"列表中的主题样式满足不了要求,同学们可根据自己的需要自定义主题样式,即通过"设计"选项卡中的"颜色"、"字体"和"效果"按钮,对主题的颜色、字体和效果进行设置。

（1）打开应用了奥斯汀主题的演示文稿，如图23-4所示，在"设计"选项卡中单击"颜色"按钮，弹出"颜色"下拉列表，选择"新建主题颜色"选项，如图23-5所示。在弹出的"新建主题颜色"对话框中单击"文字/背景-浅色2"按钮，在弹出的下拉列表中选择"橙色，强调文字颜色3，淡色40％"选项，如图23-6所示。

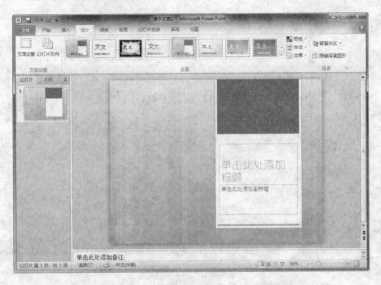

图 23-4

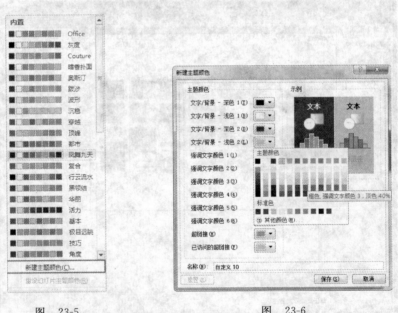

图 23-5　　　　　　　　　　　　　图 23-6

（2）单击"保存"按钮，完成设置，效果如图23-7所示。单击"字体"按钮，在弹出的"字体"下拉列表中选择"新建主题字体"选项，在弹出的对话框中分别设置"标题字体"和"正文字体"为"微软雅黑"，在"名称"文本框中输入文本，如图23-8所示。

（3）单击"保存"按钮，完成设置，在"效果"下拉列表中选择"行云流水"选项，如图23-9所示，自定义主题样式。

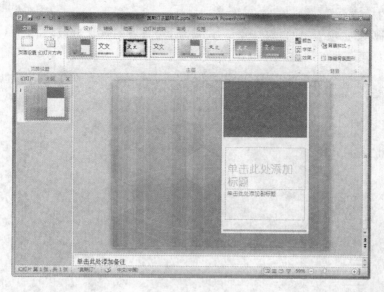

图 23-7

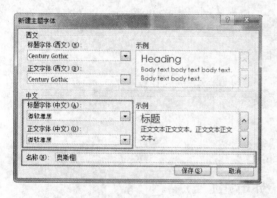

图 23-8

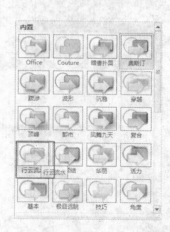

图 23-9

23.3 使用幻灯片母版

幻灯片母版是指为了生成形式相近的幻灯片而做的母版,在母版中进行编辑可快速创建出形式相近的幻灯片,以提高工作效率。

打开"视图"选项卡,在"母版视图"组中包括 3 种作用和视图都不相同的母版,如图 23-10所示。

图 23-10

下面将对母版的各种类型分别介绍。

1. 幻灯片母版

幻灯片母版是幻灯片的模板载体,使用它不但可以制作出不同版式的幻灯片,还可以为幻灯片制作出统一的样式。

（1）单击"视图"选项卡中的"幻灯片母版"按钮，可查看幻灯片母版，如图 23-11 所示。进入幻灯片视图，选择第一张幻灯片，如图 23-12 所示。

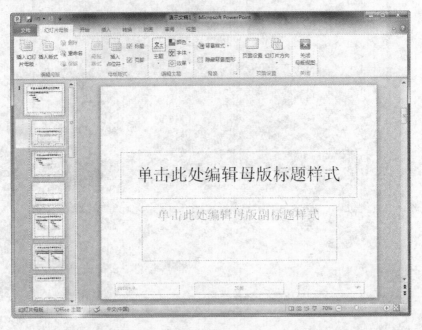

图　23-11

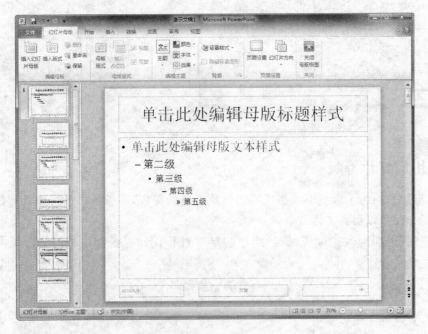

图　23-12

（2）在幻灯片编辑区中选择标题占位符中的文本，在"开始"选项卡中，分别对"字体"和"字号"进行设置，如图 23-13 所示。单击"幻灯片母版"中的"关闭母版视图"按钮，幻灯片如图 23-14 所示。

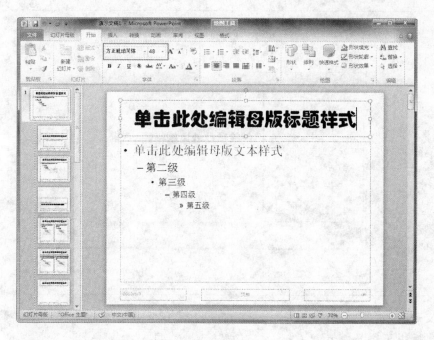

图 23-13

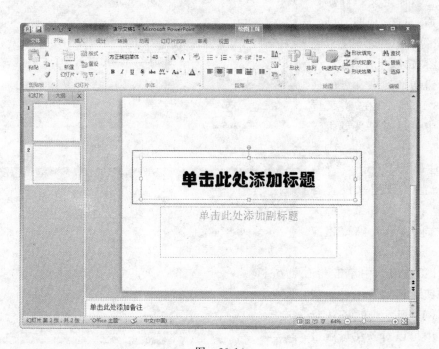

图 23-14

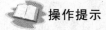 **操作提示**

　　经过幻灯片母版设计后的幻灯片样式将在"开始"选项的"新建幻灯片"按钮下的列表中显示出来,如图23-15所示,单击即可使用幻灯片样式。

图　23-15

2．讲义母版

讲义母版用于设置演示文稿的显示方式，如定义幻灯片数量，设置页眉、页脚、日期、页码、主题和背景等。

在"视图"选项卡中单击"讲义母版"按钮切换到讲义母版视图，如图 23-16 所示，在"讲义母版"选项卡中可以对讲义母版进行设置。

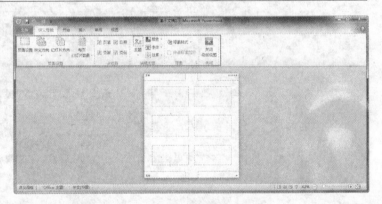

图　23-16

3．备注母版

备注母版主要用来设置备注信息的显示方式，如纸张的大小、排列方向、显示或隐藏相应的内容等。

在"视图"选项卡中单击"备注母版"按钮切换到备注母版视图，如图 23-17 所示，在"备注母版"选项卡中可以对备注母版进行设置。

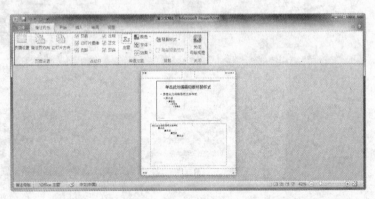

图　23-17

23.4　在幻灯片中添加动画

为了使幻灯片更加丰富多彩、更具吸引力，可为幻灯片、文本、标题、图片和图表等对象添加动画效果，使其在演示文稿中以动态的形式出现在屏幕中。这种效果可以通过在"动画"选项卡中进行设置来实现，如图 23-18 所示"动画"选项卡。

只有对幻灯片设置动画后，才能激活选项卡中的相关按钮，下面将对选项卡中各组的功能进行介绍。

图 23-18

- "预览"组：单击此按钮，可预览幻灯片播放时的动画效果。
- "动画"组：为幻灯片添加动画效果。
- "高级动画"组：可自定义、复制动画效果，使其更生动。
- "计时"组：可对动画进行排序和计时操作。

23.4.1 在幻灯片间添加动画

PowerPoint 2010 提供了许多预设的动画效果，设置动画时可以在幻灯片间添加动画效果，也可以对幻灯片中的对象添加动画效果。

（1）打开演示文稿"教学资源\第 7 章\素材\风景名胜.pptx"，选中第二张幻灯片中的文本框，如图 23-19 所示，在"动画"选项卡中单击"劈裂"按钮，可以看到选项卡中的"预览"按钮被激活，并在文本框的左上角出现序号按钮，如图 23-20 所示，说明已成功为文本添加动画效果。

图 23-19

图 23-20

（2）如果想为整张幻灯片添加动画，则可以将第二张幻灯片中的全部对象选中，如图 23-21 所示，在"格式"选项卡"组合"下拉列表中选择"组合"选项合并图形，然后在"动画"选项卡中单击 "浮入"按钮，即可完成幻灯片间添加动画的操作，如图 23-22 所示。

图　23-21

图　23-22

 **操作提示**

　　如果对幻灯片中的多个文本框添加了动画效果，系统则会依添加动画的先后顺序，在 各个文本框的左上角显示序号按钮，如图 23-23 所示，在播放时也会依序号播放。选中此 序号按钮，则选中了该点位符的动画效果，并可以对其进行更改动画效果、删除和触发等 操作。

图 23-23

23.4.2 自定义动画效果

为幻灯片添加完动画效果之后，还可以对动画自定义播放声音和时间等效果。

（1）单击"动画"选项卡中的"动画窗格"按钮，在演示文稿右侧出现"动画窗格"列表框，单击下三角按钮 ，在弹出的下拉列表中选择"效果选项"选项，如图 23-24 所示。弹出"上浮"对话框，单击"声音"后的按钮，在弹出的下拉列表中选择"风铃"选项，如图 23-25 所示单击"确定"按钮，完成添加声音的设置。

图 23-24

图 23-25

（2）此外还可以在"动画"选项卡的"时间"组中，对动画进行排序和演示时间设置。

 操作技巧

单击"高级动画"组中的"动画刷"按钮，可以复制一个对象的动画并将其应用到另一个对象上，其用法与 Word 2010 中的"格式刷"按钮 一样。

23.5 播放幻灯片

在制作和设置完幻灯片之后，接下来要学习的一个重要知识就是播放幻灯片。这种操作是在"幻灯片放映"选项卡中实现的，图 23-26 所示为"幻灯片放映"选项卡，在此选项卡中可以对幻灯片进行播放前和播放时的设置。

图 23-26

1. 放映幻灯片的方式

在播放幻灯片前通常会对幻灯片的播放方式进行设置，在 PowerPoint 2010 中共有以下几种播放方式。

- 从头开始：在打开演示文稿的状态下，单击"幻灯片放映"选项卡中的"从头开始"按钮，或按键盘上的 F5 键，即从第一张幻灯片开始依次播放。
- 从当前幻灯片开始：在窗口状态栏中单击"幻灯片放映"按钮，或单击"幻灯片放映"选项卡中的"从当前幻灯片开始"按钮，即可从当前选择的幻灯片处开始播放。
- 自定义幻灯片放映：单击"幻灯片放映"选项卡中的"自定义幻灯片放映"按钮，在弹出的下拉列表中选择"自定义放映"选项，弹出"自定义放映"对话框，如图 23-27 所示。

单击"创建"按钮，在弹出的对话框中选中需要添加播放的幻灯片，如图 23-28 所示。单击"添加"按钮，添加到"在自定义放映中的幻灯片"的列表中，完成后单击"确定"按钮，返回到"自定义放映"对话框中单击"放映"按钮，即可播放。

图 23-27

图 23-28

2. 播放时的设置

在演示文稿的过程中可以设置幻灯片的播放顺序，并能为幻灯片添加标记。

- 顺序播放：在播放过程中，右击鼠标，在弹出的快捷菜单中选择"上一张"或"下一张"选项，播放上一页或下一页，单击"结束放映"选项，即可退出放映。上述操作还可以分别按键盘上的 Page Down 键、Page Up 键和 Esc 键来实现。
- 调整播放顺序：在播放幻灯片的过程中，如果同学们想快速切换到演示文稿中的某一张幻灯片，可以右击鼠标，在弹出的快捷菜单中选择"定位至幻灯片"选项，在弹出的子菜单中选择需要播放的幻灯片即可。
- 为幻灯片添加标记：右击鼠标，在弹出的快捷菜单中选择"笔"选项，如图 23-29 所示，用绘图笔在需要画线或标记的地方按住鼠标左键不放拖动，效果如图 23-30 所示。在放映结束时会弹出一个对话框提示是否保存标记，单击"保存"按钮，可将标记保存于演示文稿中，单击"放弃"按钮则不保存，同学们可根据需要进行选择。

图　23-29

图　23-30

23.6　设计并播放"远程教育学习简介"

　　本实例的制作是在已有的"远程教育学习简介"演示文稿中进行设计并播放的,在制作的过程中首先给演示文稿套用主题;其次为幻灯片添加动画效果;最后进行演示文稿的放映操作。通过本实例的学习,同学们要掌握设计和播放演示文稿的方法。

　　(1)打开演示文稿"教学资源\第7章\素材\远程教育学习简介.pptx",在"设计"选项的"主题"组中选择"跋涉"选项,在"背景样式"下拉列表中选择"样式10"选项,效果如图23-31所示。打开"剪贴画"窗格,插入剪贴画,效果如图23-32所示。

　　(2)打开"剪贴画"窗格,更改剪贴画的大小,如图23-33所示。选择剪贴画,单击"动画"选项卡中的"浮入"按钮,为其添加动画效果,如图23-34所示。

图   23-31

图   23-32

图   23-33

图 23-34

（3）用相同方法为其他四张幻灯片分别添加不同的动画效果，如图 23-35 所示。单击"幻灯片放映"选项中的"从头开始"选项，即可从第一张幻灯片开始播放演示文稿，按 Esc 键可退出播放。

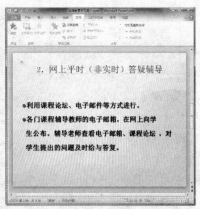

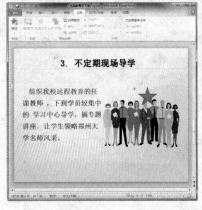

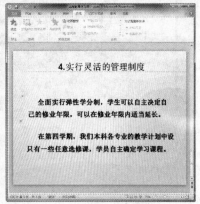

图 23-35

（4）完成远程教育学习简介的制作。单击"文件"选项卡左侧的"另存为"按钮，将其保存为"教学资源\第 7 章\素材\远程教育学习简介.pptx"。

课堂练习

任务背景：通过本课的学习，小丁已经掌握了快速应用背景和主题的方法、使用幻灯片母版的方法、为幻灯片添加动画的方法和播放幻灯片的方法，所以他觉得很有成就感，于是就开始制作一个属于自己的演示文稿。

任务目标：结合本课的内容设计并播放"企业财务分析"演示文稿。

任务要求：对设置和播放演示文稿的方法要熟练掌握。

任务提示：在播放幻灯片之前，如果对幻灯片的主题、背景和播放方式进行设置的话，会产生很好的视觉效果。

课外阅读

插入表格和图表

当幻灯片中有很多数据时，可以在幻灯片中插入表格或图表，使数据看起来更直接。

其操作方法与在 Word 中插入表格和图表的方法相同。

（1）插入表格

在"插入"选项卡中单击"表格"按钮，在弹出的列表框中可通过拖动鼠标来选择插入表格的大小，如选择7 行 10 列，即可将"7×10"插入到幻灯片中，如图 23-36 所示。

（2）插入图表

在"插入"选项卡中单击"图表"按钮，弹出"插入图表"对话框，如图 23-37 所示，在对话框中选择相应的选项，单击"确定"按钮，即可插入图表。

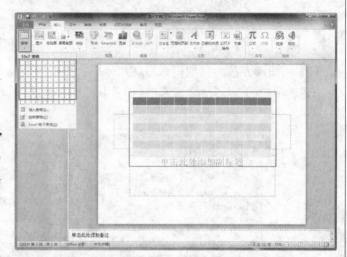

图　23-36

图　23-37

课后思考

（1）如何快速应用主题和背景样式？

（2）母版的编辑方法有哪些？

（3）如何为演示文稿添加动画？

第 24 课　灵活使用PowerPoint 2010

在使用 PowerPoint 2010 制作演示文稿时，有很多制作技巧会使工作事半功倍，主要包括项目符号的设置技巧、对象编辑的技巧和放映演示文稿的高级设置技巧，希望同学们认真学习，并能熟练掌握。

课堂讲解

任务背景：通过第23课的学习小丁已经掌握了制作简单演示文稿的方法，并能对演示文稿进行添加动画和播放操作，但是掌握这些内容还不能制作出完美的演示文稿，还需要多学习一些制作幻灯片的技巧。

任务目标：掌握制作演示文稿的相关技巧。

任务分析：在制作或编辑演示文稿的过程中，首先要掌握其制作技巧，这样能使制作幻灯片的过程变得轻松有趣。

24.1　项目符号设置

在制作幻灯片的过程中，使用项目符号可以使演示文稿的内容显得更直观。下面将具体讲解使用项目符号的方法，即设置项目符号的级别和样式。

24.1.1　项目符号级别设置

对项目符号的级别进行设置，可以使幻灯片中的文本层次更加明显，使文本更容易阅读。

打开演示文稿"教学资源\第 7 章\素材\美容护理.pptx"，选中需要更改项目符号级别的文本，如图 24-1 所示，在"开始"选项卡中单击"提高列表级别"按钮，然后在文本空白处单击取消选中状态，效果如图 24-2 所示。

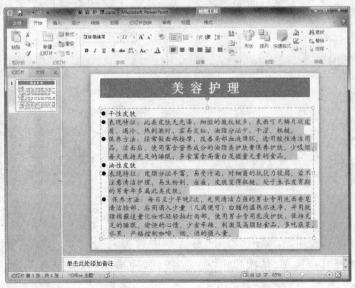

图　24-1

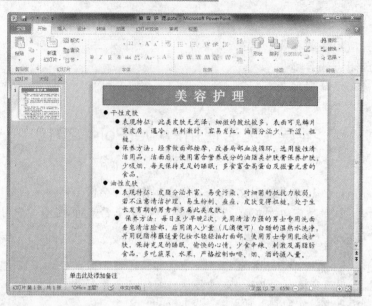

图 24-2

24.1.2 项目符号样式设置

PowerPoint 2010 提供了许多自带的项目符号,但是它们的形式都非常单一,通常不能满足同学们的需求,为此同学们可以自定义美观的项目符号样式。

(1) 打开演示文稿"教学资源\第 7 章\素材\护肤用品.pptx",选中需要设置项目符号级别的文本,如图 24-3 所示。单击"开始"选项卡中"项目符号"按钮旁的下三角按钮,在弹出的下拉列表中选择"项目符号和编号"选项,弹出"项目符号和编号"对话框,如图 24-4 所示。

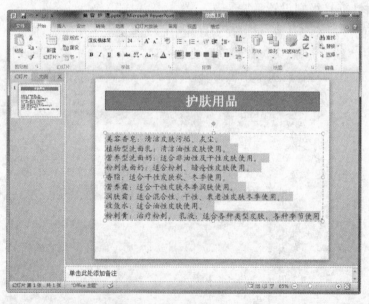

图 24-3

(2) 单击"自定义"按钮,在弹出"符号"对话框中选择符号,如图 24-5 所示。同学们还可以根据自己的需要选择其他选项,依次单击"确定"按钮,完成项目符号样式的设置,效果如图 24-6 所示。

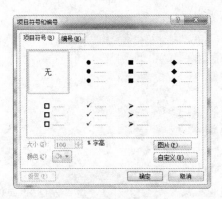

图　24-4

图　24-5

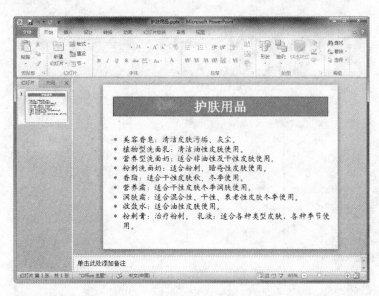

图　24-6

24.2　对象编辑

在制作幻灯片的过程中,为了增强幻灯片的表现力,同学们可以根据自己的需要对幻灯片中的对象进行编辑,即对占位符、图片及SmartArt图形进行编辑。

24.2.1　占位符样式设置

在PowerPoint 2010中可以对占位符的大小、颜色、轮廓和外观等样式进行设置。如果要设置整个演示文稿的占位符样式,可以设置幻灯片母版,其设置方法与设置普通幻灯片相似。

（1）单击要设置样式的占位符,使占位符进入编辑状态,单击“开始”选项卡的“快速样式”选项中的下三角按钮,弹出“快速样式”列表框,可以看到有很多预设样式,如图24-7所示,选择“强烈效果-橙色,强调颜色6”选项,幻灯片如图24-8所示。

（2）在“快速样式”列表框右边的“形状填充”、“形状轮廓”和“形状效果”下拉列表中可以对占位符进行相应的设置,此处单击“绘图”组右下角的按钮 ,在弹出的对话框中也可对占位符进行设置,如图24-9所示。在“格式”选项卡的“大小”组中输入相应的数值,可以更改占位符的大小,如图24-10所示。

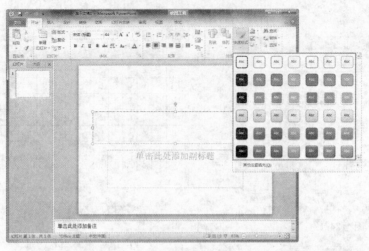

图　24-7

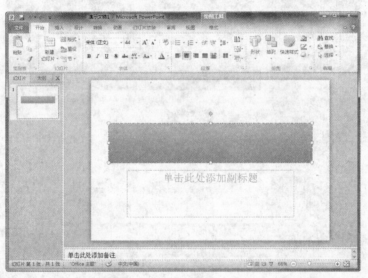

图　24-8

图　24-9

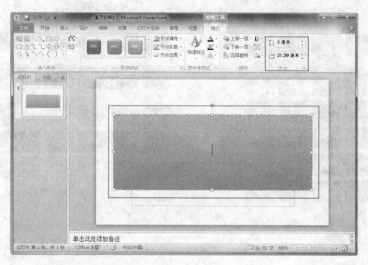

图 24-10

24.2.2 编辑图片

在制作幻灯片的过程中，为了使幻灯片的效果更好，通常会在其中插入图片，但在实际应用中，插入的图片并不一定适合幻灯片，所以要对图片进行编辑操作，其操作方法与 Word 2010 编辑图片的方法类似。

启动 PowerPoint 2010，在幻灯片中插入图片，激活"格式"选项卡，如图 24-11 所示，此外也可以双击图片激活"格式"选项卡。

图 24-11

- "调整"组：可以对图片进行更改颜色、删除背景、调整亮度与对比度和添加艺术效果等操作。
  - ➢ "删除背景"按钮：单击此处可以自动删除不需要的部分图片。
  - ➢ "更正"按钮：单击此处，在弹出的下拉列表中可以更改图片的亮度、对比度和清晰度，如图 24-12 所示。
  - ➢ "颜色"按钮：单击此处，在弹出的下拉列表中可以更改图片的色调，以提高图片质量并与文档更匹配，如图 24-13 所示。

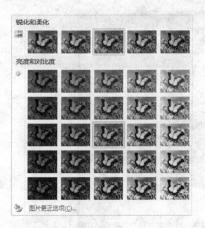

图　24-12 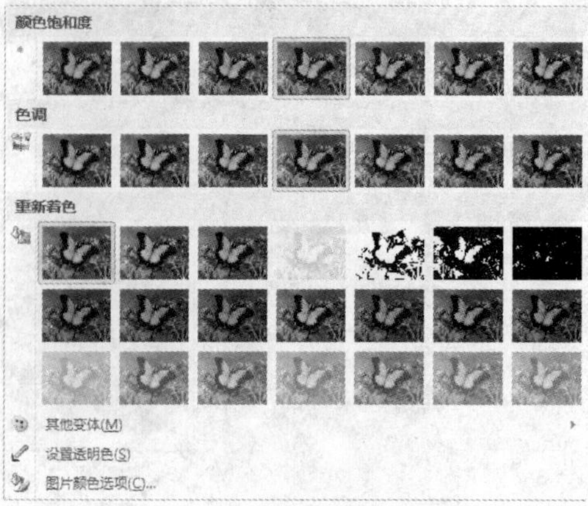　　　　　　　　　　　　　图　24-13

> "艺术效果"按钮：单击此处，在弹出的下拉列表中
> 可以为图片添加艺术效果，使其更像油画和草图，如
> 图 24-14 所示。

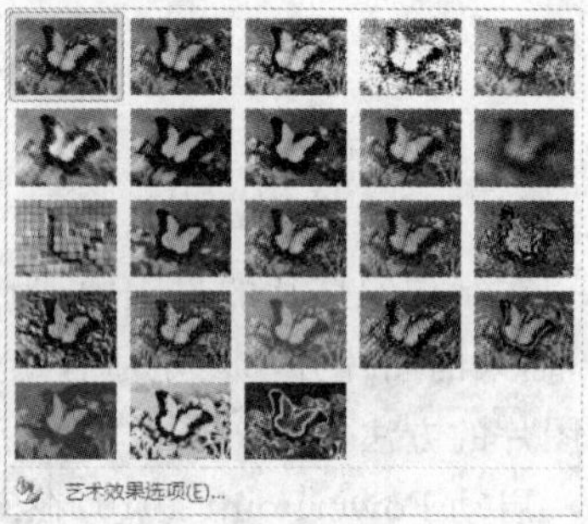

- "图片样式"组：可以对图片的边框、版式和效果进行
设置，设置方法与占位符的设置方法一样。
- "排列"组：可以设置图片的叠放顺序。
- "大小"组：可以设置图片的大小。

图　24-14

24.2.3　编辑 SmartArt 图形

在幻灯片中插入 SmartArt 图形，可以节省编辑占位符的
时间。但插入到幻灯片中的 SmartArt 图形只是一个模型，需要在其中输入文本对其进行编辑
才能满足使用的要求。

启动 PowerPoint 2010，在幻灯片中插入 SmartArt 图形，会自动激活编辑 SmartArt 图形的
"设计"选项卡和"格式"选项卡，如图 24-15 所示。通过这两个选项卡中的按钮或列表框，可以对
SmartArt 图形的布局、颜色及样式等进行编辑，其操作步骤如下。

（1）通过"SmartArt 样式"组中的按钮，可以设置当前所选布局的图形样式，单击"更改颜
色"按钮，在弹出的下拉列表中可设置图形的颜色。

（2）在"设计"选项卡中单击"添加形状"按钮下方的下三角按钮，在弹出的下拉列表中选择
"在后面添加形状"选项，添加后的图形如图 24-16 所示。单击"SmartArt 样式"右侧的"其他"按
钮，在弹出的列表框中选择"鸟瞰场景"选项，如图 24-17 所示。

（3）选中 SmartArt 图形中的图形，在"格式"选项卡中，单击"更改形状"按钮，在弹出的列表
框中选择"燕尾形箭头"选项，如图 24-18 所示，更改后的形状如图 24-19 所示。

（4）其中在"格式"选项卡中的"形状样式"组、"艺术字样式"组、"排列"组和"大小"组的使用
方法与编辑占位符、图片时的完全相同。

 操作提示

在"格式"选项卡中，只有当 SmartArt 图形为三维形状时，"形状"组中的"在二维视图中
编辑"按钮才可使用。

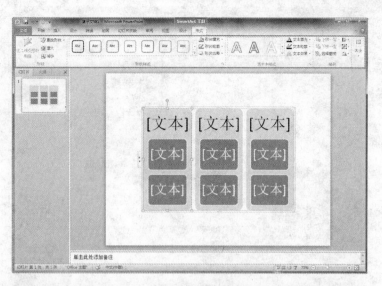

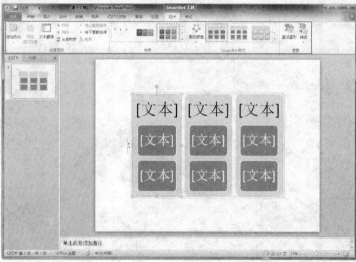

图 24-15

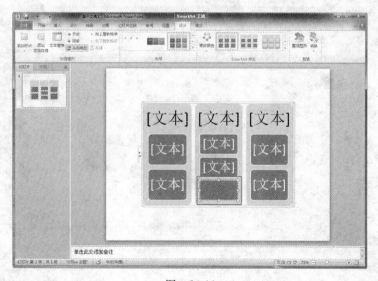

图 24-16

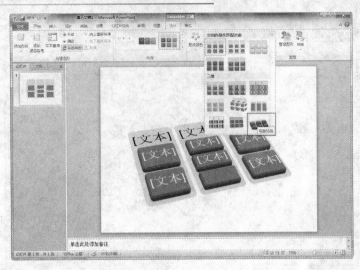

图　24-17

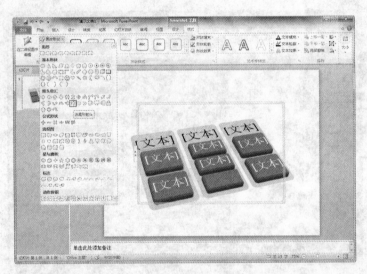

图　24-18

图　24-19

24.3 播放幻灯片的高级设置

在制作幻灯片的过程中,由于用途不同,所以制作出来的幻灯片也形式多样。在播放幻灯片时为了适应其各种形式,除了前面讲过的对其放映方式设置外,还可以对其进行隐藏、录制旁白和排练计时等操作,这些操作是在"幻灯片放映"选项卡的"设置"组中实现的,如图 24-20 所示。

图 24-20

24.3.1 设置幻灯片格式

单击"设置幻灯片放映"按钮,弹出"设置放映方式"对话框,如图 24-21 所示。在此对话框中可以设置播放幻灯片的放映类型、放映选项、放映范围和换片方式。在默认情况下,幻灯片会按照"演讲者放映"的方式播放演示文稿,同学们可以根据需要选择其他放映类型,下面简单介绍几种相关的放映类型。

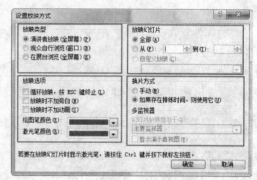

图 24-21

- 演讲者放映(全屏幕):在全屏下放映幻灯片,可以以单击鼠标的方式放映或自动方式播放,也可以将文稿暂停,为其添加细节或录下旁白、激光笔。
- 观众自行浏览(窗口):在标准窗口下放映幻灯片,可以通过拖动滚动条或单击滚动条两端的"向上"或"向下"按钮选择放映的幻灯片。
- 在展台浏览(全屏幕):在全屏下循环放映幻灯片,在放映的过程中,只能用鼠标光标选择对象进行放映,结束放映时也只能按键盘上的 Esc 键,而其他的功能则全部失效。

> **操作提示**
>
> 在自动放映幻灯片时,演示文稿中的每张幻灯片都会被自动放映,如果不想播放其中的某张幻灯片,可以通过隐藏幻灯片的方式来实现。
>
> 在演示文稿的过程中选择需要隐藏的幻灯片,单击"幻灯片放映"选项中的"隐藏幻灯片"按钮,即可隐藏该幻灯片。

24.3.2 排练计时

排练计时可以通过幻灯片的播放时间知道播放某张幻灯片和整个演示文稿所需要的时间,通过排练计时操作可以使学习和工作有计划地进行,并放映出优秀的演示文稿。

24.3.3 录制幻灯片演示

(1)在"幻灯片放映"选项卡中单击"录制幻灯片演示"按钮,在弹出的下拉列表中有三个选项,这里选择"从头开始录制"选项,弹出"录制幻灯片演示"对话框,如图 24-22 所示。

(2)在此可以选择要录制内容的选项,包括录制计时和旁白,这里保持默认选项不变,单击"开始录制"按钮,即可录制幻灯片演示,双击完成录制会在幻灯片的右下角出现声音形状,如图 24-23 所示。

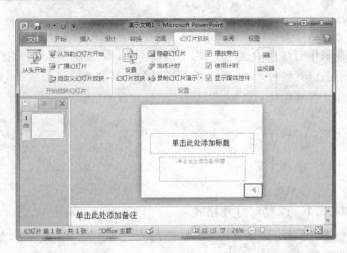

图 24-22 　　　　　　　　　　　　　　　图 24-23

录制旁白：为幻灯片配音的过程称做录制旁白，但录制旁白的前提是计算机装有声卡和麦克风。如果在放映幻灯片之前对其进行录制旁白操作，可以使播放出的幻灯片像动画片的配音一样，播放出演讲者对幻灯片的解说词，从而减少在演示文稿时演讲者解说的工作量。

24.4　编辑"高考备考"演示文稿

本实例是对"高考备考"幻灯片进行编辑操作。在制作本实例的过程中，首先对幻灯片中的文本框进行编辑操作；其次对幻灯片中的文本进行添加项目符号的操作；最后设置其播放方式并对其进行打包操作。通过本实例的学习，同学们要掌握对幻灯片的编辑操作。

（1）打开演示文稿"教学资源\第7章\素材\高考备考.pptx"，单击"视图"选项卡中的"幻灯片母版"按钮，在"幻灯片母版"选项卡中选择第一张幻灯片，更改母版标题样式字体为"方正大黑简体"，如图24-24所示，在"格式"选项卡中，更改艺术字样式为"填充，蓝色，强调文字颜色1，金属棱台，映像"，更改文本填充为"青色，强调文字颜色6，淡色40%"，效果如图24-25所示。

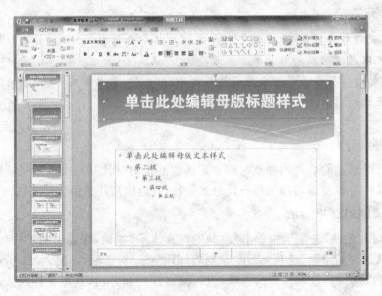

图　24-24

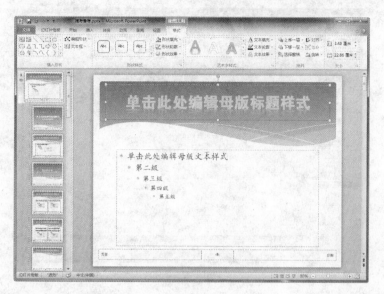

图 24-25

（2）单击"普通视图"按钮 ，切换到普通视图，选中所有幻灯片，在"开始"选项卡中单击"重设"按钮，效果如图 24-26 所示。选中第二张幻灯片，选择文本的第 2、3、4、5、7、8 行，单击"开始"选项卡中的"提高列表级别"按钮 ，效果如图 24-27 所示。

图 24-26

（3）在"幻灯片放映"选项卡中单击"录制幻灯片演示"按钮，在弹出的下拉列表中选择"从头开始录制"选项，弹出"录制幻灯片演示"对话框，设置如图 24-28 所示。单击"开始录制"按钮，即可录制幻灯片演示，按 Esc 键停止录制，返回到"普通视图"中，效果如图 24-29 所示。

（4）完成编辑"高考备考"演示文稿。单击"文件"选项卡左侧的"另存为"按钮，将其保存为"教学资源\第 7 章\素材\高考备考.pptx"。

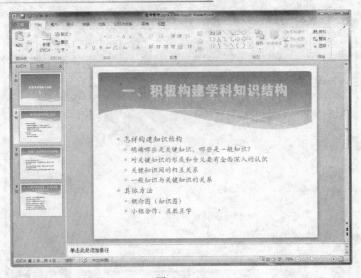

图 24-27

图 24-28

图 24-29

课堂练习

任务背景: 通过本课的学习,小丁对幻灯片的制作有了进一步的了解,如掌握了更改和自定义项目符号的方法、编辑幻灯片对象的方法、排练计时的方法和录制旁白的方法,接下来他要对以前制作的演示文稿进行编辑和修改。

任务目标: 编辑演示文稿。

任务要求: 要熟练掌握编辑演示文稿的方法。

任务提示: 在播放幻灯片之前,如果对幻灯片中的对象进行编辑,可以使幻灯片趋于完美。

课外阅读

打包演示文稿

打包演示文稿实质上就是将演示文稿和运行平台捆绑在一起,通过打包演示文稿,可以在其他没有安装 PowerPoint 2010 的计算机中放映演示文稿。打包演示文稿的具体操作步骤如下。

(1) 打开需要打包的演示文稿,在"文件"选项卡中单击"共享"按钮,在右侧的窗口中单击"将演示文稿打包成 CD"按钮,打开"将演示文稿打包成 CD"窗口,如图 24-30 所示。在该窗口中单击"打包成 CD"按钮,弹出"打包成 CD"对话框,如图 24-31 所示。

图 24-30

(2) 单击"选项"按钮,在弹出的对话框中可以设置程序包类型、演示文稿中包含的文件和增强安全性和隐私保护,如图 24-32 所示。设置完成后单击"确定"按钮,返回到"打包成 CD"对话框。

(3) 将一张空白光盘放在刻录光驱中,然后单击"复制到 CD"按钮,这里单击"复制到文件来"按钮,在弹出的对话框中选择默认保存位置,单击"确定"按钮,可将打包后的演示文稿存放到计算机的文件夹中。

(4) 在打开的提示包含链接文件信息对话框中单击"是"按钮,可将打包后的演示文稿复制到光盘中,等演示文稿完成打包后单击"关闭"按钮,关闭"打包成 CD"对话框。

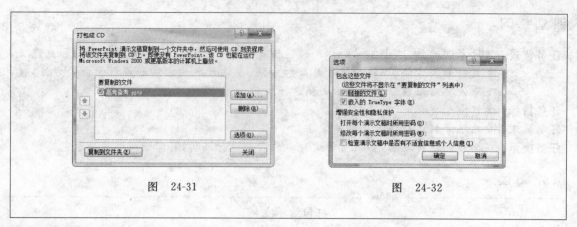

图　24-31　　　　　　　　　　　图　24-32

课 后 思 考

（1）如何自定义项目符号？

（2）如何对幻灯片中的对象进行编辑？

（3）如何为幻灯片录制旁白？

第8章

使用Access 2010数据库

第25课 熟悉Access 2010

Access 2010 是一种用于收集和组织信息的工具,使用它不但可以制作和管理数据库中的组件,还可以存储相关人员、产品等其他内容的信息。本课将带领同学们一起学习什么是 Access 2010,以便为以后的学习打下坚实的基础。

课堂讲解

> **任务背景:** 小明是一位图书馆管理人员,他每天都要对新到书、旧去书、借书、还书等内容有所记录和了解,而且要提供借书人员很好的查询信息,他了解到 Access 2010 可以对相关的数据进行管理,为此他专门买了一本关于 Access 2010 数据库的书,认真学习起来。
>
> **任务目标:** 了解 Access 2010 数据库的工作界面。
>
> **任务分析:** 在学习 Access 2010 之前,首先要对 Access 2010 的工作界面有所了解,只有这样才不至于在以后的学习中不知所措。

25.1 认识 Access 2010 工作界面

启动 Access 2010,打开相应的数据库文件,此时显示出 Access 2010 的工作界面,如图 25-1 所示,可以看到它与 Word 2010、Excel 2010 的工作界面相似,唯一不同的是 Access 2010 的操作窗口是由导航窗格和选项卡文档区两部分组成。

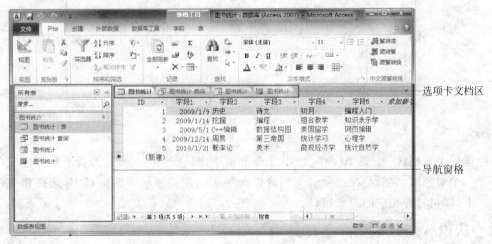

图 25-1

下面对工作界面中的这两部分具体介绍。

- 导航窗格：导航窗格顾名思义是指它在 Access 2010 操作过程中起导航作用，可以显示数据库中各对象的名称，双击其中任意对象即可在选项卡文档区显示该对象的内容。

单击"所有表"按钮，在弹出的下拉列表中选择相应的选项，如图 25-2 所示，可以改变显示数据库中对象名称的方式。单击"百叶窗开/关"按钮 «，可折叠导航窗格，再次单击该按钮即可展开导航窗格，如图 25-3 所示。

图 25-2

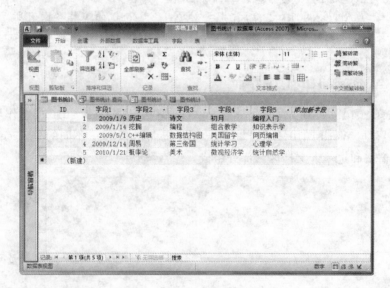

图 25-3

- 选项卡文档区：它是 Access 2010 工作界面中比较实用的部分。当打开数据库文件中的一个对象时，它就会在选项卡文档区以选项卡的形式显示于该窗口中，选择相应的选项卡，即可打开相应的对象窗口。

25.2 认识 Access 数据库主体元素

了解完 Access 2010 的工作界面后，接下来将带领同学们一起认识 Access 2010 数据库中的重要元素,主要包括表、窗体、报表和查询 4 种,使用这些元素可以对数据库文件中的对象进行组织和管理。

25.2.1　表

表是数据库操作的基础,更是数据库中存储数据的核心,相当于 Excel 2010 中的工作区,用于存储和组织数据。在 Excel 2010 中用行和列作为数据的坐标,而在 Access 2010 中是用记录和字段来定位的,如图 25-4 所示。

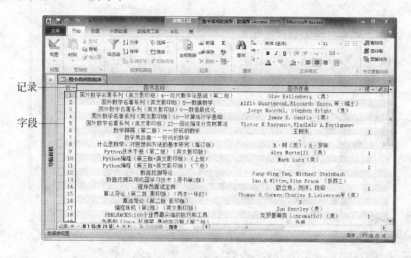

图　25-4

- 记录:指表每一行中的数据,一张表可包含多个不相同的记录,且记录在表中的顺序不同不会影响到数据的实际意义。
- 字段:指表每一列中的数据,一张表可包含多个不相同的字段,且字段在表中的顺序不同不会影响到数据的实际意义。

25.2.2　窗体

Access 2010 中窗体的显示状态,如图 25-5 所示。使用窗体可以在数据库中输入、添加、删除和更改数据,还可以通过添加控件的方式增加窗体中显示的内容,并可以在窗体和窗体之间创建链接。

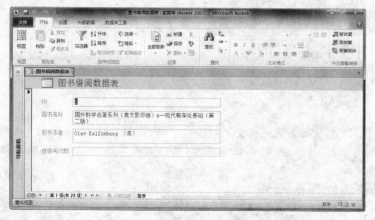

图　25-5

25.2.3　报表

Access 2010 中报表的显示状态,如图 25-6 所示。报表可以显示数据库中的数据文档,在其中可以用文本框显示名称、数值和用标签显示标题,除此之外还可以图表形式显示数据。通常会在打印数据库中的数据资料时用到。

图　25-6

25.2.4　查询

Access 2010 中报表的显示状态,如图 25-7 所示。使用查询可以根据指定的条件,在多张表中查询符合设置条件的数据,并将其组合成表,另外,还可对表进行编辑、更改等操作。

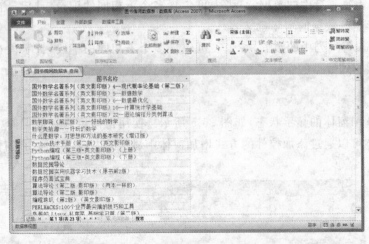

图　25-7

课堂练习

任务背景:小明已经学习完本课的知识,正在练习操作 Access 2010 工作界面,因为他刚接触 Access 2010 数据库,对此还不熟悉,所以需要多加练习,方便以后组织与编辑数据库的操作。

任务目标:综合本课知识,操作 Access 2010 工作界面。

任务要求:熟练掌握 Access 2010 工作界面。

任务提示:了解 Access 2010 工作界面后,会有一种茅塞顿开的感觉,这使以后的学习更加方便。

课外阅读

另存为 PDF 和 XPS 格式

如果同学们希望将文件保存以防他人修改,并能够轻松共享和打印这些文件,可以在 Access 2010 中将文件转换为 PDF 或 XPS 格式,而无须其他软件或加载项。

1. 什么是 PDF 和 XPS 格式

- PDF:可以保留文档格式并允许文件共享。在联机状态下查看或打印 PDF 格式的文件时,此文件可保留预期的格式,使他人无法更改文件中的数据。此外,PDF 格式对于要使用专业印刷方法进行复制的文档十分有用。

- XPS:一种平台独立技术,此技术也可以保留文档格式并支持文件的共享。在联机状态下查看或打印 XPS 文件时,此文件也可保留预期的格式,使他人无法更改文件中的数据。与 PDF 格式相比,XPS 格式能够在接收人的计算机上呈现更加精确的图像和颜色。

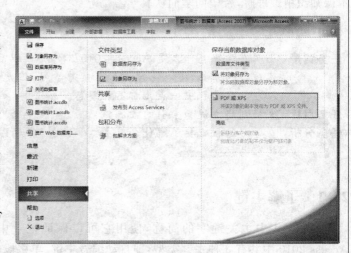

2. 另存为 PDF 和 XPS 格式

在"文件"选项卡中单击"共享"按钮,在打开的"文件类型"窗口中单击"对象另存为"按钮,打开"保存当前数据库对象"窗口,在该窗口中单击"PDF 或 XPS"按钮,如图 25-8 所示,弹出"发布为 PDF 或 XPS"对话框,单击"发布"按钮,如图 25-9 所示,完成另存为 PDF 和 XPS 格式的操作。

图 25-8

图 25-9

课后思考

(1) 如何折叠导航窗格？

(2) 如何调出选项卡文档区？

(3) 表、窗体、报表和查询之间有什么区别？

第 26 课　主键和索引

主键和索引是 Access 2010 为方便对数据进行查找与编辑操作特别引入的概念，使用主键和索引可以提高输入和查询数据的速度。本课将就主键和索引两个知识点进行重点讲解，由于本课知识稍难理解，希望同学们认真学习。

课堂讲解

> **任务背景**：小明在学习完什么是 Access 2010 工作界面以后，觉得对 Access 2010 数据库没有实质性的掌握，所以他就打开书接着学习，但是他发现本课的内容有点儿棘手，所以在学习过程中一点儿都不敢懈怠。
>
> **任务目标**：掌握创建主键和索引的方法。
>
> **任务分析**：在学习过程中要了解什么是主键和索引，然后再对其创建方法进行学习，这样会比较容易接受。

26.1　了解主键

主键是表中主关键字的简称，使用它可以保证记录中主键字段数据不出现重复值。在 Access 2010 中共有 3 种主键类型，即自动编号主键、单字段主键和多字段主键。

1. 自动编号主键

在新创建的表中输入字段时，Access 2010 会将自动编号设为主键，如每在表中输入一个字段，自动编号主键都会自动输入连续的数字编号，如图 26-1 所示。

2. 单字段主键

如果选择的字段在表中是唯一值，那么可以将该字段设为单字段主键，如果是重复值或空值，则不能将其设置为单字段主键。

3. 多字段主键

如果表中的字段都不是唯一值时，可以将两个或更多的字段设置为主键。这样可用于多对多关系中关联另外两个表的表。

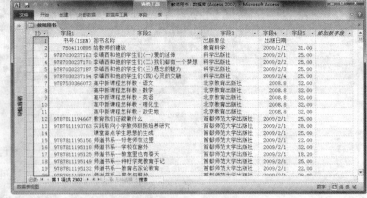

图　26-1

26.2　设置和删除主键

前面讲到主键的类型，本小节主要讲解不用系统设置主键，而是自定义需要的主键，其操作步骤如下。

（1）单击"开始"选项卡中"视图"按钮下的下三角按钮，在弹出的下拉列表中选择"设计视图"选项，如图 26-2 所示。将表切换到"设计"选项卡中，在"字段名称"列表框中选择要设为主键的字段行，如图 26-3 所示。

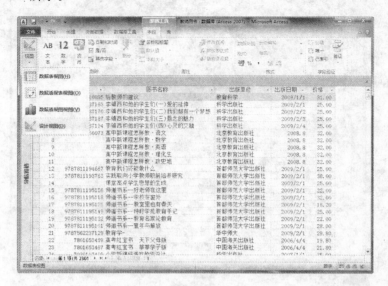

图 26-2

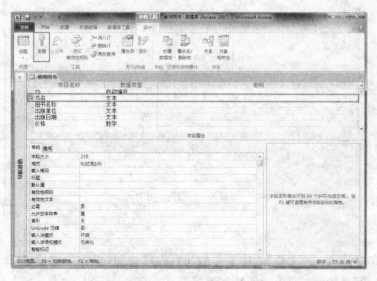

图 26-3

（2）单击"设计"选项卡中的"主键"按钮，在该字段前面会出现 ⇒ 标记，如图 26-4 所示，这表示已设置该字段为主键。如果选择字段的同时按住键盘上的 Ctrl 键，再单击"设计"选项卡中的"主键"按钮，即可设置多字段主键，如图 26-5 所示。

 **操作提示**

设置主键后，如果想删除设置的主键，可将要删除的主键选中，单击"设计"选项卡中的"主键"按钮，即可将其删除。

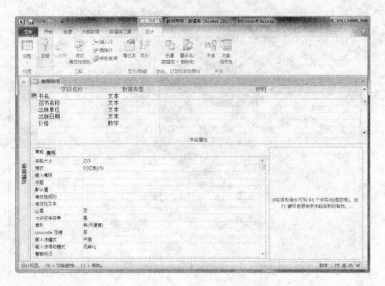

图 26-4

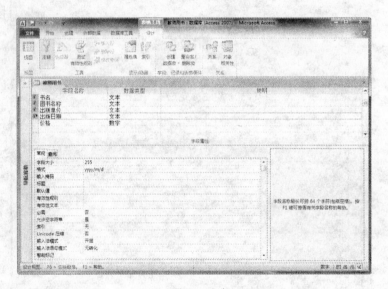

图 26-5

（3）设置完成后，单击"文件"选项卡左侧的"保存"按钮，保存主键设置，单击工作界面右下角的"数据表视图"按钮，即可返回数据表视图。

26.3 创建和删除索引

索引是一种排序机制，使用它可以对数据进行加速查询和排序操作。在设置索引时可设置其是否允许重复值，如果不允许重复值，可将该索引创建为唯一索引。

单击工作界面右下角的"设计视图"按钮，切换到"设计"选项卡，单击此选项卡中的"索引"按钮，如图 26-6 所示，弹出"索引：教师用书第二版"对话框，在"索引名称"列表框中输入索引名称，在"字段名称"下拉列表中选择相应的字段，如图 26-7 所示，设置完成后，单击右上角的"关闭"按钮，保存设置。

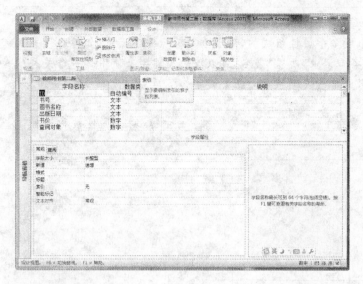

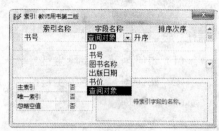

图 26-6 图 26-7

课堂练习

任务背景：小明学习完本课的知识后，觉得还是不怎么理解，于是就拿起书认认真真地学习了几遍，觉得有些眉目了，他才到计算机上对照本课的内容操作起来，在操作的过程中他甚是高兴，因为他多掌握了一些关于数据库的知识。

任务目标：结合本课的内容为表创建主键和索引。

任务要求：了解什么是主键和索引并掌握其创建方法。

任务提示：学习完创建主键和索引的方法，可以在以后操作 Access 2010 数据库时不再麻烦。

课外阅读

Access 数据库其他常用基本术语

如果要真正了解 Access 数据库，首先要对其常用的基本术语进行掌握和认识，接下来介绍 Access 数据库中常用的基本术语。

1. 关系模型

关系模型是个很简单的术语，一个关系就相当于一张二维表。用二维表形式表示实体和实体间关系的数据模型称为关系模型。

2. 关系

关系是连接不同数据库中的表之间的桥梁，这种连接通常用表中匹配的关键字段来完成，如一对多或多对多，这种对关系的描述称为关系模式，一个关系模式对应着一个关系结构，其表示格式如下：

关系名(属性名 1,属性名 2,…,属性名 n)

3. 属性

关系中的列被称为属性。每一列都有一个属性名，但在同一个关系中不允许出现相同的属性名。

4. 域

域是指属性的取值范围。

5. 键

键也被称为关键字,它是由一个或多个属性组成的,用于唯一标识一个记录,如教师用书表中的"书名"字段可以区别表中的各个记录,所以"书名"可以作为关键字来使用。一个关系中可以存在多个关键字,但胜于标识记录的关键字称为主关键字。

6. 外部键

如果关系中的一个属性不是关系的主键,而是另外一个关系的主键,则该属性被称为外部键或外部关键字。

课后思考

(1) 如何创建单字段主键?

(2) 如何创建多字段主键?

(3) 如何创建唯一索引?

第27课　创建数据库和表

在对 Access 2010 数据库进行操作或编辑之前,首先要创建数据库和表。数据库在 Access 2010 中占据着重要的位置,而表则是构成数据库的基础。本课就创建数据库和表的各种方法进行重点讲解。

课堂讲解

任务背景:小明对 Access 2010 的基础知识有所了解之后,就开始想着对自己的工作有个完整的统计,首先就是要建立一个数据表,把所有的数据记录下来才可以对其进行操作,于是他开始学习如何创建 Access 2010 数据库和表,为以后的工作打下基础。

任务目标:掌握创建数据库和表的方法。

任务分析:只有掌握了创建数据库和表的方法,才能对 Access 2010 数据库进行更深入的操作。

27.1　创建数据库

Access 2010 数据库是表、窗体、报表、查询、页、宏和模块等对象的整合体。当启动 Access 2010 后系统不会自动打开一个空白数据库文件,而需要手动创建空数据库或根据模板创建数据库。

27.1.1　创建空数据库

(1) 在"文件"选项卡中单击"新建"按钮,在打开的"可用模板"窗口中单击"空数据库"按钮,在右侧窗口的"文件名"文本框中输入相应的文件名,如图 27-1 所示。单击"文件名"文本框后的按钮，在打开的对话框中选择放置数据库的位置,如图 27-2 所示。

(2) 完成设置后单击"确定"按钮,返回到 Access 2010"文件"选项卡中,单击"文件名"文本框下面的"创建"按钮,如图 27-3 所示,创建一个空白数据库,如图 27-4 所示。单击"文件"选项卡左侧的"保存"按钮,保存数据库。

27.1.2　使用模板创建数据库

在 Access 2010 中可以使用"样本模板"创建有样式的数据库,除此之外还可通过网络下载更多的模板,以便在创建数据库时提供选择。下面将具体讲解使用"样本模板"创建数据库的方法。

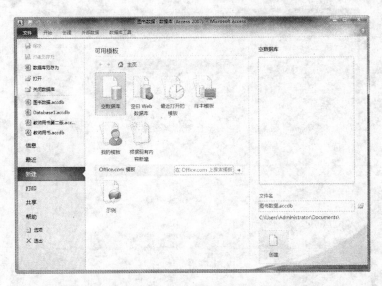

图 27-1

图 27-2

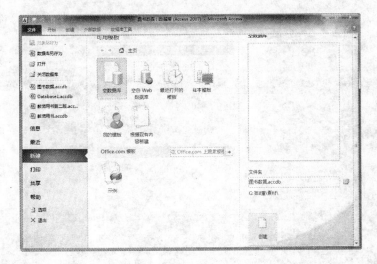

图 27-3

图　27-4

启动 Access 2010，单击"文件"选项卡左侧的"新建"按钮，在打开的窗口中单击"样本模板"按钮，切换到"样本模板"列表，如图 27-5 所示，单击左侧的"新建"按钮，即可创建数据库，如图 27-6 所示。

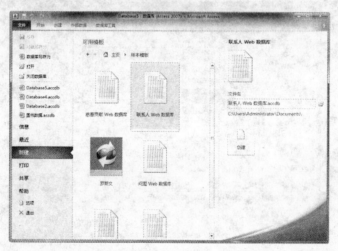

图　27-5

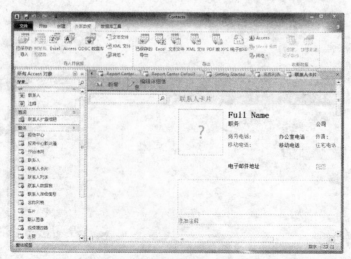

图　27-6

操作提示

如果同学们的计算机处于联机状态,在创建数据库时同学们可单击"Office.com 模板"右侧的按钮,在打开的窗口中单击"下载"按钮,下载后的模板如图 27-7 所示。如果想继续下载,可单击"Office.com 模板"列表下的"资产"选项,在打开的窗口中单击"下载"按钮,继续下载,如图 27-8 所示。

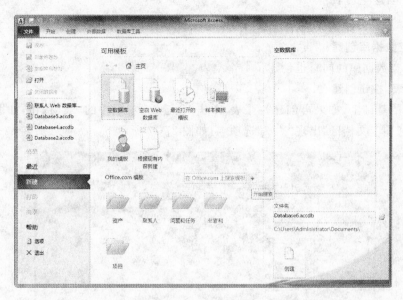

图 27-7

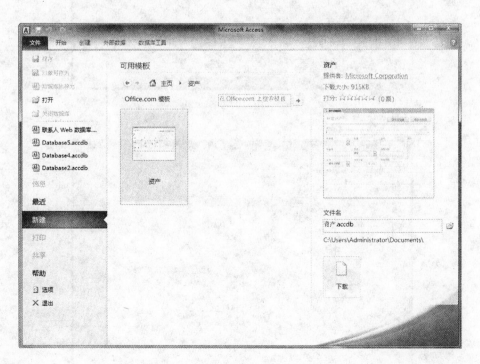

图 27-8

27.2 创建表

前面已经讲过表是构成数据库的基础,更是数据库中存储数据的重要场所。Access 2010 中的表与 Excel 2010 中的工作表相似,是创建其他对象的基础。下面将具体介绍创建表的不同方法。

27.2.1 创建空白表

在 Access 2010 中共有两种创建空白表的方法。

1. 使用空数据库创建

在创建出空数据库的同时也创建了一个空表。

2. 使用"表"按钮创建

在数据库的基础上,如果再创建一张表,单击"创建"选项卡中的"表"按钮,如图 27-9 所示,可以看到在"选项卡文档区"出现"表 2"选项卡,如图 27-10 所示。

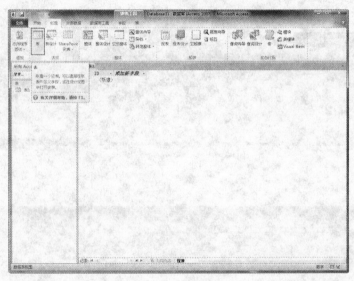

图　27-9

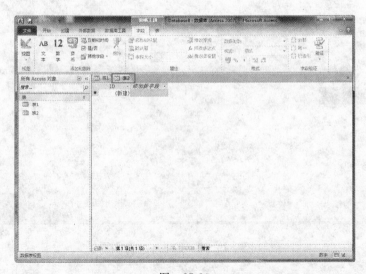

图　27-10

27.2.2　使用表设计器创建表

使用表设计器创建表，可以为各字段设置大小、格式、类型、默认值与控件等属性，使输入数据符合设置的字段属性，以此规范表中的数据。

（1）在 Access 2010 中创建一个空数据库，单击"创建"选项卡中的"表设计"按钮 ⊠，弹出"另存为"对话框，设置如图 27-11 所示，单击"确定"按钮，切换到"设计"选项卡，在"设计视图"中输入相应的字段名称，如图 27-12 所示。

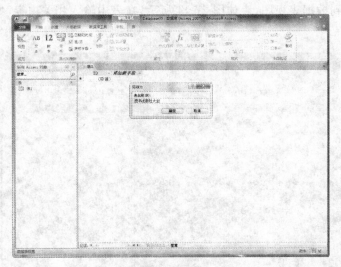

图　27-11

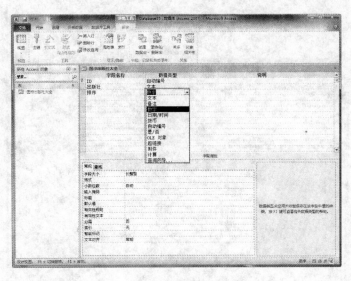

图　27-12

 **操作提示**

在 Access 2010 中创建完空数据库后，单击"创建"选项卡中的"表设计"按钮 ⊠ 时，会弹出"另存为"对话框，如图 27-13 所示，在此对话框中可重命名表的名称，也可不做更改直接单击"确定"按钮。

图　27-13

在不同的视图中对表进行更改后,在切换视图时都会弹出保存表的提示,同学们可以在更改数据之后,直接按快捷键Ctrl+S保存所做的更改。

在"设计视图"中输入字段时,可以在"数据类型"列表框的下拉列表中更改数据类型,如数字、日期/时间等。

(2)输入完成后,单击"文件"选项卡左侧的"保存"按钮,在"导航窗格"选项中双击"图书出版社大全"表,切换到数据表视图,表如图27-14所示,在表中输入相关内容,如图27-15所示,完成表的创建。

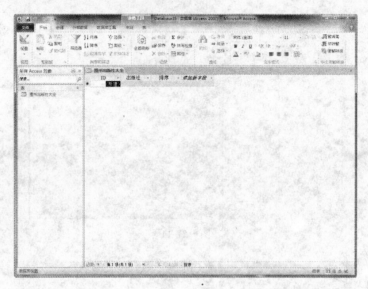

图　27-14

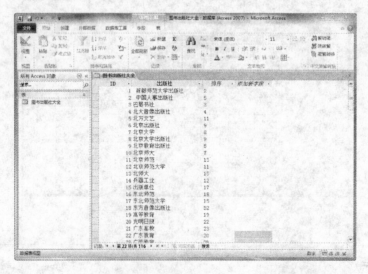

图　27-15

27.3　编辑表

在表中输入数据后,可以对数据表视图中的数据进行编辑,如添加或删除记录和字段,排序和筛选记录、改变字段的位置、导入和导出数据等。

27.3.1　添加或删除记录

在表中输入数据时，如果要添加新的记录，只需在表的最后一行记录下面输入所需的数据即可。如果要删除某行数据来实现表的编辑，可以通过以下几种方法。

（1）选择要删除的记录行，在"开始"选项卡中单击"删除"按钮，如图 27-16 所示。弹出一个对话框提示删除的记录将无法恢复，询问是否确实要删除，如图 27-17 所示，单击"是"按钮即可删除所选择的记录。

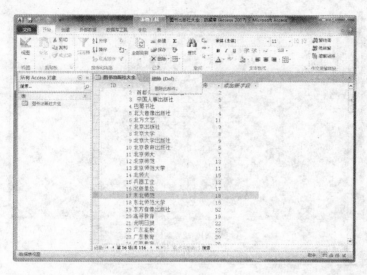

图　27-16

图　27-17

（2）选择要删除的记录行，在"开始"选项卡中单击"删除"按钮旁的下三角按钮，弹出下拉列表，选择"删除记录"选项。

（3）选择要删除的记录行，按键盘上的 Delete 键。

操作提示

在表中输入数据之后，可以对记录进行排序操作，以方便对表中的信息进行对比。除此之外还可以对数据进行筛选操作，以方便查看符合条件的记录。

Access 2010 默认排序方式是升序，单击字段名右侧的按钮，在弹出的下拉列表中可选择"升序"或"降序"选项。也可以在该列表的"文本筛选器"列表框中选择要显示对象的相应选项，根据设置进行筛选工作，如图 27-18 所示。

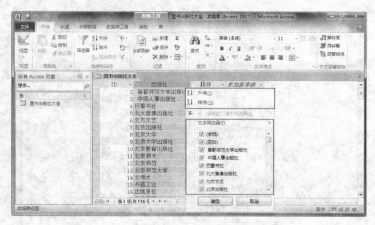

图   27-18

27.3.2   添加或删除字段

在表中输入数据后，可以在数据库视图和设计视图中对表进行添加或删除字段操作，如果在数据库视图中添加或删除字段，可直接在字段上双击使数据载入编辑状态进而操作即可。如果在设计视图中添加或删除字段，其操作步骤如下。

（1）打开需要添加或删除记录的表，单击"开始"选项卡中"视图"按钮下的下三角按钮，在弹出的下拉列表中选择"设计视图"选项，如图 27-19 所示，切换到设计视图中，选中要添加或删除字段的所有行，如图 27-20 所示。

图   27-19

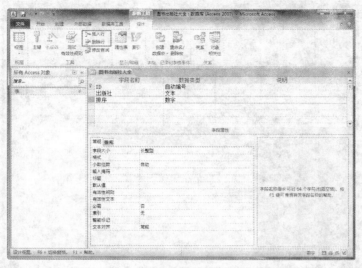

图 27-20

(2) 单击"设计"选项卡中的"插入行"按钮,在该字段前添加一个字段行,输入相关字段内容即可,如果单击"设计"选项卡中的"删除行"按钮,可将选中的字段删除。

 操作提示

在表中输入数据后,如果想移动数据使表变得更加合理,可通过改变字段的位置来实现。

- 在数据表视图中移动字段:选中字段所在列,将光标移动到字段名上,当鼠标变为 状时,拖动鼠标不放可以将其向左或向右移动,当出现黑色的竖线标记时,松开鼠标即可将选择的列移至该处。
- 在设计视图中移动字段:选中字段所在行,将光标移动到字段名上,当鼠标变为 状时,拖动鼠标不放可以将其向前或向后移动,当出现黑色的横线标记时,松开鼠标即可将选择的行移至该处。

27.3.3 导入和导出数据

在 Access 2010 中对表进行编辑时,能方便地从其他数据库文件、Excel 工作簿、文本文件或其他文件中导入数据,也可以将 Access 2010 中的数据导出为 Excel 工作簿、文本文件或其他文件。

1. 导入数据

数据库在对表进行编辑时如果运用导入数据的方法,可以提高输入数据和编辑表的效率。

- 单击"外部数据"选项卡中的"文本文件"按钮,弹出"获取外部数据-文本文件"对话框,如图 27-21 所示。单击对话框中的"浏览"按钮,在弹出的"打开"对话框中选择相应的文本文件,如图 27-22 所示。
- 选择完成后单击"打开"按钮,弹出"导入文本向导"对话框,如图 27-23 所示,在此对话框中选择默认设置,依次进行下一步操作,完成导入数据的操作,如图 27-24 所示。

2. 导出数据

单击"外部数据"选项卡中的 Excel 按钮,弹出"导出-Excel 电子表格"对话框,如图 27-25 所示。单击对话框中的"浏览"按钮,在弹出的"保存文件"对话框中选择相应位置,如图 27-26 所示,单击"保存"按钮,根据提示操作,完成导出数据的操作。

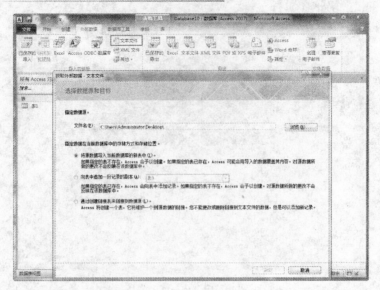

图　27-21

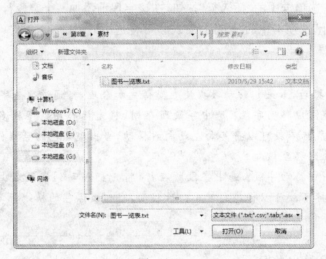

图　27-22

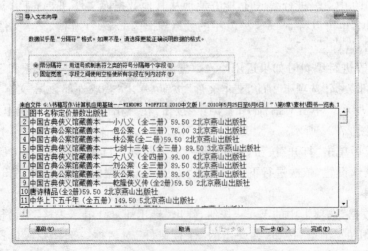

图　27-23

图 27-24

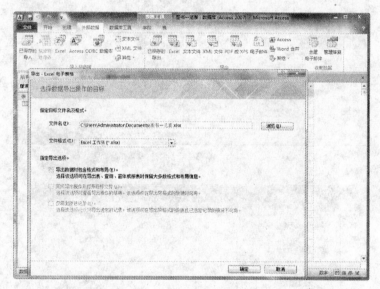

图 27-25

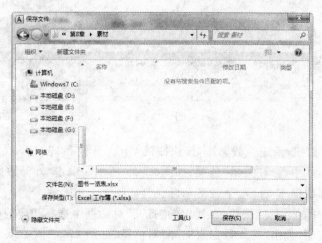

图 27-26

27.4　制作"教育图书资料"数据库

本实例是制作"教育图书资料"数据库，在制作此实例的过程中首先要创建一个空数据库；其次在表中输入相关的文本内容；最后对数据库进行重命名和保存操作。通过本实例的学习，同学们要掌握制作数据库的方法。

（1）启动 Access 2010，单击"文件"选项卡左侧的"新建"按钮，在右侧的"文件名"文本框中输入文本"教育图书资料"，如图 27-27 所示。单击"文件名"文本框后的按钮　，在打开的对话框中选择放置数据库的位置，如图 27-28 所示。单击"确定"按钮，完成数据库存放位置的选择。

图　27-27

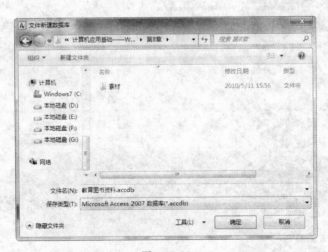

图　27-28

（2）单击"创建"按钮，新建空数据库，按快捷键 Ctrl＋S 保存"表 1"，在"表 1"选项卡中右击鼠标，弹出快捷菜单，从中选择"关闭"选项，如图 27-29 所示。单击"外部数据"选项卡中的 Excel 按钮，弹出"获取外部数据-Excel 电子表格"对话框，如图 27-30 所示。

（3）单击对话框中的"浏览"按钮，在弹出的"打开"对话框中选择相应的电子文档，如图 27-31 所示。单击"打开"按钮，弹出"导入数据表向导"对话框，如图 27-32 所示。

图 27-29

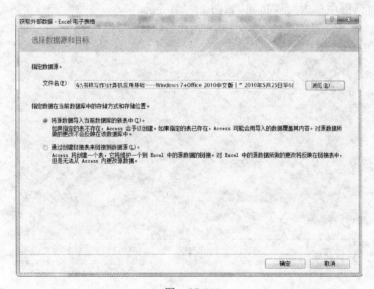

图 27-30

图 27-31

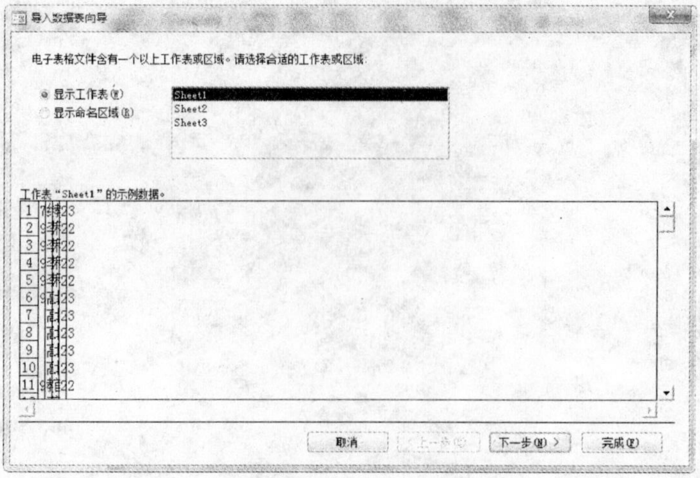

图　27-32

（4）在此对话框中选择默认设置，依次进行下一步操作，设置如图 27-33 所示，单击"完成"按钮，在弹出的对话框中单击"是"按钮，如图 27-34 所示。

图　27-33

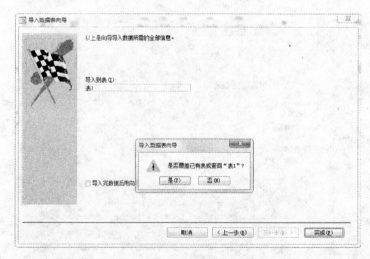

图　27-34

（5）完成导入数据的操作，适当调整表的宽度，如图 27-35 所示。单击"开始"选项卡中"视图"按钮下的下三角按钮，在弹出的下拉列表中选择"设计视图"选项，切换到设计视图中，在"字段名称"列表下输入相应的字段，如图 27-36 所示，按快捷键 Ctrl＋S 保存所做的更改。

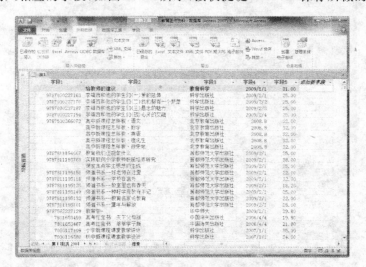

图　27-35

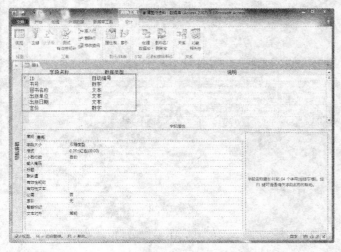

图　27-36

（6）单击状态栏中的"数据表视图"按钮 ▦，切换选项卡，选中"定价"字段，单击后面的按钮，在弹出的下拉列表中选择"升序"选项，如图 27-37 所示，升序排序后的表如图 27-38 所示。按快捷键 Ctrl＋S，保存文档，完成"教育图书资料"数据库的制作。

课堂练习

任务背景：小明认真地学习完本课的内容，十分欢喜，他觉得 Access 2010 数据库看似很难，其实很容易操作，现在他正准备练习本课的内容，然后独自做一个数据库出来。

任务目标：结合本课的内容制作"客户基本资料"数据库。

任务要求：掌握创建数据库和表的各种方法。

任务提示：只有掌握了创建数据库和表的各种方法，才能在使用 Access 2010 数据库时轻松随意。

图 27-37

图 27-38

课外阅读

字段的数据类型简介

- 文本：较短的字母数值。
- 备注：较长的文本，用于产品详细说明。
- 数字：数值。
- 日期/时间：100～9999 年份的日期和时间值。
- 货币：货币值。
- 是/否："是"和"否"以及包括其中的一个字段。
- 附件：附加到数据库记录中的图像、电子表格文件、文档、图表及其他类型的受支持文件。
- 超链接：存储为文本并用作超链接地址的文本或文本与数字的组合。
- 查阅向导：显示从表或查询中检索到的一组值，或显示创建字段时指定的一组值。
- 计算：计算的结果，计算必须引用同一表中的其他字段，可以用表达式生成器生成计算。

课 后 思 考

（1）创建数据库有哪些方法？

（2）创建表有哪些方法？

（3）如何快速输入表的数据内容？

第 28 课　Access 2010高级应用

Access 2010 数据库的重要功能就是对数据库中的表进行查询、统计等编辑操作。本课就 Access 2010 的高级应用进行详细讲解，主要包括定义表之间的关系、创建查询、创建窗体、创建报表和设计窗体。

课 堂 讲 解

> **任务背景**：小明根据前面的学习内容，创建出了数据库和表，但是接下来他要对特定的内容进行查询操作，而且要将查询出的内容打印出来，所以他又不得不接着学习，以做好自己的工作。
>
> **任务目标**：掌握创建窗体、报表和查询的方法。
>
> **任务分析**：由于创建窗体、报表和查询的方法有很多相似之处，所以同学们在学习本课的过程中要灵活掌握。

28.1　定义表之间的关系

创建完数据库和表之后，可以通过查询的方式来组织和提取需要的数据，如果要在多个表中创建查询、窗体和报表，首先要定义表与表之间的关系。在 Access 2010 中的表关系包括 4 种，即一对一、一对多、多对一和多对多。其中一对一和一对多是最常用的，下面将具体讲解。

- 一对一：指两个表中的两个主键字段相关联或是具有唯一索引的两个字段相连接。
- 一对多：指一个表中具有唯一索引的字段与另一表中的一个或多个不具有唯一索引的字段相关联。

（1）打开数据库"教学资源\第 8 章\素材\学生基本信息表.accdb"，单击"表"选项卡中的"关系"按钮，弹出"显示表"对话框，如图 28-1 所示，在该对话框中分别选中两张表，单击"添加"按钮，将其添加到"关系"窗格中，如图 28-2 所示。

（2）单击"表"选项卡中的"编辑关系"按钮，在弹出的"编辑关系"对话框中单击"新建"按钮，如图 28-3 所示，弹出"新建"对话框，在"左表名称"和"右表名称"下拉列表中分别选择要创建

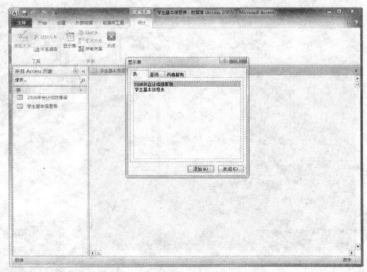

图　28-1

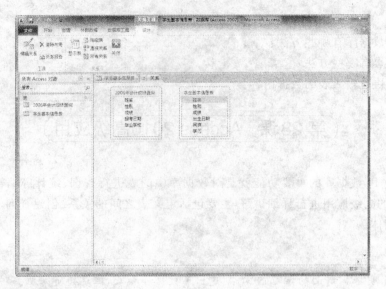

图　28-2

图　28-3

图　28-4

关系的表,在其下的"左列名称"和"右列名称"下拉列表中分别选择对应的字段,如图 28-4 所示。

　　(3) 单击"确定"按钮,返回到"编辑关系"对话框中,在此显示新建表之间的关系及对应的字段,如图 28-5 所示。单击"创建"按钮,可在表之间创建关系,并将定义了关系的表之间用关系连线连接有关系的字段,如图 28-6 所示。

图　28-5

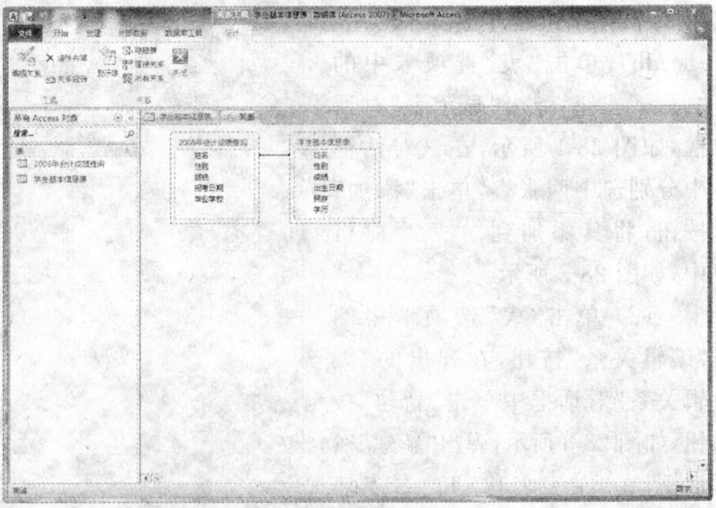

图　28-6

28.2　创建窗体

使用窗体不但能对数据库中的资料进行查看和访问,而且还能对表或查询中的数据进行输入、编辑等操作。在 Access 2010 数据库中创建窗体的方法共有以下几种。

- 直接创建窗体
- 使用设计视图创建窗体
- 创建空白窗体
- 使用窗体向导创建窗体
- 创建窗体的其他方法

28.2.1　直接创建窗体

直接创建窗体可以方便地将数据库中的所有字段都呈现在窗体中。

在数据库中选择"学生基本信息表"选项卡,如图 28-7 所示,单击"创建"选项卡中的"窗体"按钮,即可直接创建一个窗体,如图 28-8 所示。

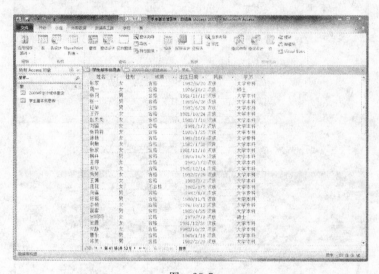

图　28-7

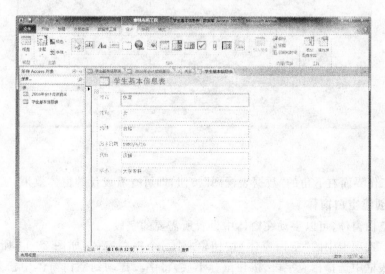

图　28-8

28.2.2　使用设计视图创建窗体

使用设计视图创建窗体，可以对窗体内容的布局进行调整，除此之外，还可以为窗体添加页眉和页脚内容。

（1）在数据库中选择"学生基本信息表"选项卡，单击"创建"选项卡中的"窗体设计"按钮，创建一个没有任何内容的窗体，如图28-9所示。单击"设计"选项卡中的"字段列表"按钮，在工作界面右侧显示"字段列表"列表框，如图28-10所示，在此面板中双击要使用的字段，可在窗体中添加该字段。

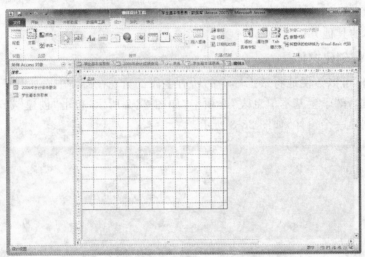

图　28-9

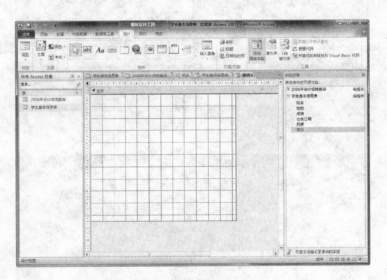

图　28-10

（2）单击工作界面右下角的"数据表视图"按钮，即可查看设计的窗体效果。

28.2.3　创建空白窗体

创建后的空白窗体，可以手动在窗体中设置所需要的字段。

单击"创建"选项卡中的"空白窗体"按钮，创建一个空白窗体，如图28-11所示。在右侧的"字段列表"列表框中选择相应字段，按住鼠标不放，将字段拖动到空白窗体中松开鼠标，可在空白窗体中添加字段，如图28-12所示。

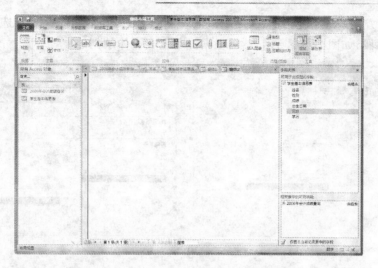

图 28-11

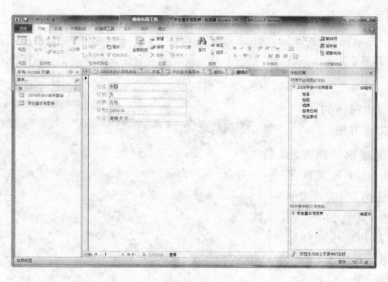

图 28-12

28.2.4 使用窗体向导创建窗体

使用窗体向导可以将多张表中要查询的信息组合在一起创建出新的窗体。

（1）单击"创建"选项卡中的"窗体向导"按钮，弹出"窗体向导"对话框，如图 28-13 所示，在其中选择要使用的字段，单击"添加"按钮 $\boxed{>}$ ，将其添加到"选定字段"列表中，如图 28-14 所示。

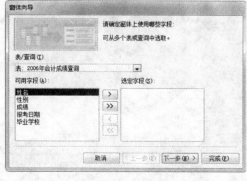

图 28-13

图 28-14

（2）用相同方法添加其他字段，如图 28-15 所示，在"表/查询"下拉列表中选择另一张表，用相同方法添加字段，如图 28-16 所示，然后根据提示完成窗体的创建。

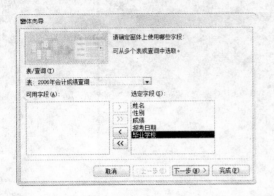
图　28-15

图　28-16

 操作提示

如果要将"可用字段"列表中的所有字段添加到"选定字段"列表中，可以在对话框中单击"添加全部"按钮 >> 。

28.2.5　创建窗体的其他方法

除了前面创建窗体的方法外，在 Access 2010 中还提供了其他窗体的创建方法，单击"创建"选项卡中的"其他窗体"按钮，在弹出的下拉列表中有创建窗体的6种选项，下面就多个项目和分割窗体进行重点讲解。

1. 多个项目

用前面的创建方法创建出的窗体一次只显示一条记录，在下拉列表下选择"多个项目"选项，系统可创建出显示多条记录的窗体，如图 28-17 所示。

2. 分割窗体

在下拉列表中选择"分割窗体"选项，分割窗体可同时显示出窗体视图和数据表视图，如图 28-18 所示。这两种视图连接同一数据库，并呈现出同步状态。

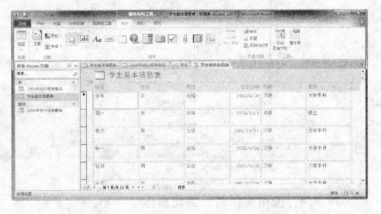
图　28-17

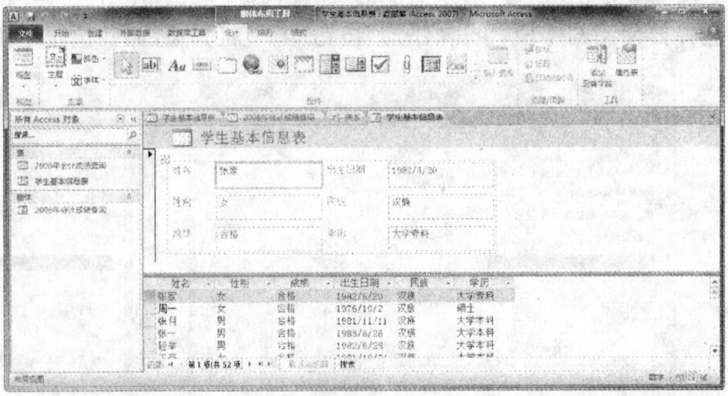

图　28-18

操作提示

　　创建窗体后，Access 2010会自动激活"设计"、"格式"和"排列"选项卡，同学们可在这些选项卡中执行相应的命令，对窗体进行编辑。

28.3 创建报表

　　报表可以以打印的形式显示数据库，通过它可以对每个对象的显示方式和大小进行控制。报表经常用于打印输出，所以不能修改报表中的数据，而只有对数据的格式进行更改。

　　创建报表的方法与创建窗体的方法相似，包括以下几种方式。

- 直接创建报表：单击"报表"选项卡中的"报表"按钮即可创建，如图28-19所示。

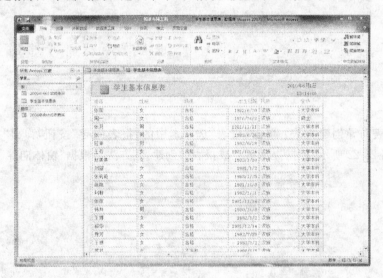

图　28-19

- 创建空白报表：单击"报表"选项卡中的"空白报表"按钮，根据创建空白窗体的方法添加字段，如图28-20所示。

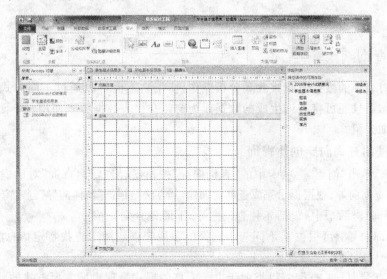

图　28-20

- 在视图设计中创建报表：单击"报表"选项卡中的"报表设计"按钮，根据前面的方法调出
  "字段列表"列表，如图 28-21 所示。

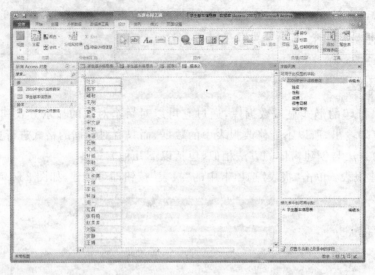

图　28-21

- 使用报表向导创建报表：单击"报表"选项卡中的"报表向导"按钮，弹出"报表向导"对话
  框，如图 28-22 所示，根据提示可完成报表的创建，其方法与根据"窗体向导"创建窗体相同。

图　28-22

28.4　创建查询

　　查询可以对表中的数据进行查找和分析操作，使用它不但可以通过不同方式对数据进行查
看、编辑和分析，而且还可将查询生成的数据作为窗体和报表数据源来使用。下面将对创建查询
的方法进行详细介绍。

28.4.1　使用查询向导创建查询

　　选中数据表，单击"创建"选项卡中的"查询向导"按钮，弹出"新建查询"对话框，如图 28-23 所
示，选择相应的查询向导，根据提示完成查询的创建，其方法与根据"窗体向导"创建窗体的方法一样。

　　在"新建查询"对话框中，包括 4 种查询向导，下面将分别介绍。

- 简单查询向导：可根据从不同表中选择的字段来创建用于查找特定信息的查询，除此之
  外，它还可以向其他数据库提供数据。
- 交叉表查询向导：查询将以类似于电子表格的形式呈现出所需要查找的数据。

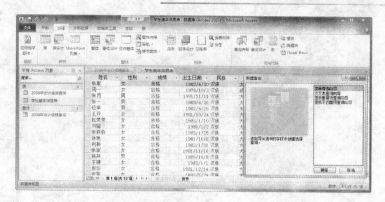

图 28-23

- 查找重复项查询向导：可在单一的表或查询中查找重复字段值的记录。
- 查找不匹配项查询向导：可用于在一张表中查找另一张表中没有相关内容的记录。

28.4.2 在设计视图中创建查询

在设计视图中可以方便快捷地创建出查询，除此之外还可以对查询的内容进行相应的更改。

（1）单击"创建"选项卡中的"查询设计"按钮，弹出"显示表"对话框，如图 28-24 所示。在该对话框中选择需要查询的表，单击"添加"按钮，将其添加到"查询"选项卡中，单击"关闭"按钮，关闭"显示表"对话框，如图 28-25 所示。

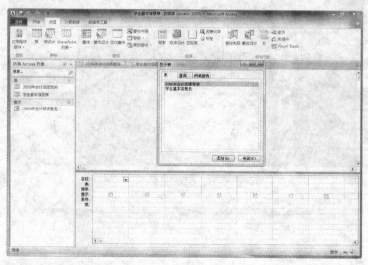

图 28-24

（2）在下方的设计器中，选择所需要的字段双击添加到"字段"行后，如图 28-26 所示，单击工作界面右下角的"数据表视图"按钮，切换到数据表视图，查询如图 28-27 所示。

28.5 创建"学生成绩统计报表"

本实例是创建"学生成绩统计报表"，在制作本实例的过程中首先要创建两个表之间的关系；其次在此关系上对表进行创建报表操作；最后将其发布为 PDF 格式。通过本实例的学习，同学们要掌握创建报表的方法。

（1）打开数据库"教学资源\第 8 章\素材\考试成绩查询表.accdb"，如图 28-28 所示，单击"表"选项卡中的"关系"按钮，如图 28-29 所示。

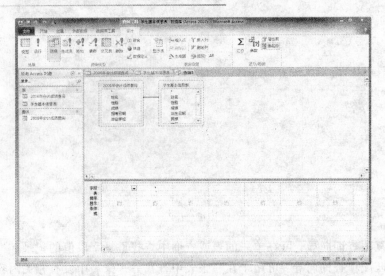

图 28-25

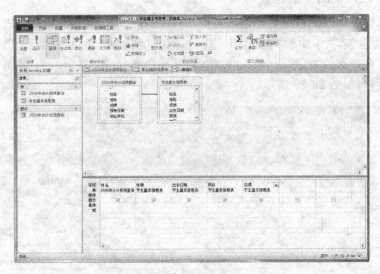

图 28-26

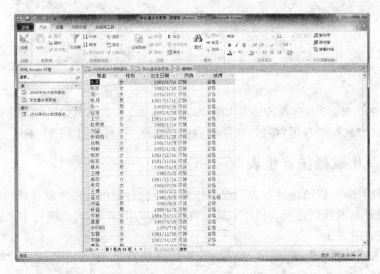

图 28-27

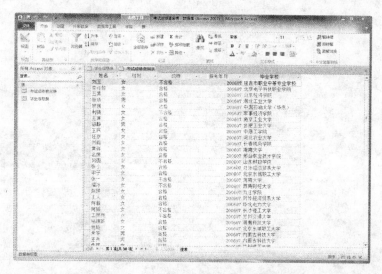

图 28-28

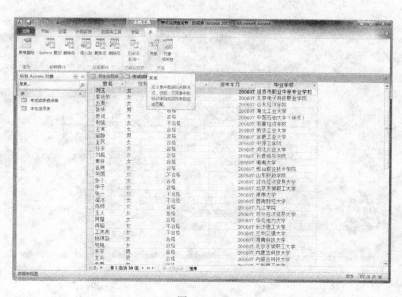

图 28-29

（2）在弹出的"显示表"对话框中分别将学生成绩查询表和学生信息表添加到"关系"文档中，然后单击"关闭"按钮，"关系"文档如图 28-30 所示。单击"表"选项卡中的"编辑关系"按钮，弹出"编辑关系"对话框，如图 28-31 所示。

（3）单击"编辑关系"对话框中的"新建"按钮，弹出"新建"对话框，分别在各个列表框下选择相应的名称，如图 28-32 所示。创建完成后，单击"确定"按钮，可以在"关系"文档中将定义了关系的表之间用关系连线把有关系的字段连接起来，如图 28-33 所示。

（4）单击"创建"选项卡中的"报表向导"按钮，弹出"报表向导"对话框，双击"可用字段"列表下的字段将其添加到"选定字段"中，如图 28-34 所示。在"表/查询"下拉列表中选择"学生信息表"选项，用相同方法添加字段到"选定字段"中，如图 28-35 所示。

（5）设置完成后，依次单击"下一步"按钮，在"布局"窗口中选择"纵栏表"选项，继续单击"下一步"按钮，在"请为报表指定标题"文本框中输入文本，如图 28-36 所示，然后单击"完成"按钮，如图 28-37 所示。

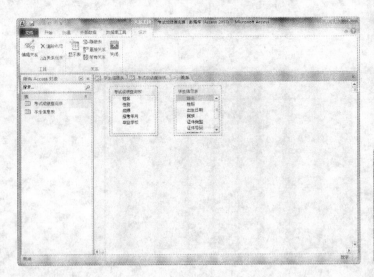

图 28-30

图 28-31

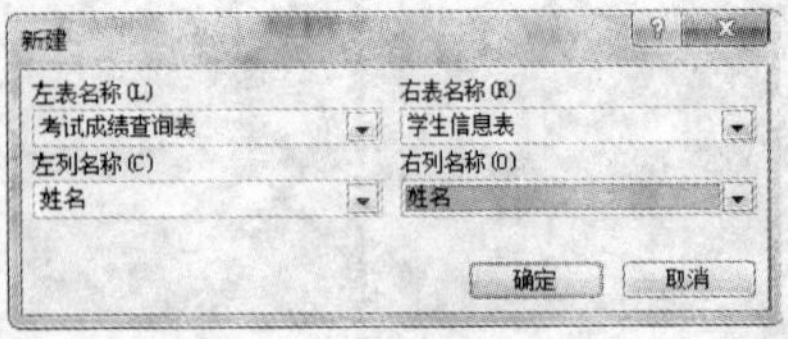

图 28-32

图 28-33

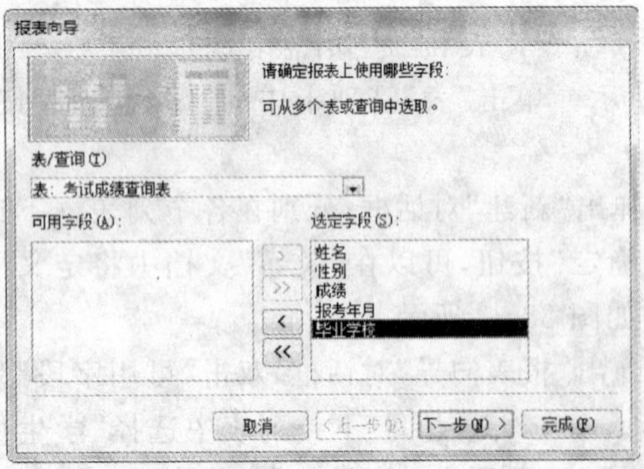

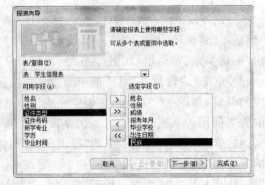

图 28-34

图 28-35

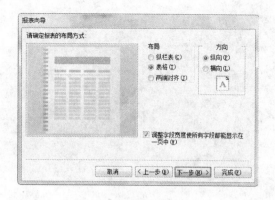

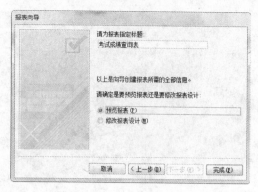

图 28-36   图 28-37

（6）将报表切换到"打印预览"选项卡中，如图28-38所示，单击"打印预览"选项卡中的"PDF或XPS"按钮，在弹出的"发布为PDF或XPS"对话框中选择相应的位置，输入相应的内容，如图28-39所示，单击"发布"按钮，即可发布为PDF格式。

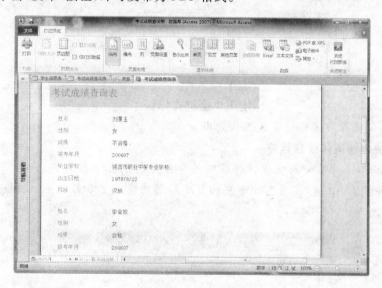

图 28-38

（7）单击"文件"选项卡左侧的"数据另存为"按钮，将其保存为"教学资源\第8章\素材\学生成绩统计报表.accdb"，完成"学生成绩统计报表"的制作。

课堂练习

任务背景：小明正在认真地学习本课的知识，他觉得本课的知识很值得学习，所以他也格外努力，在学习完之后，他准备做一张关于图书馆新进书情况年度统计报表，他学得可快了，现在正在做本课的例子呢。

任务目标：结合本课的内容制作"学生成绩统计报表"文档。

任务要求：熟练掌握创建数据库主体元素的方法。

任务提示：掌握了创建查询、窗体和报表的方法之后，可以容易得对数据库中的数据进行查找等操作。

图　28-39

课外阅读

使用快捷键操作程序

使用快捷键操作程序可以提高工作效率。

1. 使用快捷键操作任意程序

在 Access 2010 中有一种快捷键可以在任意选项中应用,其操作方法如下。

• 按下并释放 Alt 键,在当前视图中的每个可用功能的上方都有显示键提示,如图 28-40 所示。

图　28-40

- 在快速访问栏和功能选项卡上会显示出相应的提示字母，根据需要按下字母键，可以进入相应的功能区并显示出提示字母，例如，"开始"选项卡上的提示字母为 H 键，此时如果按 H 键，则会显示出"开始"选项卡所对应的选项区，如图 28-41 所示，继续按字母键，直到按下了要使用的特定命令或选项所对应的字母为止。

2. 使用快捷键移动光标

使用键盘操作选项卡的另一种方法是在各选项卡和命令之间移动光标，直到找到要使用的功能，下面将一一说明。

- 按 Alt 键或 F10 键可激活各选项卡或选项卡中的访问键，再次按这其中的一键可将光标移回文档并取消访问键。

图　28-41

- 按快捷键 F6 可切换工作界面窗口底部的视图状态栏。
- 按键盘中的向上键、向下键、向左键或向右键，可在功能区的各项目之间上移、下移、左移或右移。
- 按空格键或 Enter 键可激活功能区中的所选命令或控件，也可以打开功能区中的所选菜单或库。

课后思考

（1）如何定义表与表之间的关系？
（2）创建报表的方法有哪些？
（3）创建窗体与创建报表有哪些相似之处？
（4）创建查询的方法有哪些？

第 9 章

使用Outlook 2010

第 29 课　使用Outlook 2010收发邮件

　　Outlook 2010 是 Microsoft 推出的一个优秀的电子邮件收发处理软件,它可以在不打开 IE 浏览器的情况下方便、快捷地收发电子邮件并管理个人信息,只需要建立一个账户,与网络上的邮箱联结即可以使用。

课堂讲解

任务背景: 可可现在上高中了,与曾经一些要好的朋友分隔两地,她总是能够想起初中那段在一起生活的美好日子,还好现在通信发达可以通过发邮件的形式给对方送去问候,可是她觉得每次都必须打开浏览器登录到相应的邮箱才能收到邮件,很麻烦,于是开始思考,有什么软件可以在不用打开浏览器的情况下还可以很及时地收到朋友的来信呢?

任务目标: 学习使用 Outlook 2010 收发邮件。

任务分析: 对于经常使用邮箱的人来说,学习使用 Outlook 2010 有很大的帮助,它可以在开机后自动提醒邮件的收取状态而不需要打开浏览器,能够很及时地收发邮件。

29.1　添加账户

　　想要利用 Outlook 收发电子邮件,首先必须拥有一个邮件账户,初次打开 Outlook 时,系统会打开"Microsoft Outlook 启动"对话框提示用户添加账户,以方便以后收发电子邮件,单击"下一步"按钮即可进入"添加邮件向导"开始添加账户,用户可以根据自己申请到的电子邮箱为 Outlook Express 设置电子邮件账户。

　　添加邮件账户的操作具体如下。

　　(1) 启动 Outlook 2010,打开 Microsoft Outlook 窗口,如图 29-1 所示,单击"下一步"按钮,打开"账户配置"对话框,如图 29-2 所示。

　　(2) 保持默认设置不变,单击"下一步"按钮,进入"添加新账户"对话框,在"您的姓名"文本框中输入自己的用户名,在"电子邮件地址"文本框中输入申请的电子邮箱地址,在"密码"和"重新键入密码"文本框中输入电子邮箱对应的密码,如图 29-3 所示。

　　(3) 单击"下一步"按钮,系统会自动以加密的形式对服务器进行配置,如图 29-4 所示。

　　(4) 如果失败,会提示"加密连接不可用",询问"是否以非加密形式连接",如图 29-5 所示。单击"下一步"按钮,系统会以非加密的形式对服务器进行配置,配置完成后提示配置成功,如图 29-6 所示。单击"完成"按钮,即可在 Outlook 2010 中添加一个账户并进入 Outlook 2010 界面。

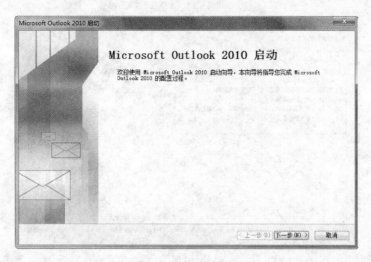

图　29-1

图　29-2

图　29-3

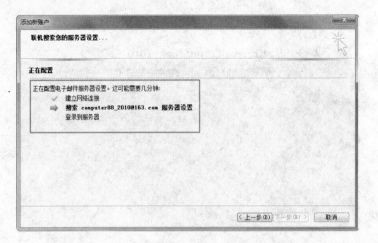

图 29-4

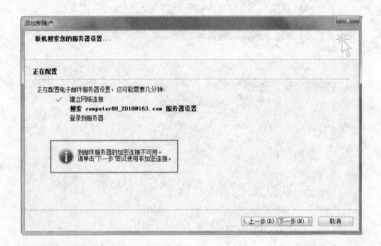

图 29-5

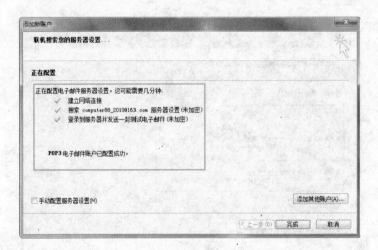

图 29-6

操作提示

　　如果同学们在初次启动 Outlook 2010 时，在打开的"Microsoft Outlook 启动"对话框中单击"取消"按钮，那么日后需要添加账户时，可以在"文件"选项卡左侧单击"信息"按钮，在右侧的"账户信息"窗口中单击"账户设置"按钮，打开"账户设置"对话框，单击"新建"按钮，即可进入添加账户向导开始添加账户。

29.2　收取并阅读邮件

　　邮件账户添加完成以后，就可以使用邮件与其他同学进行通信了，每次启动 Outlook 2010 时，系统都将自动从电子邮箱中读取电子邮件，在 Outlook 2010 工作界面的内容显示区中可以进行查看，也可以双击邮件打开邮件窗口进行查看。如果有附件，可以单击附件的名称进行查看。

　　(1) 启动 Outlook 2010，在"收藏夹"下拉列表中单击"收件箱"按钮，在任务窗口的"收件箱"邮件列表中单击需要阅读的邮件，即可在内容显示区中阅读需要的邮件信息，如图 29-7 所示。

图　29-7

　　(2) 也可以通过在邮件列表中双击需要打开的邮件名称，在打开的邮件窗口中查看邮件内容，如图 29-8 所示。

图　29-8

29.3　撰写和发送邮件

要发送电子邮件其实很简单,只需要单击"新建"按钮,在系统打开的邮件窗口中输入收件人地址、邮箱主题和邮件内容即可。下面以使用 Outlook 2010 撰写并发送一封邮件为例讲解具体的操作步骤。

(1)启动 Outlook 2010,在"开始"选项卡中单击"新建电子邮件"按钮,如图 29-9 所示。

(2)打开"未命名——邮件"窗口,在"收件人"文本框中输入收件人地址;在"抄送"文本框中输入其他接收邮件的邮件地址,用逗号或分号隔开;在"主题"文本框中输入发送邮件的标题;在邮件编辑区中输入邮件的正文内容,如图 29-10 所示。

(3)单击"发送"按钮即可将邮件发送出去,邮件窗口自动关闭。

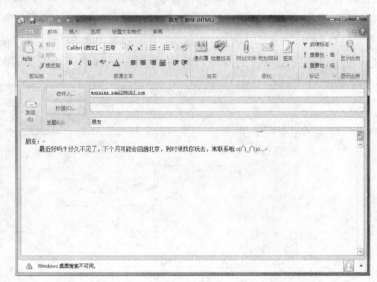

图　29-9　　　　　　　　　　　　　　　　　图　29-10

29.4　回复和转发邮件

通常阅读完接收到的电子邮件以后,需要对该邮件进行回复或是转发给他人,只需在"邮件"选项卡中单击"答复"或"转发"按钮即可。在这里以回复邮件为例进行讲解。

(1)启动 Outlook 2010,在任务窗口中单击需要回复或转发的邮件,在"开始"选项卡上单击"答复"或"转发"按钮,如图 29-11 所示。也可以打开相应的邮件窗口,在窗口中单击"答复"或"转发"按钮,如图 29-12 所示。

(2)如果要回复邮件,则"收件人"文本框和"主题"文本框将根据接收的邮件信息自动添加收件人地址和邮件主题,如图 29-13 所示;如果要转发邮件,单击"转发"按钮后会在"主题"文本框中自动添加邮件主题和邮件内容,如图 29-14 所示。

 操作提示

答复邮件和新建邮件相比,答复邮件不需要输入"收件人",收件人可通过答复邮件下方自动添加的主题内容了解到所回复的是哪一封邮件。

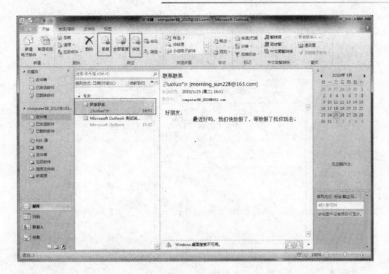

图 29-11

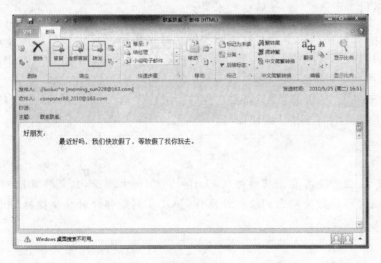

图 29-12

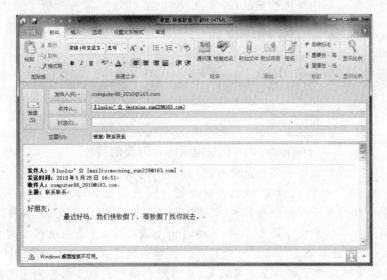

图 29-13

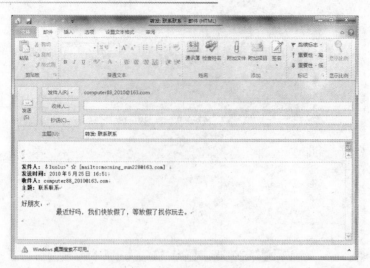

图　29-14

29.5　删除邮件

Outlook 2010 在默认状态下将对收取的邮件和已发送的邮件进行自动保存,从而占用计算机大量的资源,可以根据实际情况将一些系统邮件或过期无用的邮件从收件箱中删除,以便更好地管理计算机资源和邮件。

如果想删除邮件,方法很简单,只需要在收件箱或已发送邮件中选择或直接打开需要删除的邮件,然后单击工具箱中的"删除"按钮即可。

 操作技巧

> 单击"删除"按钮并没有真正将邮件从 Outlook 2010 中删除,只是将删除对象移到了"已删除邮件"中,还需要进行清空已删除邮件操作,如果在删除邮件时按快捷键 Shift＋Delete 可以直接将邮件彻底删除。

课堂练习

任务背景:可可完成了本课知识的学习,对使用 Outlook 2010 收发邮件有了一定的了解,她迫不及待地想要使用 Outlook 2010 收发邮件。

任务目标:使用 Outlook 2010 收发邮件。

任务要求:了解并掌握使用 Outlook 2010 收发邮件的方法。

任务提示:只有掌握了使用 Outlook 2010 收发邮件的方法,才能在不打开浏览器的情况下很好地利用 Outlook 2010 来完成邮件的相关操作。

课外阅读

Outlook 2010 在反垃圾邮件方面的特色

与普通邮件相比,发送电子邮件是免费的,并且发送成千上万封电子邮件也不会花费很多时间。对于垃圾邮件发件人而言,成批发送令用户深感厌恶的邮件轻而易举,而且成本极低。那么,如果对每封电子邮件征收某种"邮资",情况会如何呢?此处的"邮资"不是金钱意义上的开销,而是计算机系统资源的开销,虽然对于个人而言,这是一个很小的负担,但对于垃圾邮件发件人而言则可能是一个巨大负担。这种邮资的形式在 Outlook 2010 中表现为通过 Outlook 2010 发送的电子邮件会加盖邮戳,从而用户接收到垃圾邮件的几率将会降低。

- 发送电子邮件：在邮件离开发件箱之前，Outlook 2010 会对每封邮件加盖电子邮件邮戳，邮戳合并了邮件的各种唯一性特征，包括收件人列表以及邮件发送时间。因此，邮戳仅对该电子邮件有效，构造邮戳需要额外消耗计算机的处理时间，因此，邮件要经过更长时间才会离开发件箱，这是 Outlook 2010 电子邮件邮戳导致的计算机系统资源的开销。
- 接收电子邮箱：当支持 Outlook 2010 电子邮件邮戳的收件人的电子邮件应用程序收到加盖邮戳的电子邮件时，它将识别该邮戳。该邮戳指示收件人电子邮件应用程序，该邮件可能不是垃圾邮件，当电子邮件应用程序的垃圾邮件筛选器对该邮件进行评估时，应将其考虑在内。

为什么垃圾邮件发件人不会为了自己的利益而使用此功能呢？其原因是：垃圾邮件发件人需要在每小时内发送成千上万封垃圾邮件，但要为每封邮件生成邮戳，并且以和不使用邮戳进行发送相同的速度持续发送这些邮件，即垃圾邮件发件人将需要花大量金钱购买更多的计算机。因此，垃圾邮件发件人不太可能发送加盖邮戳的邮件。

课后思考

（1）如果想要新建账户，除了在初次启动 Outlook 2010 时的"Microsoft Outlook 启动"对话框中设置以外，还有什么方法？

（2）收取邮件的方法有哪两种？

（3）回复邮件和转发邮件有什么区别？

（4）从 Outlook 2010 中删除的邮件并没有被彻底删除，那么如何才能将邮件彻底删除呢？

第 30 课　操作Outlook 2010

在 Outlook 2010 中除了可以很方便地对电子邮件进行收发和管理以外，还可以通过添加联系人将联系人应用到不同的功能中，通过它还可以创建提醒约会、会议并制定任务，合理安排日常事务。

课堂讲解

任务背景：通过第 29 课的学习，可可已经学会了如何使用 Outlook 2010 收发邮件，但是每发一次都要在收件人地址栏中输入邮件地址，她觉得很麻烦，平日里就是个马大哈，总是忘记和别人的约会，这种性格使得她总是把邮件地址记错，输错一个字母邮件可能就不知道发到哪儿去了，这可如何是好呢？

任务目标：学习 Outlook 2010 的其他操作。

任务分析：Outlook 2010 中可以添加联系人，还可以创建约会或会议提醒，可以很好地帮助可可管理日常事务。

30.1　管理联系人

"联系人"在 Outlook 2010 中有着非常重要的作用，通过它可以将用户所有的联系对象储存在一起，并且可以将联系人的各种信息记录在其中；另外，还可以将联系人进行分类，使用户在查找联系人时不至于混淆。

30.1.1　添加联系人

添加联系人是一个非常简单的过程，它可以帮助用户熟悉 Outlook 2010 中联系人的工作方法，这里输入的每一个记录都可以在 Outlook 2010 的其他部分以及其他的 Office 2010 应用程序中使用。

添加联系人的方法有以下几种。

- 在功能选择区中单击"联系人"按钮，在"开始"选项卡中单击"新建联系人"按钮。
- 在任意功能区中单击"开始"选项卡中的"新建项目"按钮，在弹出的下拉列表中选择"联系人"选项。
- 在功能选择区中单击"联系人"按钮，进入"联系人"工作界面，按快捷键 Ctrl＋N，打开"联系人"窗口。
- 在功能选择区中单击"联系人"按钮，进入"联系人"工作界面，在"联系人"视图中的空白区域双击，打开"联系人"窗口。
- 在 Outlook 2010 的其他区域按快捷键 Ctrl＋Shift＋C，打开"联系人"窗口。

如果是第一次使用 Outlook 2010 中的"联系人"功能，那么联系人文件夹应该是空的，没有记录，需要向文件夹中添加数据后才能使用。

（1）在功能选择区中单击"联系人"按钮，进入"联系人"工作界面，在"联系人"视图中的空白区域双击，如图 30-1 所示，打开"未命名——联系人"窗口。

（2）在"未命名——联系人"窗口中输入联系人的姓氏/名字、单位、职务等信息，如图 30-2 所示，在最右侧的"联系人名片"视图中可以看到相应的信息。

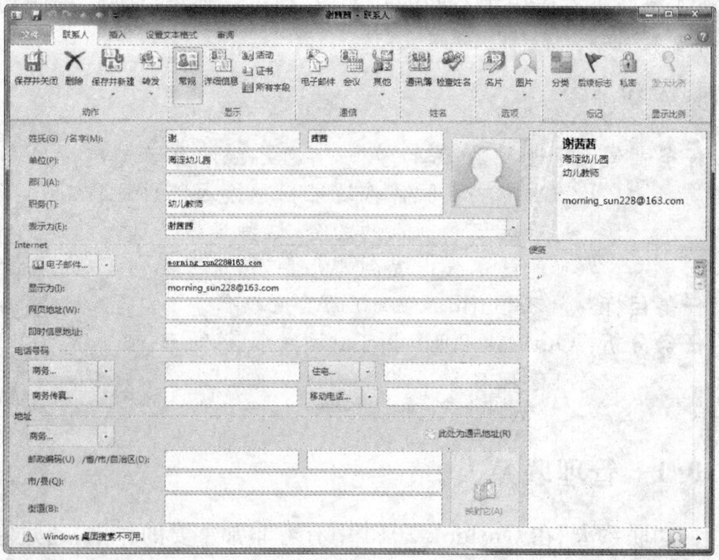

（3）完成联系人信息的输入，单击"联系人"选项卡中的"保存并新建"按钮，将该联系人信息保存后可以继续创建其他联系人。如果想要退出"创建联系人"窗口，可以单击"联系人"

图　30-1

图　30-2

选项卡中的"保存并退出"按钮。

30.1.2 将联系人添加到邮件

创建联系人后,在发送邮件时就可以选择已添加到 Outlook 2010 的联系人,而不必再手动输入邮件地址,使向联系人发送电子邮件更加方便。

（1）启动 Outlook 2010,打开新邮件窗口,在该窗口中单击"收件人"按钮,弹出"选择联系人"对话框,在"选择联系人"列表中选择联系人,单击"收件人"按钮将其添加到"收件人"文本框中,如图 30-3所示。

图 30-3

（2）单击"确定"按钮将该联系人添加到邮件的"收件人"文本框中,如图 30-4 所示。

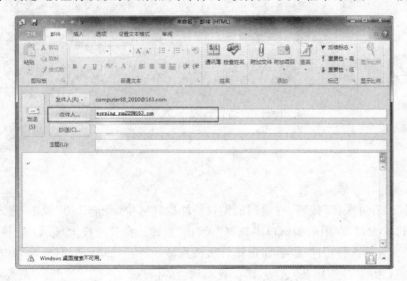

图 30-4

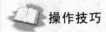 **操作技巧**

阅读邮件时,也可以将已接收邮件的地址添加到联系人中,方法很简单,只需要在已接收邮件的发件人地址上右击鼠标,在弹出的快捷菜单中选择"添加到 Outlook 联系人"选项即可。

30.2 管理日常事务

Outlook 2010 有规划和管理日常事务的功能,它可以方便有序地创建约会、会议及制定任务。使用 Outlook 2010 中的日历还可以设置约会的自动提醒功能,可以快速而有效地避免因意外事件和特殊原因而出现失约的情况。

30.2.1 创建约会提醒

在"约会"窗口中按日期和时间列出了约会和会议,每个约会都显示了该约会是否联机会议,是安排了一次还是重复召开、该会议是否是私有的,以及是否为会议设置了提前提醒项目等。

如果要查看约会或会议的细节,可以双击该约会,在打开的"约会"对话框中进行查看和修改。

要使用 Outlook 2010 创建约会提醒,其操作步骤如下。

(1) 启动 Outlook 2010,单击"开始"选项卡中的"新建项目"按钮,在弹出的下拉列表中选择"约会"选项,如图 30-5 所示,打开"未命名——约会"窗口。

(2) 在"未命名——约会"窗口中输入相应的主题、地点、开始时间、结束时间以及约会内容,在"开始"选项卡的"显示为"下拉列表中选择"忙"选项,在"提醒"下拉列表中选择"30 分钟"选项和"声音"选项,根据提示添加提示的声音,如图 30-6 所示。

图　30-5

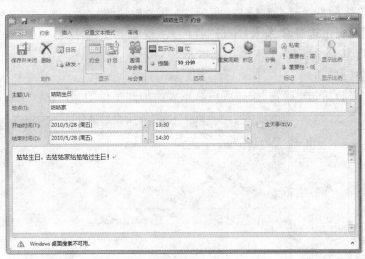

图　30-6

(3) 单击"保存并关闭"按钮,在返回的窗口功能选择区中单击"日历"按钮,进入"日历"工作界面,打开"日历"窗口,在中间的窗口中选择"天"选项,即选择日历按天显示;选择"周"选项,即选择日历按周显示;选择"月"选项,即选择日历按月显示。此处单击"周"选项,如图 30-7 所示。双击日历功能区中的"约会任务"选项,即可查看约会的信息。

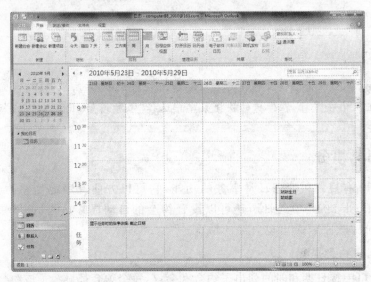

图　30-7

操作提示

在"提醒"下拉列表中选择"30分钟"选项和"声音"选项时,不能一次把时间和声音都设置好,需要分开设置。

30.2.2 创建会议提醒

Outlook 2010除了可以设置约会提醒之外,还可以通过设置会议功能向参加会议的成员发送邮件邀请其参加会议,以及设置会议提醒以免错过会议时间。

要创建会议提醒,其操作如下。

(1) 启动Outlook 2010,单击"开始"选项卡中的"新建项目"按钮,在弹出的下拉列表中选择"会议"选项,如图30-8所示,打开"未命名——会议"窗口。

(2) 在"未命名——会议"窗口中输入相应的收件人邮件地址、主题、地点、开始时间、结束时间,在窗口下面的文本框中可以输入有关会议的注释。在"开始"选项卡的"显示为"下拉列表中选择"忙"选项,在"提醒"下拉列表中选择"15分钟"选项和"声音"选项,根据提示添加提示的声音,如图30-9所示。

(3) 完成相应的设置以后,单击"发送"按钮即可。

图 30-8

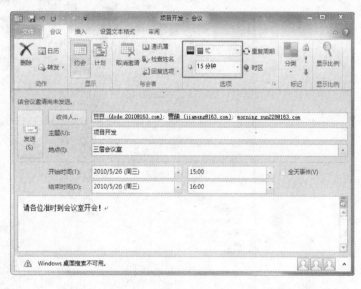

图 30-9

30.2.3 制定任务

通过Outlook 2010中的新建"任务",可以对自己的工作任务进行安排,新建"任务要求"可以将工作任务或工作安排分派给相关人员并可及时跟踪任务的完成情况。创建一个新的"任务"与创建"约会"和"会议"是一样的,创建"任务"时会打开一个任务对话框,然后根据需要,进行选择或设置即可。

下面将以在Outlook 2010中制定任务并发送给他人为例进行简单讲解。

(1) 启动Outlook 2010,单击"开始"选项卡中的"新建项目"按钮,在弹出的下拉列表中选择"会议"选项,如图30-10所示,打开"未命名——任务"窗口。

(2) 在"未命名——任务"窗口中输入相应的主题、开始日期、截止日期和主要内容等,在"状

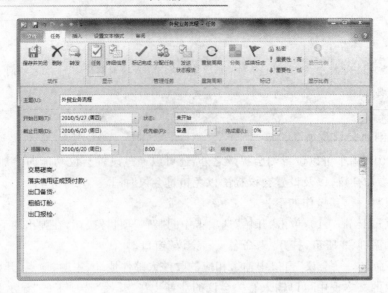

图　30-10

态"下拉列表中可设置此任务执行的进度，包括"未开始"、"进行中"等选项，选择"提醒"复选框，设置提醒时间和声音，以免忘记此任务，如图 30-11 所示。

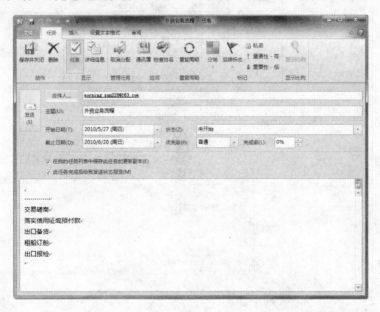

图　30-11

　　（3）完成相应的设置，在"任务"选项卡中单击"分配任务"按钮，在打开的窗口中输入收件人的地址，如图 30-12 所示。单击"发送"按钮，发送制定的任务。

 操作提示

　　如果想要查看制定的"任务"或创建的"约会"和"会议"，都可以通过单击 Outlook 2010 工作界面右侧功能选项区中相应的按钮进行查看，如单击"日历"按钮，可在右侧展开的窗口中查看任务信息。

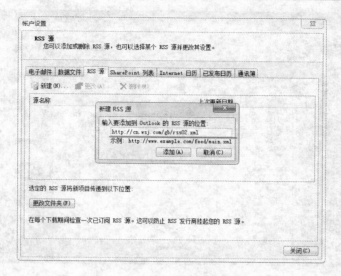

图 30-12

30.3 使用 RSS

RSS 是 really simple syndication 的简写,意思是真正简单的联合发布系统,即订阅者只需要将博客、新闻等一类网站添加到 RSS 中,它便自动收集这些网站的文章进行更新,从而保持与最新信息同步,通常在时效性比较强的内容上使用 RSS 订阅能更快速获取信息。

30.3.1 订制 RSS

如果想通过 RSS 阅读器来浏览信息,就需要先订制 RSS,就好像阅读报纸需要订制一样。下面将以在 Outlook 2010 中订制 RSS 为例进行讲解。

（1）启动 Outlook 2010,执行"文件"→"信息"→"账户设置"命令,弹出"账户设置"对话框,在该对话框中选择"RSS 源"选项卡,单击"新建"按钮,弹出"新建 RSS 源"对话框,在文本框中输入 RSS 源的网站,如图 30-13 所示。

（2）单击"添加"按钮,弹出"RSS 源选项"对话框,保持默认设置,单击"确定"按钮,如图 30-14 所示。

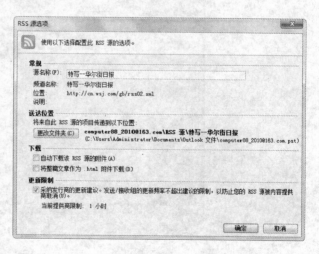

图 30-13

 操作提示

通常浏览网页时,在很多网页上都可以看到 **RSS** 或 **XML** 按钮,单击这些按钮即可找到订阅 RSS 信息源的相关信息。

30.3.2 阅读 RSS

订制了 RSS 后,即可使用 Outlook 2010 查看订阅的网站报道并及时了解需要的新闻信息。阅读 RSS 的方法非常简单,其操作步骤如下。

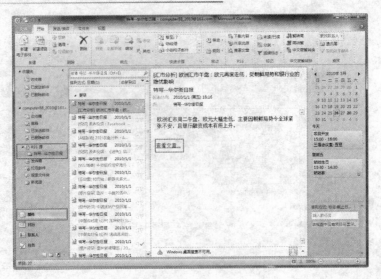

图　30-14

启动 Outlook 2010,在功能选项区中单击"邮件"按钮,在该列表中双击"RSS 源"选项,打开文件,可以在"RSS 源"选项中看到出现的未读项目,如图 30-15 所示。在"任务"窗口中选择要查看的信息,单击"查看文章"超链接,即可链接到指定的页面进行阅读。

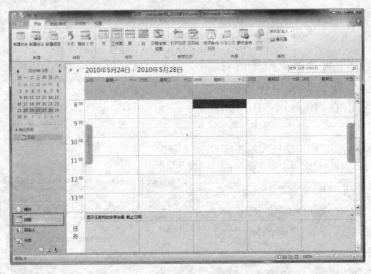

图　30-15

30.4　使用 Outlook 2010 管理日程安排

本实例是使用 Outlook 2010 的日历管理功能,为自己制作一个日程安排,包括约会、会议,以及工作计划等,将使用前面所讲解的知识创建约会提醒、会议提醒和制作任务,最后把制定的任务标记为已完成的任务。

(1) 启动 Outlook 2010,在功能选项区中单击"日历"按钮,进入"日历"工作界面,如图 30-16 所示。在"开始"选项卡中单击"新建约会"按钮,打开"未命名——约会"窗口,如图 30-17 所示。

(2) 在该窗口中输入相应的主题、地点、开始时间、结束时间以及约会内容,如图 30-18 所示。在"开始"选项卡的"显示为"下拉列表中选择"外出"选项,在"提醒"下拉列表中选择"15 分钟"选项,如图 30-19 所示。

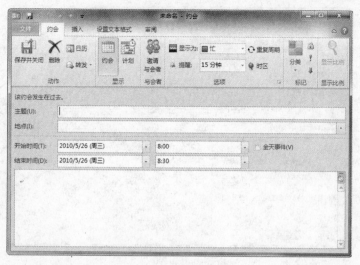

图 30-16

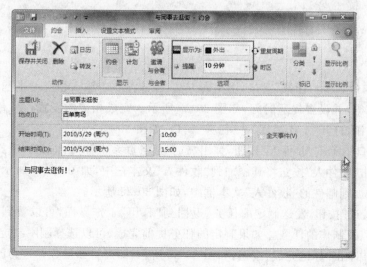

图 30-17

图 30-18

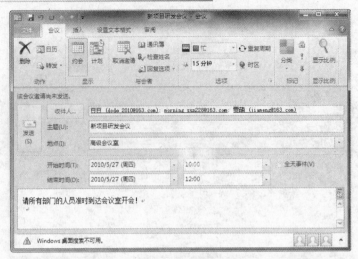

图　30-19

（3）单击"保存并关闭"按钮，返回到"日历"工作界面中，在"开始"选项卡中单击"新建会议"按钮，打开"未命名——会议"窗口，用相同方法，输入相应信息并设置提醒，如图 30-20 所示。单击"发送"按钮，返回到"日历"工作界面中，单击"开始"选项卡中的"新建项目"按钮，在弹出的下拉列表中选择"任务"选项，如图 30-21 所示。

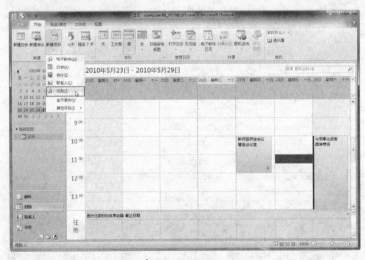

图　30-20

（4）打开"未命名——任务"窗口，用相同方法，在该窗口中输入相应的主题、开始日期、截止日期和主要内容等，并设置提醒时间，如图 30-22 所示。完成相应的设置，在"任务"选项卡中单击"分配任务"按钮，打开"工作计划——任务"窗口，如图 30-23 所示。

（5）在该窗口中单击"收件人"按钮，弹出"选择任务联系人"对话框，在"选择联系人"列表中选择联系人，单击"收件人"按钮将其添加到"收件人"文本框中，如图 30-24 所示。单击"确定"按钮将该联系人添加到邮件的"收件人"文本框中，如图 30-25 所示。

（6）单击"发送"按钮，发送制定的任务，返回到"日历"工作界面，可以看到刚刚创建的约会提醒、会议提醒以及制作的任务。如果制定的任务提前完成，可以选择刚刚制定的任务，在"日常任务列表"选项中单击"标记完成"按钮，如图 30-26 所示，即可将该任务标记为已完成的任务。

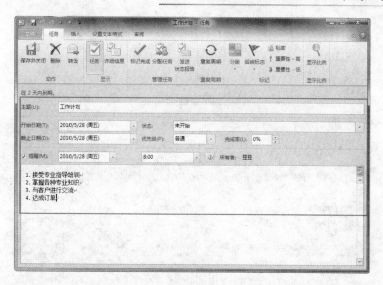

图　30-21

图　30-22

图　30-23

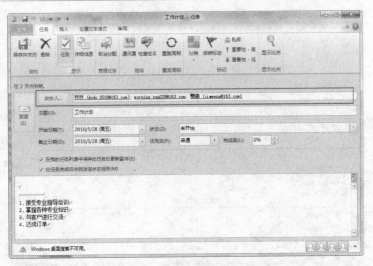

图　30-24

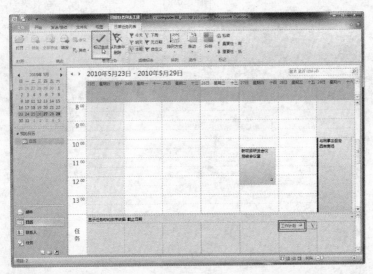

图　30-25

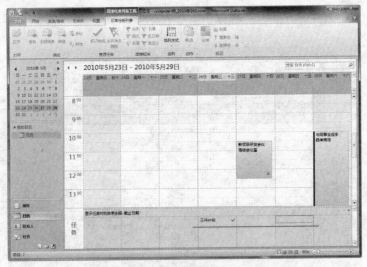

图　30-26

课堂练习

任务背景：通过本课的学习，可可学会了如何去管理日常生活中的事务，Outlook 2010 的自动提醒功能可以使她避免很多失约的情况，接下来，她开始为自己制作下个月的学习计划。

任务目标：使用 Outlook 2010 制作学习计划。

任务要求：了解并掌握如何使用 Outlook 2010 管理日常事务。

任务提示：通过使用 Outlook 2010 制作学习计划，可以很好地对每天的日程进行安排。

课外阅读

使用 Outlook 2010 下载 RSS 的附件

RSS 邮件可以包含附件，在默认情况下 Outlook 不会下载 RSS 的附件，如果想要下载可通过在"文件"选项卡左侧单击"信息"按钮，在右侧的"账户信息"窗口中单击"账户设置"按钮，在打开的"账户设置"对话框中选择"RSS 源"选项卡，在该选项卡中单击"更改"按钮，如图 30-27 所示，打开"RSS 源选项"对话框，在"下载"窗口中选中"自动下载该 RSS 源的附件"复选框即可，如图 30-28 所示。

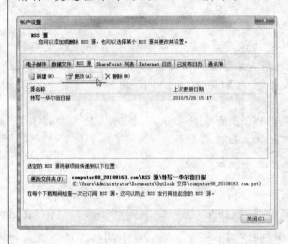

图 30-27

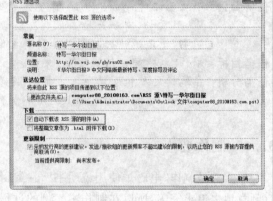

图 30-28

课后思考

（1）如何利用接收的邮件快速添加联系人？

（2）新建约会和会议有几种方法？分别是什么？

（3）如果想要查看制定的任务或创建的会议和约会，应该如何操作？

第 10 章
Office 2010综合应用

第 31 课　使用Word 2010制作"使用说明书"文档

　　Word 2010用于制作和编辑办公文档,通过它不仅可以进行文字的输入、编辑、排版和打印操作,还可以制作出各种图文并茂的办公文档和商业文档,并且使用 Word 2010 自带的各种模板,快速地创建和编辑各种专业文档。

课堂讲解

> **任务背景**:小兰已经对 Word 2010 有了很长时间的学习,并且可以制作出一些比较复杂的 Word 文档,有一天她在跟朋友谈话时得知,朋友正在发愁怎么做一个产品使用说明书,于是她就兴起帮助她的朋友做一个"电磁炉使用说明书"的念头。
>
> **任务目标**:制作"电磁炉使用说明书"文档。
>
> **任务分析**:在编辑文本和设置字体之前,一定要对 Word 的基础知识有所了解,只有掌握了基础知识,才能在此基础上运用和制作出称心如意的文档。

31.1　制作要点

　　本实例是制作"电磁炉使用说明书",在编辑和设置格式上,它立足于容易阅读和使用,并没有刻意地去追求完美,所以在制作本实例的过程中只是使用了 Word 2010 中的些许功能。通过本实例的学习,同学们要了解制作一个大型文档的基本方法和步骤。

　　在制作本实例的过程中,首先要对文档进行页面设置,使页面更适合说明书的要求;其次对其进行页眉、页脚的制作;再次在文档中输入文本,并对文本进行编辑,主要包括标题字体、样式和字体颜色;最后在文档中插入表格和图片,输入相关文字,完成"电磁炉使用说明书"的制作。

31.2　制作过程

　　(1)启动 Word 2010,单击"页面布局"选项卡中的"纸张大小"按钮,在弹出的下拉列表中选择"32 开(13 厘米×18.4 厘米)"选项,如图 31-1 所示。单击"页面布局"选项卡中的"页边距"按钮,在弹出的下拉列表中选择"窄"选项,如图 31-2 所示。

　　(2)在"页面布局"选项卡中单击"纸张方向"按钮,在弹出的下拉列表中选择"横向"选项,如图 31-3 所示,文档效果如图 31-4 所示。

　　(3)在"页面布局"选项卡中单击"页面颜色"后的按钮,在弹出的下拉列表中选择"水绿色,强调文字颜色 5,淡色 80%"选项,如图 31-5 所示,文档效果如图 31-6 所示。

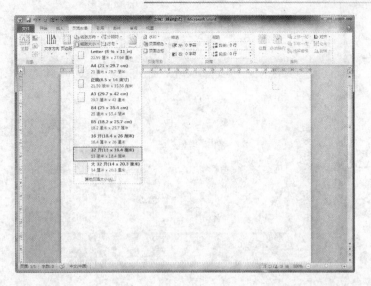

图 31-1

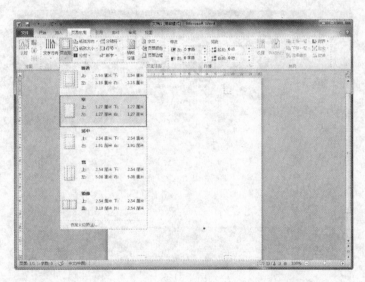

图 31-2

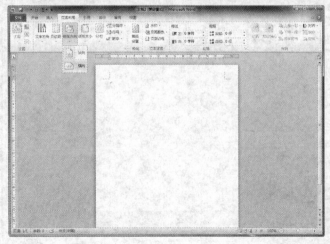

图 31-3

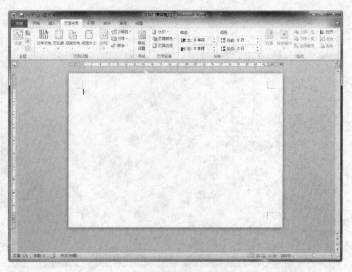

图　31-4

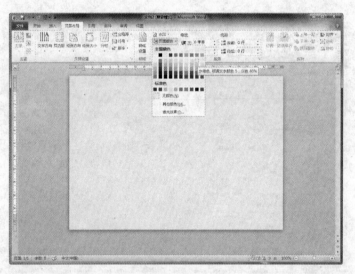

图　31-5

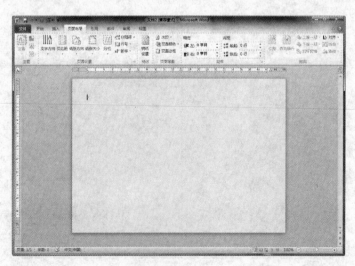

图　31-6

（4）单击"插入"选项卡中"页眉"按钮下的下三角按钮，在弹出的下拉列表中选择"现代型（偶数页）"选项，如图 31-7所示，文档效果如图 31-8 所示。

（5）在"键入文档标题"和"日期"提示框中输入相应的内容，并设置"字体颜色"为"黑色"，如图 31-9 所示。将光标插入点插入到页脚，输入相应的文字，按快捷键 Ctrl＋E 将文本居中，效果如图 31-10 所示。

（6）在文档中间空白位置双击退出页眉页脚编辑状态，文档效果如图 31-11 所示。将文本插入点定位到第一页的开始位置，输入文本，如图 31-12 所示。

（7）选中"产品说明"文本，在"开始"选项卡中，单击"字体"旁的下三角按钮，在弹出的下拉列表中选择"微软雅黑"选项，用相同方法在"字号"下拉列表中选择"小四"选项，如图 31-13 所示，保持文字的选择状态，在"以不同颜色突出显示文本"下拉列表中选择"绿色"选项，并更改文字颜色为白色，效果如图 31-14 所示。

（8）选中文本，单击"开始"选项卡中的"行和段落间距"按钮，在弹出的下拉列表中选择"行距选项"选项，弹出"行距"对话框，设置如图 31-15 所示，单击"确定"按钮，文档效果如图 31-16 所示。

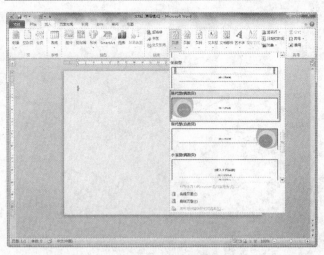

图 31-7

图 31-8

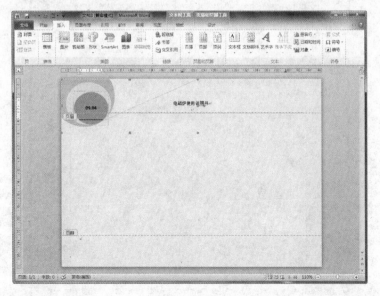

图 31-9

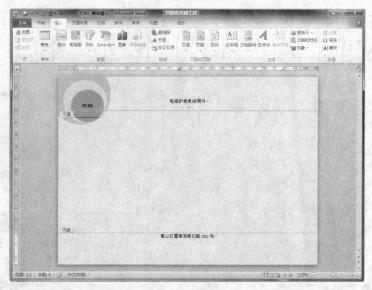

图　31-10

图　31-11

图　31-12

图 31-13

图 31-14

图 31-15

图 31-16

（9）按 Enter 键换行，将光标定位于下一行，在首行空 2 个字符，输入文本，如图 31-17 所示，更改"字号"为"小五"，"字体颜色"为"黑色"，效果如图 31-18 所示。

图　31-17

图　31-18

（10）将光标定位于文本的末端，在"插入"选项卡中单击"图片"选项，弹出"插入图片"对话框，在该对话框中选择图片"教学资源\第 10 章\素材\电磁炉.jpg"，如图 31-19 所示。选择完成后单击"确定"按钮，并在"行和段落间距"下拉列表中选择"1.0"选项，更改图片行距，如图 31-20 所示。

（11）双击插入的图片，单击"格式"选项卡中"位置"按钮下的下三角按钮，在弹出的下拉列表中选择"其他布局选项"选项，弹出"布局"对话框，在该对话框的"文字环绕"选项卡中选择"紧密型"选项，如图 31-21 所示，单击"确定"按钮，效果如图 31-22 所示。

（12）在"格式"选项卡的"高度"文本框中输入数值改变图片的大小，效果如图 31-23 所示。在此选项卡中单击"颜色"按钮，在弹出的下拉列表中选择"设置透明色"选项，当鼠标指针变为 ✐ 状时，在图片上单击将图片白色区域设置为透明色，拖动图片至合适位置，效果如图 31-24 所示。

图　31-19

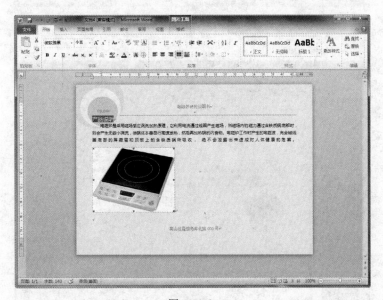

图　31-20

图　31-21

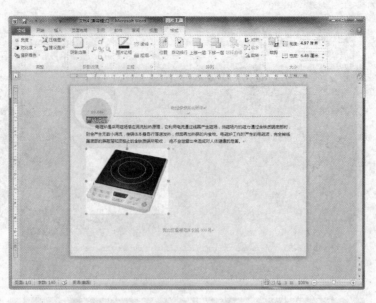

图   31-22

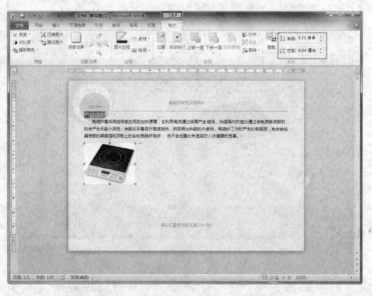

图   31-23

（13）根据前面的方法输入相关文本，如图 31-25 所示，选中"使用说明"文本，单击"开始"选项卡中的"格式刷"按钮 ![格式刷] 复制格式，将光标定位到"使用范围"文本中选中文本粘贴格式，效果如图 31-26 所示。

（14）将光标定位到"铁系锅和不锈钢锅"文本前，在"开始"选项卡中单击"项目符号"旁的下三角按钮，在弹出的下拉列表中选择"定义新项目符号"选项，在弹出的对话框中单击"符号"按钮，弹出"符号"对话框，设置如图 31-27 所示，依次单击"确定"按钮，完成添加项目符号的操作，如图 31-28 所示。

（15）用相同方法为其他文本添加项目符号，效果如图 31-29 所示。根据前面的制作方法输入文本，效果如图 31-30 所示。

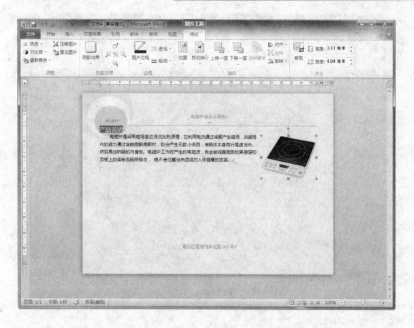

图　31-24

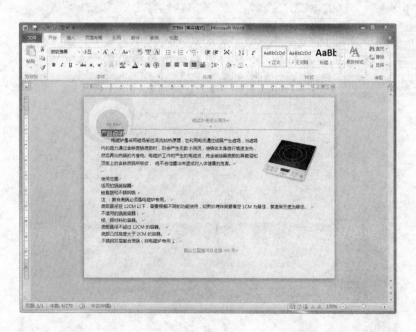

图　31-25

 操作提示

按 Enter 键换行的过程中，如果行首出现项目符号，再次按 Enter 键项目符号就会消失。

（16）单击"插入"选项卡中"表格"按钮下的下三角按钮，在弹出的下拉列表中选择"1×1表格"选项，效果如图 31-31 所示。用相同方法在表格中输入文本，效果如图 31-32 所示。

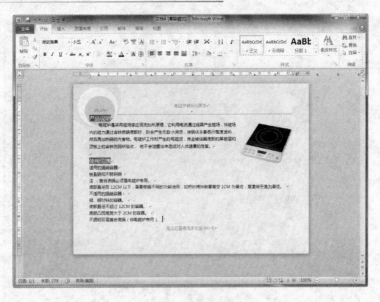

图   31-26

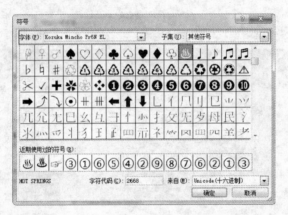

图   31-27

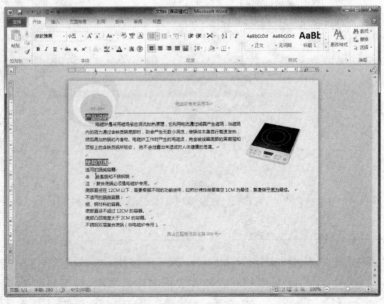

图   31-28

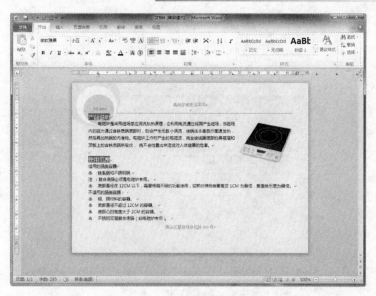

图 31-29

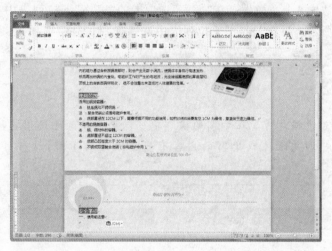

图 31-30

图 31-31

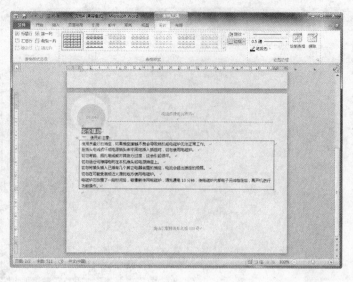

图 31-32

（17）用相同方法输入其他文本，在"插入"选项卡的"表格"下拉列表中选择"1×5 表格"选项，效果如图 31-33 所示。再在"表格"下拉列表中选择"绘制表格"选项，在表格中绘制列，效果如图 31-34 所示。

 操作提示

　　在此处选择绘制表格是为了在后期的操作中可以更加精确地使用它，通常手动绘制表格前，都要对表格中所要表述或填写的内容有一个大致的了解，这样可以快速地绘制出表格。

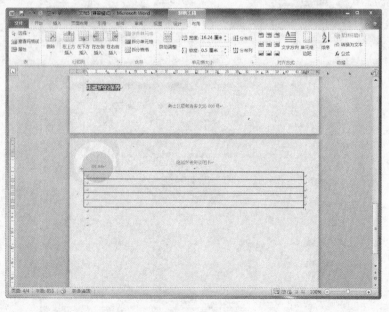

图 31-33

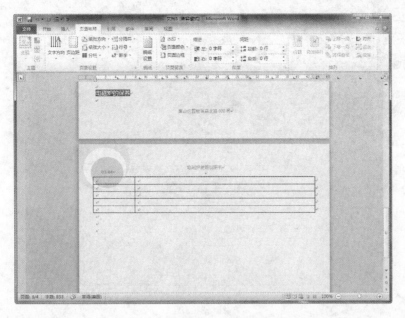

图 31-34

（18）选中第 1 行第 2 列表格，单击"布局"选项卡中的"拆分单元格"按钮，弹出"拆分单元格"对话框，设置如图 31-35 所示，单击"确定"按钮，输入相应的文本，如图 31-36 所示。选中"电源要求"文本，将文本居中，在"开始"选项卡的"行和段落间距"下拉列表中选择"行距选项"选项，弹出"行距"对话框，设置如图 31-37 所示。

图 31-35

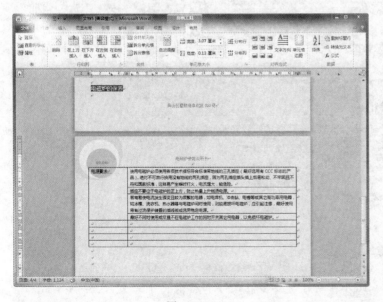

图 31-36

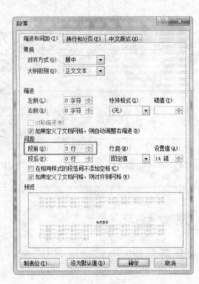

图 31-37

（19）单击"确定"按钮，效果如图 31-38 所示。用相同方法完成其他内容的制作，效果如图 31-39 所示。单击"文件"选项卡左侧的"保存"按钮，将其保存为"教学资源\第 10 章\素材\使用说明书.docx"，完成"电磁炉使用说明书"的制作。

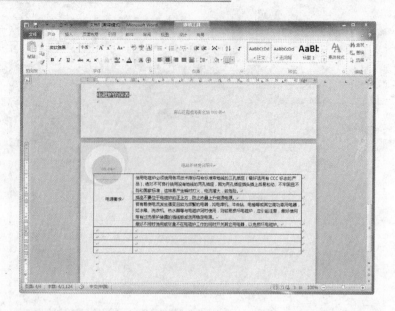

图   31-38

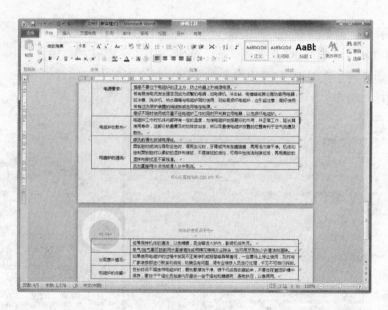

图   31-39

课堂练习

任务背景：小兰通过制作"电磁炉使用说明书"，对 Word 文档的知识有了进一步的了解，比如为图片着色的方法等。此外在制作时要多在文字和格式上下工夫，这样制作出来的文档才具有自己的特别之处。

任务目标：结合本课的内容制作"产品说明书"文档。

任务要求：对制作大型 Word 文档的知识要了解并掌握。

任务提示：只有对 Word 的知识全面掌握之后，才能制作出别具一格的文档内容。

课外阅读

在文档中添加和定位标签

标签是一种虚拟的符号,使用它可以帮助记录文档位置和快速查找位置,通常用于编辑较长的文档时快速定位到特定的位置,避免使用手动滚屏查找的麻烦,节约工作时间,其操作步骤如下。

(1) 打开文档"教学资源\第10章\素材\冰箱使用说明书.docx",将光标定位到图31-40所示的位置,在"插入"选项卡中单击"目录"按钮,在弹出的对话框中输入文本,如图31-41所示,然后单击"添加"按钮,在文档中插入虚拟的标签。单击"关闭"按钮,完成标签的添加操作。

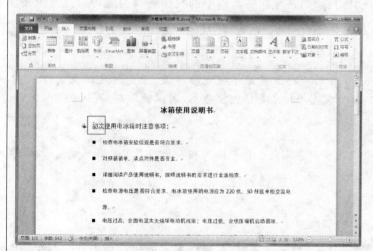

图　31-40

图　31-41

(2) 将光标移动到文档的下一页,如图31-42所示,在"插入"选项卡中单击"目录"按钮,在弹出的对话框中单击"定位"按钮,如图31-43所示,即可将文档快速定位到"注意事项"标签所在的位置。

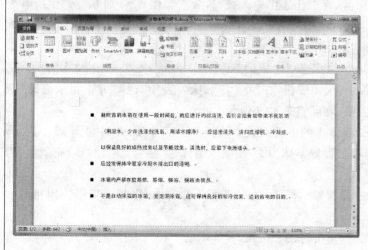

图　31-42

图　31-43

课后思考

(1) 设置页眉和页脚的方法有哪些？

(2) 图片的编辑方法有哪些？

(3) 如何为文字添加段前间距？

第32课　使用Excel 2010制作"消费者满意度调查表"数据透视表

Excel 2010用于创建和维护电子表格，通过它不仅可以方便地制作出各种各样的电子表格，还可以对其中的数据进行计算和统计等操作，甚至能将表格中的数据转换为各种可视性图表显示出来，方便对数据进行统计和分析。

课堂讲解

任务背景：小兰在浏览网页时会经常看到一些非常漂亮的表格样式，于是她就很想制作一个同样漂亮的表格出来，正好她对 Excel 表格也很熟悉，所以她就启动 Excel 2010，开始制作起来。

任务目标：掌握制作调查表的方法。

任务分析：在制作表之前，首先要搜集资料；其次在表中输入相关资料信息；最后对表中的数据进行分析、查看操作。

32.1　制作要点

本实例制作的是"消费者满意度调查表"数据透视表，在制作本实例的过程中首先要在表中输入数据；其次对表中的数据格式进行设置；最后通过数据透视表和数据透视图对表进行查看操作。通过本实例的学习，同学们要掌握对表进行分析和查看的操作。

32.2　制作过程

(1) 启动 Excel 2010，打开工作簿，在工作表中输入数据，效果如图 32-1 所示。选中所有数据，单击"开始"选项卡中的"格式"按钮，在弹出的下拉列表中选择"列宽"选项，在弹出的对话框中输入数值 15，单击"确定"按钮，效果如图 32-2 所示。

(2) 保持数据的选择状态，单击"开始"选项卡中的"居中"按钮 ，效果如图 32-3 所示。选择 A1：H1 单元格区域，单击"合并后居中"按钮，在"字体"下拉列表中选择"方正粗宋简体"选项，在"字号"下拉列表中选择 26 选项，效果如图 32-4 所示。

(3) 单击"填充颜色"按钮 ，在弹出的下拉列表中选择"黄色"选项，效果如图 32-5 所示。用相同方法，选中 A2：H2 单元格区域，设置字体为"方正粗宋简体"，"字号"为 12，"填充颜色"为"橙色"，效果如图 32-6 所示。

(4) 选中工作表中的其他数据，设置"字体"为"微软雅黑"，效果如图 32-7 所示。用相同方法完成其他操作，效果如图 32-8 所示。

(5) 选中输入数据的所有单元格，单击"边框"按钮，在弹出的下拉列表中选择"所有框线"选项，效果如图 32-9 所示。在"切换工作条"选项中双击 Sheet1 标签，更改工作表的名称，如图 32-10 所示。

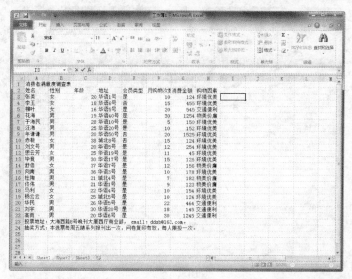

图 32-1

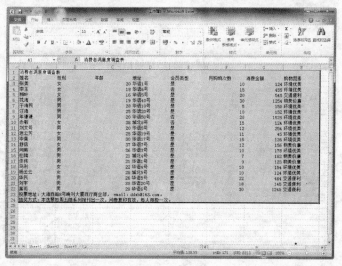

图 32-2

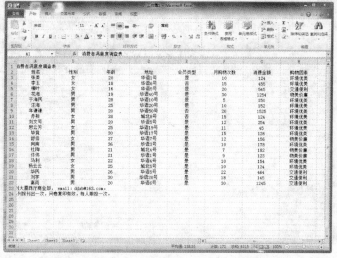

图 32-3

图 32-4

图 32-5

图 32-6

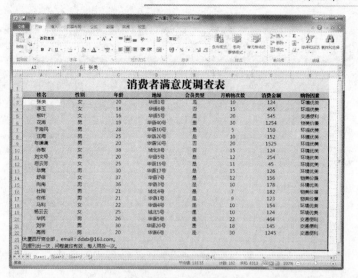

图 32-7

图 32-8

图 32-9

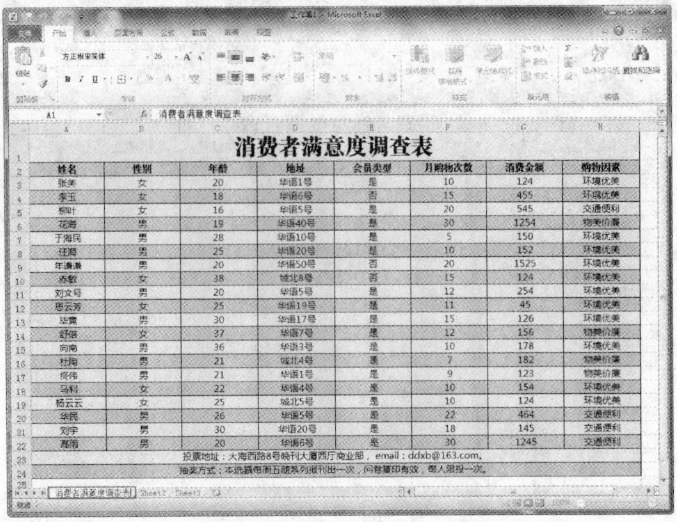

图　32-10

（6）单击"插入"选项卡中的"数据透视表"按钮，弹出"创建数据透视表"对话框，用鼠标在工作表中选择要创建的区域，如图 32-11 所示。在对话框中选择"现有工作表"选项，用鼠标在工作表中选择要插入表的区域，如图 32-12 所示。

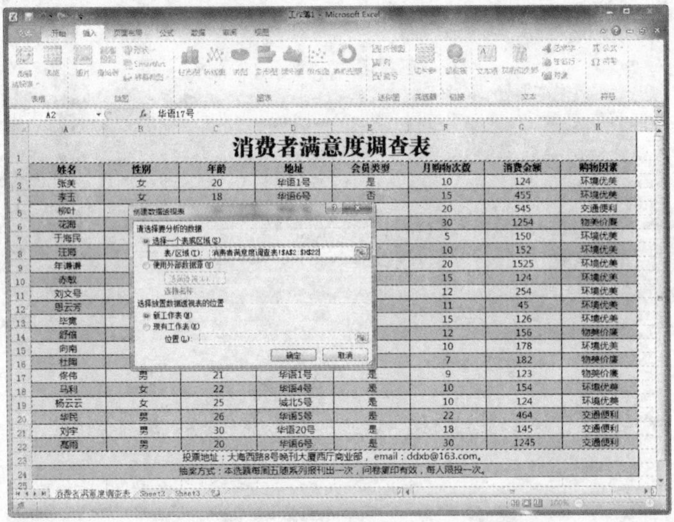

图　32-11

（7）单击"确定"按钮，弹出"数据透视表字段列表"对话框，如图 32-13 所示。在该对话框的"选择要添加到报表的字段"列表框中，选择相应的选项，如图 32-14 所示，可以看到在数据透视表中会出现选择项的相应数据。

（8）将"行标签"列表框中的"会员类型"选项拖动到"列标签"列表框中，如图 32-15 所示。单击数据透视表中的"列"按钮，在弹出的下拉列表中选择"是"选项或"否"选项，可以很方便地对数据进行查看，如图 32-16 所示。

（9）选择数据透视表，单击"选项"选项卡中的"数据透视表"按钮，在弹出的对话框中选择"簇状柱形图"选项，如图 32-17 所示，单击"确定"按钮，数据透视图如图 32-18 所示。

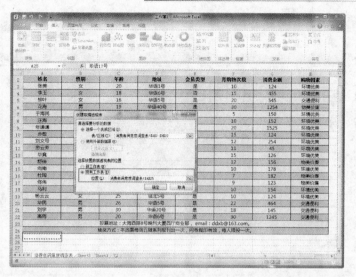

图　32-12

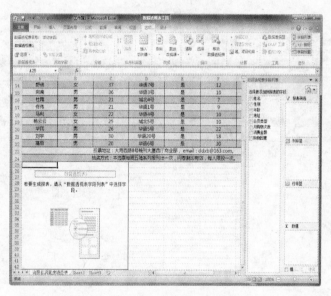

图　32-13

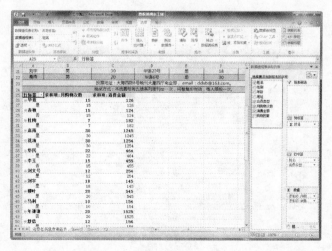

图　32-14

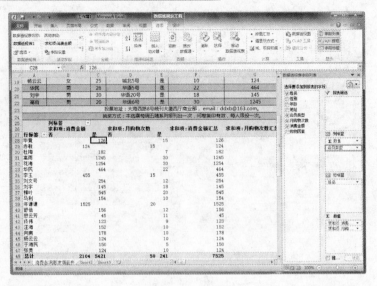

图　32-15

图　32-16

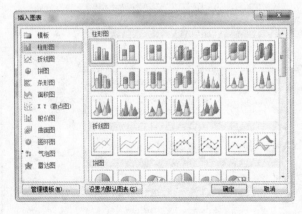

图　32-17

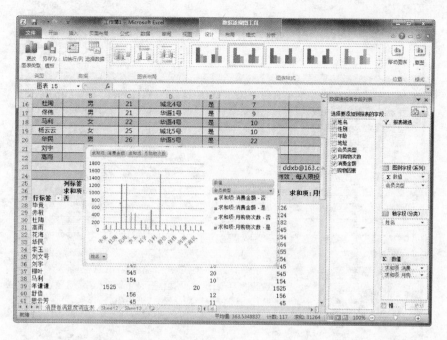

图 32-18

（10）单击"数据透视表字段列表"对话框右上角的"关闭"按钮，关闭对话框，将光标移动到数据透视图上，当光标变为↖状时，移动数据透视图，并将光标放置在数据透视图的边缘，拖动数据透视图改变其大小，效果如图32-19所示，最终效果如图32-20所示。

（11）完成"消费者满意度调查表"的制作，按快捷键Ctrl＋S，将其保存为"教学资源\第10章\素材\消费者满意度调查表.xlsx"。

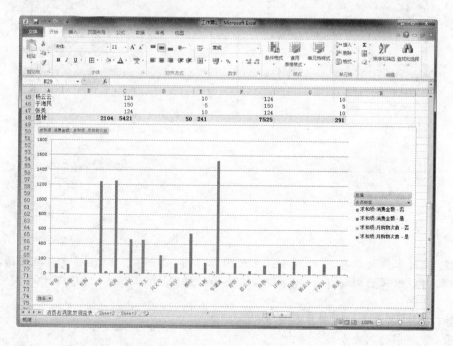

图 32-19

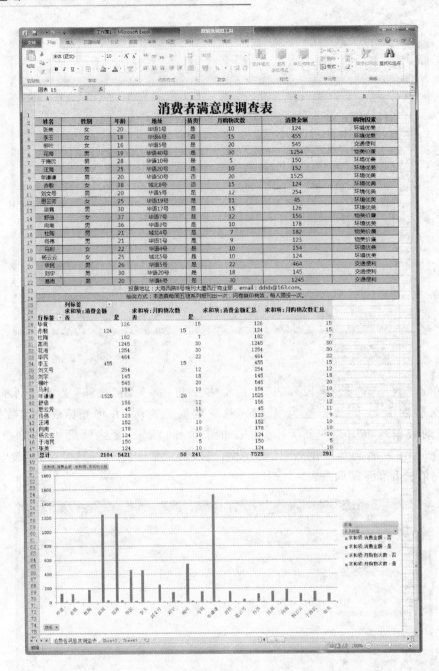

图　32-20

课堂练习

任务背景：通过本课的学习，小兰对 Excel 2010 有了更深入的了解，在创建完数据透视表后，
　　　　可以编辑的内容有很多，本课没有全面的讲解，所以小兰还要多花些工夫对其进行
　　　　研究。

任务目标：制作"消费者满意程度调查表"。

任务要求：掌握制作调查表的方法。

任务提示：只有学会如何做工作表，并对工作表进行分析，才能在以后的工作中如鱼得水。

课外阅读

输入日期和时间

在工作表中输入日期和时间是很常用的操作,如在销售表中输入送货日期和时间、工作表的制作时间等,其具体步骤如下。

(1) 在打开的工作表中单击需要输入日期的单元格。

(2) 在"开始"选项卡中单击"格式"按钮,在弹出的下拉列表中选择"设置单元格格式"选项,弹出"设置单元格格式"对话框,在"数字"选项卡中选择"日期"选项或"时间"选项,在对话框的右侧"类型"列表框中会出现相应的选项,如图32-21所示。

(3) 在"类型"列表中选择需要设置的日期或时间选项,单击"确定"按钮,完成输入日期和时间的操作。

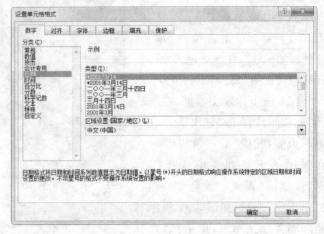

图 32-21

课后思考

(1) 如何为文本添加底纹?

(2) 如何创建数据透视图?

(3) 如何改变数据透视图的大小?

第 33 课 使用PowerPoint 2010制作"新产品上市推广方案"演示文稿

PowerPoint 2010 用于制作和放映演示文稿,利用它可以制作产品宣传片和课件等资料,在其中不仅可以输入文字、插入表格与图片和添加多媒体文件,还可以设置幻灯片的动画效果和放映方式,制作出内容丰富的幻灯片。

课堂讲解

任务背景:小兰对 PowerPoint 2010 的知识已经有了很长时间的了解,有一天上司询问哪位员工会制作"新产品上市推广方案"演示文稿,此时小兰自告奋勇接下此任务,开始制作起来。

任务目标:掌握制作复杂演示文稿的方法。

任务分析:在制作比较复杂或是比较专业的演示文稿之前,首先要对操作过程勤加练习,然后才能在制作时熟练快捷。

33.1 制作要点

本实例综合利用 PowerPoint 2010 制作"新产品上市推广方案"演示文稿,在制作该演示文稿的过程中,套用了 PowerPoint 2010 自带的主题,并对幻灯片的母版进行设计。首先在幻灯片中插入需要的 SmartArt 图形,并对图形进行操作;其次在幻灯片中插入需要的剪贴画,以完成演示文稿的制作。

33.2　制作过程

（1）启动 PowerPoint 2010，在"设计"选项卡的"主题"列表框中选择"流畅"选项，效果如图 33-1 所示。单击占位符"单击此处添加标题"，在此处输入文本，并移动到如图 33-2 所示的位置。

（2）选中标题文本框，在"设计"选项卡中单击"艺术字样式"组右边的"其他"下三角按钮 ，在弹出的下拉列表中选择"填充，青绿，强调文字颜色 2，暖色粗糙梭台"选项，如图 33-3 所示。删除副标题文本框，单击"插入"选项卡中的 SmartArt 按钮，在弹出的对话框中选择"流程列表"选项，如图 33-4 所示。

（3）单击"确定"按钮，在幻灯片中插入图形，并在图形的文本处输入文本，效果如图 33-5 所示。选中图形中的"产品策略"、"产品推广"、"上市安排"和"服务策略"文本，为其应用"蓝色，强调文字颜色 1，金属梭台，映像"艺术字样式，并调整 SmartArt 图形的大小和位置，效果如图 33-6 所示。

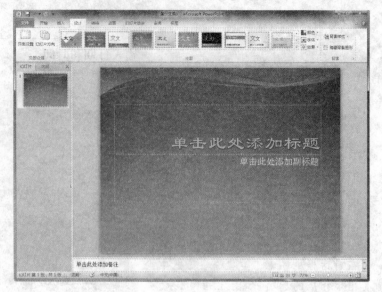

图　33-1

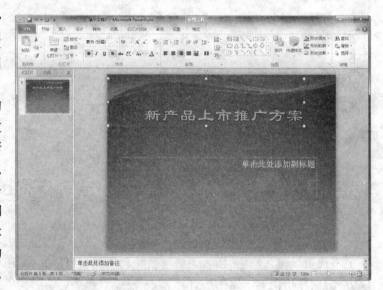

图　33-2

（4）在"幻灯片/大纲"窗口中选中第 1 张幻灯片，按 Enter 键，创建第 2 张幻灯片，在"视图"选项卡中单击"幻灯片母版"按钮，切换到"幻灯片母版"选项卡，如图 33-7 所示。选中"母版标题样式"文本框，更改其艺术字样式为"渐变填充，鲜绿，强调文字颜色 4，映像"，在"背景样式"列表框中选择"样式 2"选项，效果如图 33-8 所示。

（5）单击视图按钮组中的"普通视图"按钮，切换到普通视图，并在标题文本框中输入文本，效果如图 33-9 所示。将光标定位到占位符"单击此处插入文本"中，输入文本，并更改文本"大小"为 22，"粗体"，"颜色"为青绿，强调文字颜色 2，深色 25％"，"多倍行距"为 1.3，效果如图 33-10 所示。

（6）用相同方法新建第 3 张幻灯片并输入文本，在文本框中单击"插入 SmartArt 图形"按钮，如图 33-11 所示，在弹出的对话框中选择"基本列表"选项，插入到幻灯片中，删除图形中的其他 4 个图形，剩余 1 个图形，更改其大小和位置。在"设计"选项卡中单击"更改颜色"按钮，在弹出的下拉列表中选择"彩色范围-强调文字颜色 3 至 4"选项，再更改其"SmartArt 样式"为"白色轮廓"，效果如图 33-12 所示。

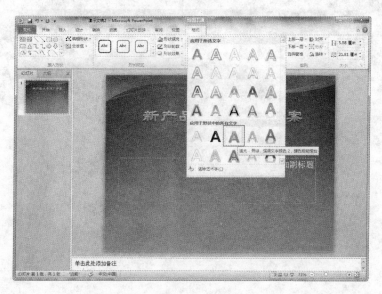

图 33-3

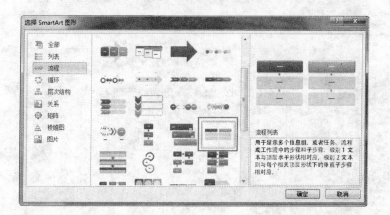

图 33-4

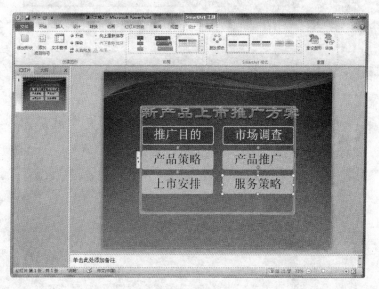

图 33-5

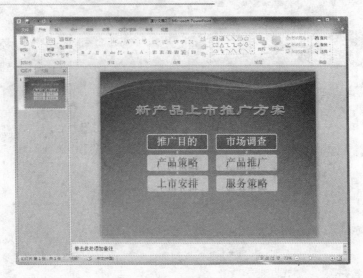

图　33-6

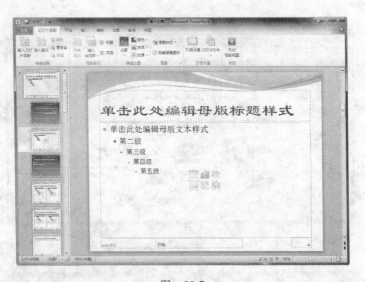

图　33-7

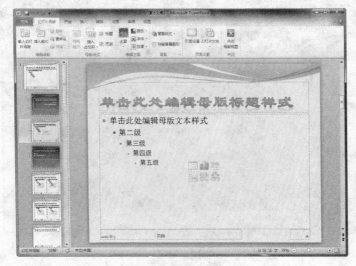

图　33-8

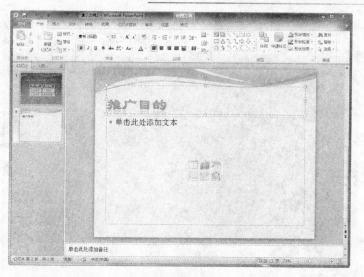

图 33-9

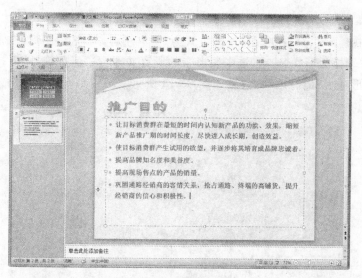

图 33-10

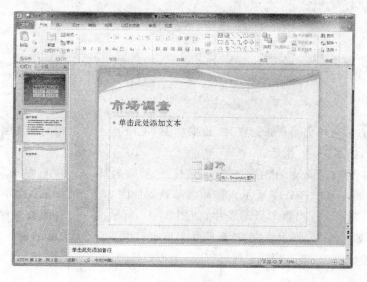

图 33-11

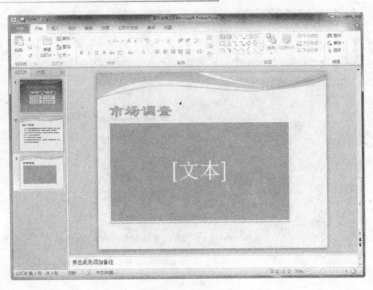

图　33-12

（7）在图形中输入文字,并更改其对齐方式为"文本左对齐",选中图形,右击鼠标,在弹出的快捷菜单中选择"转换为形状"选项,选中图形中的所有文本,在"项目符号"下拉列表中选择"带填充效果的钻石形项目符号"选项,效果如图 33-13 所示。用相同方法制作出第 4 张幻张片,效果如图 33-14 所示。

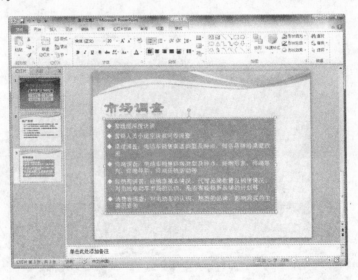

图　33-13

（8）用相同方法制作出第 5 张幻张片,效果如图 33-15 所示。用相同方法制作出第 6 张幻张片中的部分内容,如图 33-16 所示。

（9）单击"插入"选项卡中的"剪贴画"按钮,打开"剪贴画"窗口,在"剪贴画"窗口中选择相应的剪贴画并将其插入,如图 33-17 所示。移动剪贴画到如图 33-18 所示的位置。

（10）用相同方法制作出第 7 张幻张片,如图 33-19 所示。单击视图按钮组中的"幻灯片浏览"按钮,效果如图 33-20 所示。完成"新产品上市推广方案"演示文稿的制作,按快捷键 Ctrl＋S,将其保存为"教学资源\第 10 章\素材\新产品上市推广方案.pptx"。

图　33-14

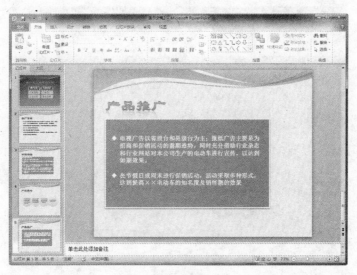

图　33-15

图　33-16

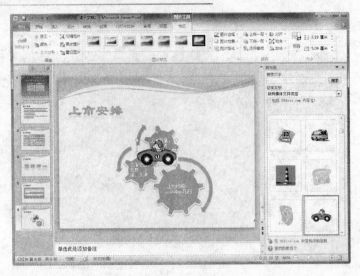

图 33-17

图 33-18

图 33-19

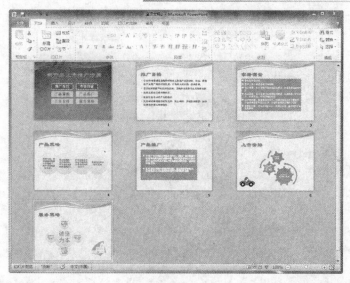

图 33-20

课堂练习

任务背景：通过本课的学习，小兰对制作演示文稿的方法有了更深入的了解，为了能在以后的工作中脱颖而出，她正在勤加练习。
任务目标：结合本课的内容制作"产品上市推广方案"演示文稿。
任务要求：掌握制作专业演示文稿的方法。
任务提示：只有掌握了制作演示文稿的方法，才能在以后的工作中制作出各种各样的演示文稿。

课外阅读

插 入 相 册

在 PowerPoint 中可以插入相册，其具体步骤如下。

（1）在"插入"选项卡中单击"相册"按钮，弹出"相册"对话框，如图 33-21 所示。在该对话框中单击"文件/磁盘"按钮，弹出"插入新图片"对话框，选择要插入的图片，如图 33-22 所示。

（2）单击"插入"按钮，插入图片，如图 33-23 所示。在"相册"对话框的"相册版式"列表框中单击"主题"选项后的"浏览"按钮，在弹出的对话框中为相册选择主题版式，如图 33-24 所示。

图 33-21

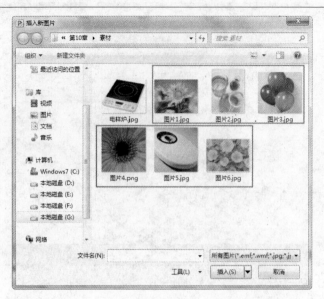

图　33-22

图　33-23

图　33-24

　　(3)单击"选择"按钮,弹出的对话框如图 33-25 所示。单击"创建"按钮,完成"相册"对话框的设置,在演示文稿中插入相册,单击"视图按钮"组中的"幻灯片浏览"按钮 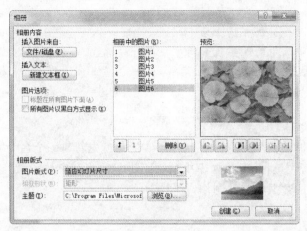,演示文稿如图 33-26 所示。

图　33-25

图　33-26

课后思考

　　(1)如何套用 PowerPoint 2010 主题?
　　(2)编辑 SmartArt 图形的方法有哪些?

第34课　使用Access 2010制作"客户资料"数据库

　　Access 2010 用于制作和管理数据库,如办公数据库和网站后台数据库等,通过它不仅能方便地在数据库中添加、修改、查询和保存数据,还能根据数据库的内容对其进行设计及生成报表操作。

课堂讲解

任务背景：小兰今天接待了许多客户，真是手忙脚乱，等客户走后，她在想如果能做出一张客户资料统计表，那么在以后的工作中就会更有条理、更轻松。于是就根据自己掌握的 Access 2010 知识开始制作起来。

任务目标：掌握制作各种数据库的方法。

任务分析：通过在数据库中输入字段和对字段进行编辑，从而制作出数据库，然后对数据库进行编辑、排序操作。

34.1　制作要点

本实例是制作"客户资料"数据库，在制作本实例时首先新建一个名为"客户资料"的数据库，在其中输入内容后设置主键，并对数据库中的文字进行大小和字体设置；其次对其进行排序操作；最后创建报表，完成数据库表的制作。

34.2　制作过程

（1）在"文件"选项卡中单击"新建"按钮，在打开的"可用模板"窗口中单击"空数据库"按钮，在右侧窗口的"文件名"文本框中输入相应的文件名，如图 34-1 所示。单击"文件名"文本框后的按钮 ，在打开的对话框中选择放置数据库的位置，如图 34-2 所示。

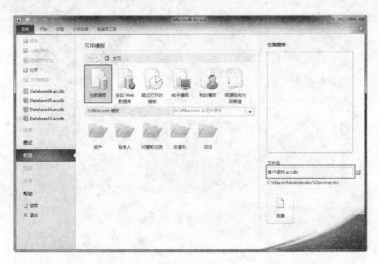

图　34-1

（2）完成设置后单击"确定"按钮，返回到 Access 2010"文件"选项卡，单击"文件名"文本框下面的"创建"按钮，创建一个空白数据库，如图 34-3 所示。单击"开始"选项卡中"视图"按钮下的下三角按钮，在弹出的下拉列表中选择"设计视图"选项，在弹出的"另存为"对话框中输入文本，如图 34-4 所示。

（3）输入完成后单击"确定"按钮，将表 1 切换到设计视图中。在"字段名称"下的单元格中输入"姓名"文本，在"数据类型"选项卡的下拉列表中选择"文本"选项，如图 34-5 所示。用相同方法输入其他字段名称，并将"年龄"的数据类型设置为"数字"的"长整型"，"必需"字段设置为"是"，如图 34-6 所示。

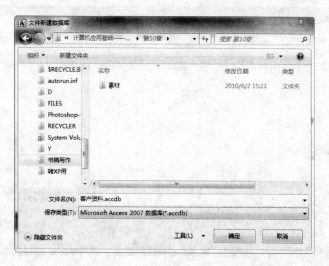

图　34-2

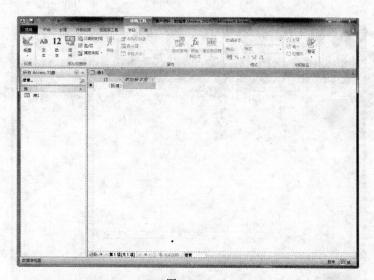

图　34-3

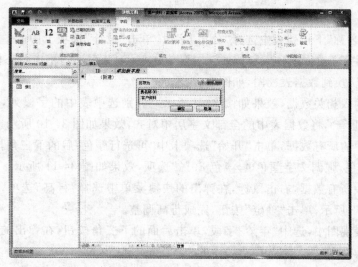

图　34-4

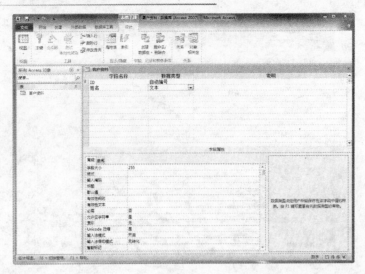

图　34-5

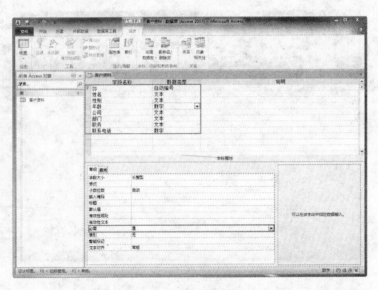

图　34-6

（4）在"字段名称"下拉列表中选择"公司"字段，单击"设计"选项卡中的"主键"按钮，将"公司"字段设置为"主键"，如图34-7所示。按快捷键Ctrl＋S保存该表，单击状态栏中的"数据表视图"按钮，将表切换到数据表视图，如图34-8所示。

（5）在表中输入相关数据，效果如图34-9所示。分别选中表中的字段列，单击"开始"选项卡中的"居中"按钮，将数据表中的全部文字居中对齐，效果如图34-10所示。

（6）选中表中的所有数据，单击"开始"选项卡中"可选行颜色"后的下三角按钮，在弹出的下拉列表中选择"紫色，强调文字颜色4，淡色80％"选项，效果如图34-11所示。单击表左上角的按钮，选中表中所有数据，右击鼠标，在弹出的快捷菜单中选择"行高"选项，弹出"行高"对话框，设置如图34-12所示，单击"确定"按钮，完成行高调整。

（7）在数据表视图中，选中"年龄"字段，单击后面的下三角按钮，在弹出的下拉列表中选择"升序"选项，如图34-13所示。升序排序后的表如图34-14所示。

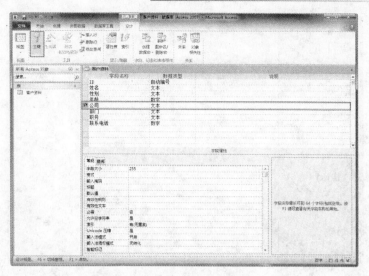

图 34-7

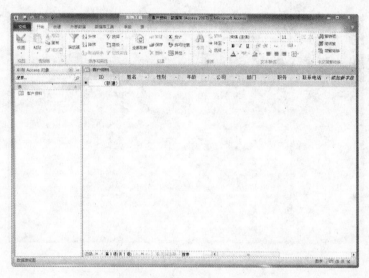

图 34-8

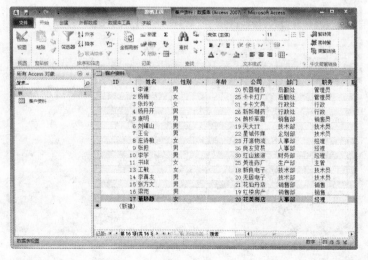

图 34-9

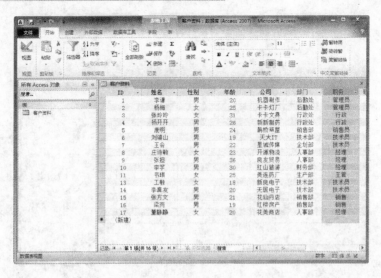

图　34-10

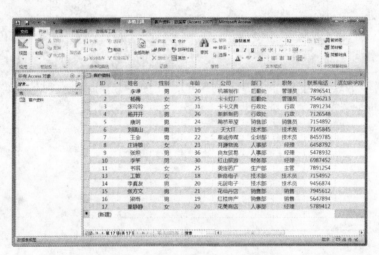

图　34-11

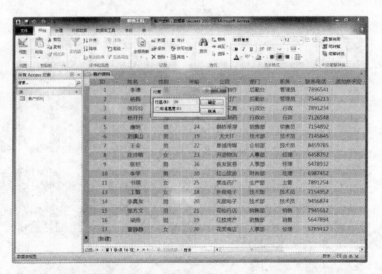

图　34-12

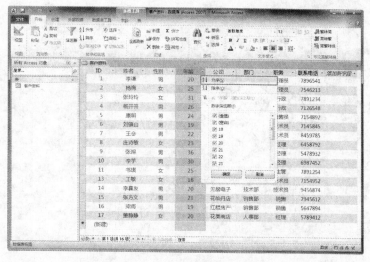

图　34-13

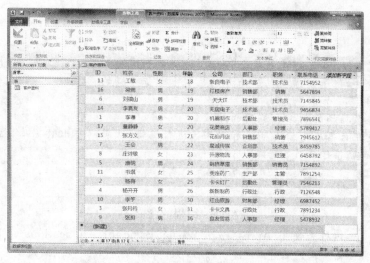

图　34-14

（8）按快捷键 Ctrl＋S 保存，单击"报表"选项卡中的"报表向导"按钮，弹出"报表向导"对话框，设置如图 34-15 所示。单击"下一步"按钮，根据提示可完成报表的创建，效果如图 34-16 所示。按快捷键 Ctrl＋S 保存，完成"客户资料"数据库的创建。

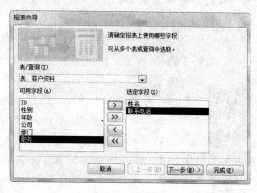

图　34-15

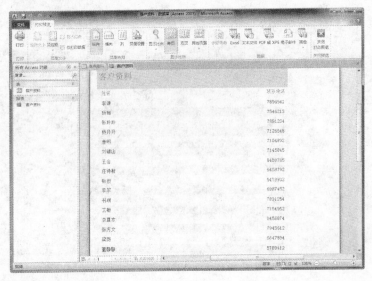

图   34-16

课堂练习

任务背景：通过本课数据库的创建与编辑方法的学习,小兰已经掌握了不同数据库的不同编辑方法,但是创建数据库的方法基本上都是一样的。

任务目标：制作"客户资料"数据库。

任务要求：掌握数据库的创建和编辑的方法。

任务提示：通过在数据库中输入字段和对字段进行编辑,从而制作出数据库,然后对数据库进行编辑、排序操作。

课外阅读

Access 编程的含义

在 Access 中,编程是使用 Access 宏或 Visual Basic for Applications（VBA）代码为数据库添加功能的过程。

例如,假设创建完了一个窗体和一张报表,如果想向窗体中添加一个命令按钮,单击此命令按钮将会自动打开报表,在这种情况下,可按以下方式进行编程操作。

（1）创建 Access 宏或 VBA 过程,然后设置命令按钮的 OnClick 事件属性,这样单击该命令按钮就会运行宏或过程。

（2）但是对于简单的操作,例如打开报表,可以使用"命令按钮向导"完成所有工作,也可以关闭该向导,自己进行编程。

需要注意的是,许多 Microsoft Office 程序都使用术语"宏"来指代 VBA 代码。这也许会使 Access 使用者感到迷惑,因为在 Access 中,术语"宏"指的是已命名的一组宏操作,你可以使用宏生成器来组合它们。Access 宏操作仅代表 VBA 中可用命令的一个子集。宏生成器提供的界面比 Visual Basic 编辑器的界面更加结构化,从而能够向控件和对象添加编程而无须学习 VBA 代码。应该记住,在 Access 帮助文章中 Access 宏被称为宏。相反,VBA 代码被称为 VBA、代码、函数或过程。VBA 代码包含在类模块（是单个窗体或报表的组成部分,通常只包含这些对象的代码）和模块（未绑定到特定对象,通常包含可在整个数据库中使用的"全局"代码）中。

对象(如窗体和报表)和控件(如命令按钮和文本框)有很多事件属性。同学们可以将Access 宏或 VBA 过程附加到这些事件属性。每个事件属性都与一个特定事件(例如,单击鼠标、打开窗体或修改文本框中的数据)相关联。事件还可以被系统事件等 Access 外部因素所触发或者被附加到其他事件的 Access 宏或 VBA 过程所触发。如果向多个对象的若干个事件属性添加多个 Access 宏或 VBA 过程,这样数据库会变得很复杂,但是在大多数情况下,通过简单的编程就可以达到满意的效果。

课 后 思 考

(1) 有哪些输入字段名称的方法?

(2) 有哪些设置主键的方法?

(3) 有哪些创建报表的方法?